U0067970

歷史小說「三部曲」之 一

秦始皇奪寶秘史

關慕中 —— 著

一段描寫少年秦始皇擁有天下至寶的離奇故事

一部挖空心思、尋找歷史答案的戰略史小說

天空數位圖書出版

目 錄

歷史與歷史小說之我見

（歷史小說「三部曲」總序）

——關慕中

在中文用法裏，「歷史」一詞至少有兩個不同的涵義：一個指的是「史實」，也就是過去所發生的事件，例如「歷史會不會重演？」、「記取歷史的教訓」等等；另一個指的是「史書」或「史籍」、「史冊」，也就是人類運用符號（主要是文字）記載的史實，例如「熟讀歷史」、「寫入歷史」等等。至於它是哪個涵義，只要根據上下文或前後文判斷就可明白了。

記得大眾傳播理論有「第一手真相」與「第二手真相」之說法。所謂「第一手真相」就是人們親眼見到的「事件」或「事實」，而「第二手真相」則是經由新聞媒介所獲知的間接事實。照這麼看來，「史實」似乎應該屬於「第一手真相」，而「史書」似乎應該屬於「第二手真相」了。當然，史家如果只是根據前人的史料來撰寫史書，那就很可能變成「第三手真相」甚至「第N手真相」了。

「歷史」的特性是甚麼？這當然是見仁見智的問題了。就筆者所知，有兩句「名言」很可以凸顯歷史的特性。

第一句名言據說出自黑格爾，那便是：「歷史給人們的教訓就是：人們從來不知道汲取歷史的教訓！」或者「歷史帶給人們最大的教訓就是：人們從歷史中得不到任何教訓！」

這句名言是個自相矛盾的「弔詭」句（悖論），它凸顯出了歷史的功用或功能；換言之，讀歷史是毫無用處的。這樣的悲觀看法有點近乎極端的「歷史無用論」了。

　　為何「人們從歷史中得不到任何教訓！」呢？筆者以為這牽涉到了「人性」問題，只要「人性」中的「惡質」（例如自私、貪婪、忌妒、猜疑、仇恨、偏頗、傲慢、濫權、縱慾、狠毒、栽贓、造謠、爭鬥、歧視、無知……）不變，人們就會不斷地重蹈覆轍。說得誇張一點，不斷地「改朝換代」，其實就是不斷地重蹈覆轍的結果。

　　第二句名言據說是胡適提出來的，那就是：「歷史是個任人打扮的小姑娘。」或者「歷史是一個小姑娘，就看你如何來打扮她了。」

　　這句比喻式的名言凸顯出「歷史」的「不客觀」，換言之，「歷史」有如「新聞」，都難以擺脫人的主觀意識。

　　也就是因為「歷史」排除不了人的「偏見」或「偏頗」，因此有女權主義者建議將 History 改成 Herstory；她的理由是：History 表示歷史都是男人的故事，而事實上女人在歷史中也扮演了很重要的腳色，所以歷史應該正名為 Herstory 才對。

　　所謂「過猶不及」，Herstory 一詞不也一樣「偏頗」，一樣「極端」嗎？也因此她的建議自然不會有人採納，只能當作是一則歷史趣談了。

　　歷史一向有「正史」與「野史」之分。所謂的「正史」乃是指官方修訂的史書，「野史」乃指民間流傳的故事或非官方撰寫的史籍。因此，「正史」不能望文生義的解釋成「正確無誤的歷史」，「野史」也絕非全是道聽塗說、毫無根據的歷史。

　　筆者曾經說過：「歷史有如魔術方塊，可以扭轉之；歷史亦如手中藤條，可以扭曲之。」

　　那麼，誰是扭曲者呢？「史官」當然脫離不了干係！一般說來，改朝換代之後，新的統治者掌握了「歷史改寫權」，就會

影響「國史」的編纂，甚至歷史教科書或歷史課本的內容。這表示「權力」已經介入了「歷史」。因此，我們也可以這麼比喻：「歷史就像是一位手無寸鐵的少女，容易遭到政治大漢的性騷擾甚至性侵害。」

筆者認為：撰寫史書乃是一種「篩選」過程。史書跟新聞一樣，都經過了重重的「篩選」。試想，如果每個人、每件事都必須寫入史書，那要多大的「一本書」才「裝得下」？幾千年的歷史已經很費「筆墨」了，如果百萬年後人類還在地球上生存著，則百萬年的本國史該如何「下筆」？更遑論世界史這個「大工程」！說句笑話，一整年的歷史若只花一個字來「敘述」的話，至少就要「動用」一百萬字了！因此，「篩選」或「過濾」、「取捨」，便成了不得已更無法迴避的一項工作。

記得有人說過「歷史是過去的新聞，新聞是未來的歷史。」話雖不錯，但並非每一個新聞人物都會成為歷史人物的！例如：曇花一現的網紅，玩些小噱頭吸睛爆紅的人物，他們恐怕就很難「名留青史」了。可見，新聞想要變成未來的歷史，仍然擺脫不了「篩選」甚至「嚴篩」的命運！

那麼，在那麼多的人、那麼多的事裏邊，那些人、哪些事可以寫入史書，而那些人、哪些事是不可以、不需要甚至「不方便」寫入史書的？這個去「蕪」存「菁」的標準由誰來訂定？不用說，自然是「史官」或「史家」自己來訂定了。

筆者曾用比喻指出：

歷史若是一隻水牛，史書便是一根牛毛；

歷史若是一顆西瓜，史書便是一粒瓜子；

歷史若是一棟大樓，史書便是一塊瓷磚；

歷史若是一片森林，史書便是一棵樹木；

歷史若是一個「大世界」，史書便是一個「小世界」。

換言之，我們看不到歷史的「全貌」！

那麼，經過「篩選」後的特定人物與特定事件，是否就能保證「完整無缺」呢？那也未必見得！比方，一場市區大火實際上燃燒了十小時之久，可是，電視新聞只能播報幾分鐘的畫面，不可能連播十小時！歷史也一樣，因此，《史記》編訂者司馬遷筆下的秦始皇，也非秦始皇的「全貌」，只是「局部」或「片段」的秦始皇罷了！

史家或史官除了陳述「事實」之外，還可能對歷史人物作出「評斷」。換言之，誰該「打五十大板」，誰該「鼓五十大掌」，都由他們來決定。《史記》中的「太史公曰」便是最好的例子。

評斷人物時是否公正客觀？這又是另一個歷史大課題。例如司馬遷對歷史人物的評價，真的公允嗎？他的立場或他的「史觀」會不會影響他的判斷？甚至他受到宮刑之後，「性格大變」，對於品評人物會不會持有「獨見」？這些都是值得省思的問題。

但不管怎麼說，不管《史記》的記載是否「句句屬實」，更不管《史記》的真實作者是不是司馬遷本人，在那個印刷術不發達、資料儲存科技落後的年代裏，能編寫出中國歷史上第一本「通史」（上至黃帝下至漢武帝太初年間，長達兩千五百年，字數近五十三萬字）這樣的史書，已屬難能可貴。

當今網路時代充斥著所謂的「假新聞」，筆者以為：要辨別真假新聞，就如同要辨別真假孫悟空一樣，均需「法眼」才行。而要辨別千年前，甚至數千年前的歷史真偽，那就更是難上加難了。

　　那麼，史書的內容可以相信嗎？筆者的態度是：史書不可盡信，但亦不可全然不信，否則就會淪為「虛無主義者」了。因此，在未有新證據之前，我們只能暫時相信目前之史書記載屬實。此外，歷史與新聞一樣，不能只有或只聽「一家之言」！

　　其實，我們每個人都會成為「小歷史」，我們生存的時代也會成為「大歷史」。誠如語意學家所強調的：人是承先啟後（time-binding）的動物！而要「承先」，就不能不知歷史，不能不讀歷史。如果我們希望百年後，甚至千年後，還有後人願意關心今日或對今日的我們感到興趣；那麼，將心比心，我們就應該對百年前、甚至千年前的人與事多加「接觸」才是！

　　當然，多巡視古蹟、多瀏覽古代文物（如故宮瓷器、墨寶等等），也是一種了解歷史的途徑，只不過沒有史書那麼有「系統」罷了。

　　歷史這位「淑女」若與「哲學老爺」朝夕相處，就有機會成為「歷史哲學」；若與「文學君子」朝夕相處，就有機會成為「歷史小說」。因此，「歷史小說」就如同蝙蝠、翼龍一般，既像飛禽又像走獸；如同鱷魚一般，既是水棲又是陸棲；換言之，「歷史小說」是跨領域的文學作品。

　　別的小說可以不管歷史，但歷史小說就不能不管歷史了。因為：先有歷史，然後才有歷史小說；正如同先有耳朵，然後才有耳環；先有嘴唇，然後才有口紅的道理是一樣的。換言之，歷史小說是「依附」在歷史這個「母體」之下的文學產物。沒有歷史這個「母親」，就不會有歷史小說這個「嬰兒」。所以，沒有西晉陳壽的《三國志》，就不會有元末明初羅貫中的《三國演義》（全名為《三國志通俗演義》）。

　　既然歷史小說離不開歷史，那麼，歷史小說家所寫的「歷史」究竟有無「年限」或「時間限制」呢？換言之，距離現在

多少年才算是「歷史」？十年、六十年（一甲子）、一百年、一千年？這當然沒有一定的標準！

因為，「歷史」本來就是人類「發明」的一個「可大可小」的時間概念。說得誇張一點，對後一秒而言，前一秒就是「歷史」！如果以這樣的標準來界定「歷史」的話，那，所謂的「新聞」就立刻消失了。換言之，這世上只有「歷史」，再也沒有「新聞」了！

我們當然不能這麼做！所以為了「保險」起見，寫一百多年前（例如清末民初）的故事，應該可以稱得上是「歷史小說」；寫一千年前、甚至二千多年、近三千年前（例如春秋戰國）的故事，那就更無問題了。

或許有人會問：有了正史或史書就好了，為何還要多此一舉的弄出個歷史小說出來呢？筆者的看法是：正因為史書，尤其是「正史」有其不足之處（例如描述太簡略、文字太艱深、篇幅太短、有遺漏情節、故事不夠精彩生動等等），所以才需要歷史小說來彌補它的「缺失」。

一般說來，歷史小說具有娛樂、教化或普及歷史知識的功能。而在普及歷史知識的功能方面，它又兼有「補遺」的作用。明朝的甄偉在〈西漢通俗演義序〉中所強調的「補史所未盡也」，以及吉衣主人袁于令在〈隋史遺文序〉中所說的「補史之遺」，便標明了歷史小說的「補遺」功能。

筆者則進一步強調：

如果史書是生魚片，那麼，歷史小說就是紅燒魚；

如果史書是陽春麵，那麼，歷史小說就是牛肉麵；

如果史書是白饅頭，那麼，歷史小說就是肉包子；

如果史書是水煮蛋，那麼，歷史小說就是茶葉蛋；

如果史書是腳踏車，那麼，歷史小說就是電動腳踏車；

如果史書是透明玻璃窗，那麼，歷史小說就是彩繪玻璃窗；

如果史書是一只花瓶，那麼，歷史小說就是一只插滿花朵的花瓶。

總之，歷史小說有其存在之必要！

當然啦，有人認為歷史小說對於歷史是在「推陳出新」、「踵事增華」、「順水推舟」、「加油添醋」、「畫龍點睛」，或許就會有人認為歷史小說對於歷史是在「見縫插針」、「移花接木」、「畫蛇添足」、「張冠李戴」、「以假亂真」了。例如，清朝的吳沃堯在〈兩晉演義序〉中就指出：「自《三國演義》行世之後，歷史小說，層出不窮。」又說：「人見其風行也，遂競學為之，然每下愈況，動以附會為能，轉使歷史真相隱而不彰，而一般無稽之言徒亂人耳目。……」這就反映出歷史小說早有浮濫、粗糙之弊。

從內容來看，歷史小說是一種「半虛構文體」，它的英文有兩種：一種叫做 Historical Novel；一種叫做 Historical Fiction。筆者認為用 Historical Fiction 比較能彰顯歷史小說的特性。因為，英文 Fiction（非可信）就是虛構的意思。所謂「半虛構」，並非是指真實的人物、事件與虛構的人物、事件都剛剛好各佔一半，甚至連字數都各佔一半；而是一種彈性的運用。主要是依據史料的多寡、作者的想像力來決定的，並沒有一定的標準。

現在不是流行「元宇宙」或「後設宇宙」（Metaverse）的說法嗎？據說元宇宙有個理想，就是要把「虛擬實境」（Virtual Reality）中的「虛擬」界線與「實境」界線打破，讓它們可以並

存或融合在一起。根據專家的說法，這叫做「混合實境」（Mixed Reality）。這麼看來，似乎有點接近歷史小說的「半虛構」特質了。

　　筆者認為：歷史小說既然是「半虛構」，那就應該「假戲真做」，甚至「弄假成真」，那才是讀者之福。如果一本歷史小說除了朝代或時代背景是真的之外，書中卻沒有一位真實的歷史人物，全是虛構人物，那就不能叫做「歷史小說」了。因為，「歷史小說」乃是奠基在「史實」基礎上的一種小說！既然離不開史實，那麼，歷史小說作者願意在書中交代史料來源或說明考據經過，那就更能彰顯歷史小說的「歷史」意味了。

　　「正規」的歷史小說，讀者一看書名，就應該知道作者寫的是哪個朝代或哪個歷史人物才對！例如羅貫中的《三國演義》便是最好的例子，它不會讓讀者誤會成是一本描述「戰國」或「民國」的歷史故事。

　　有些歷史小說作者喜歡用含蓄，甚至帶有詩意的名稱來做書名，讓人無法從書名立即看出它的時代背景和它所寫的歷史人物，這樣的書名好不好，這當然又是個見仁見智的問題了。

　　說到這裏，或許有人會問：目前網路上流行的「穿越小說」或「穿越劇」，都以古代社會、人物為背景，這究竟算不算是「歷史小說」？

　　我們假想某個畫面：一位穿西裝打領帶的中年男子，忽然站在唐朝大街上拿著手機在與人聊天，而他滿嘴都是「AI、奈米、無人機、元宇宙、聊天機器人」……今人為何會出現在古代？原來此人是透過「時光隧道」（Time Tunnel）或「時間機器」（Time Machine）這種人類尚未發明出來的新科技，返回到古代的。

其實，早在五十年前，筆者還在讀研究所的時候，就看過美國的穿越電視劇《時光隧道》（The Time Tunnel）。而筆者始終認為：所謂透過「時光隧道」或「時間機器」返回古代的構想，根本是不可能實現的事情！這是錯把「符號世界」與「真實世界」相互混淆的結果。

因為，「符號世界」可以任意往返，例如，錄影帶、光碟、網路電視劇可以「倒帶」、重播，書可以不斷地重複閱讀；可是，「真實世界」卻無法「重播」。八十歲的老先生不可能再回到八歲的童年時代，他只能靠回憶或找出當年的照片來「重溫舊夢」！

再說，若是返回戰國時代，當時的建築物早已不在（已經變成摩天大樓）；同一「空間」上怎麼可能出現「重疊」的兩種建築物？而蘇秦，張儀兩人也早已作古，又如何起死回生與今人交談？說得更「露骨」一點：今人若用慣了牙刷、坐慣了馬桶、擦慣了衛生紙，突然去到一個衛生條件極差的古代社會，這日子他過得下去嗎？還有就是，習慣電腦打字、手機發文的今人，突然改用竹簡書寫，他適應得了嗎？這些個小細節就足以「說明」穿越小說或穿越劇的「牽強」了。

所以，不要再被某些個物理學家的「高深」理論給「唬」住了。要寫歷史小說就得「規規矩矩」地寫，一窩蜂地套個公式，搞今人「穿越」古代的舊把戲，那不是真的「歷史小說」，而是「偽歷史小說」或是「假科幻小說」！

時至今日，「歷史小說」已經成為文學界公認的一種「文體」。筆者個人認為：「歷史小說」這種特殊的文體或文類，在「斷代」的前提下，還可以細分為「軍事史小說」、「戰略史小說」、「政治史小說」、「思想史小說」、「經濟史小說」、「文學史

小説」、「藝術史小説」、「政治史小説」、「教育史小説」、「科學史小説」、「宗教史小説」、「宮廷史小説」、「武術史小説」、「體育史小説」、「管理史小説」、「生活史小説」等等單一或統合主題的「次類」，藉以凸顯這個文類的成熟與繁複。

　　因此，筆者依據個人對史料的熟悉度、對歷史人物的偏好以及個人的寫作能力，在慎選題材之下，完成了歷史小説「三部曲」：

第一部戰略史小説《秦始皇奪寶秘史》，寫戰國奇謀；

第二部思想史小説《公孫龍子外傳》，寫哲人生平；

第三部文學史小説《大唐才子蒙難傳奇》，寫詩人遭遇。

　　筆者的寫作題材涵蓋了文、史、哲三大領域，希望在歷史小説的林苑裏，能增添幾朵小花！

（2023 年序於慕中齋）

戰國七雄示意地圖

戰國七雄示意地圖

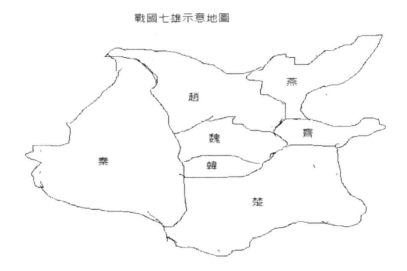

序幕升起

　　相傳秦始皇在青春年少之時，曾經得到天下最珍貴、最神奇的幾件寶物。那麼，他得到的究竟是哪些寶物？這些寶物到底有什麼珍貴和神奇的地方？它們又是怎麼落在少年秦始皇手上的？

　　這裡面隱藏了一段連《史記》作者司馬遷都不知道的離奇故事……

第一章
蘆花叢裡的密談

1 · 處心積慮

咸陽，九月。

那是兩千多年前的秋獵季節。

咸陽城外，蘆花似雪，幾匹駿馬正從蘆葦小徑中奔馳而來。騎在第一匹馬上的是位悍勇的少年，他的鼻梁很高，眼睛細長。只見他一面發出豺狼似的吼叫聲，一面端起可以連發六箭的機械強弓，也就是所謂的弩機；原來，在他正前方兩百步之處，有六隻伶巧的小花鹿正在原野上悠然漫步。突然間，六隻小花鹿像中了魔似的舉腿狂奔。但，已經太遲了，風強箭快，只聽得「嗖！嗖！嗖！」的幾聲，六枝銅箭分別穿過了六隻小花鹿的胸膛。花鹿倒地，箭上沾滿了鮮血。

「陛下果然好身手！」跟在少年後邊，騎著一匹五花馬的是一位臉型消瘦、目光狡黠、眉毛疏淡、將近四十歲的中年男子，他叫李斯。看他的神情，似乎比那為首的少年還要興奮。這也難怪，因為這是他生平第一次跟天子一道打獵。

李斯最喜歡打獵了。早年，他還在楚國上蔡縣當文書小吏的時候，就經常牽著黃狗，帶著他的次子到東門郊外去打野兔。那時候，他只養得起一隻普通的獵狗，也只能在鄉間打打野兔、山雞這些常見的獵物。

然而，現在的情景卻截然不同了，他乃是在渭水南岸的咸陽城外打獵。咸陽城外的上林獵場是秦國天子的打獵區，一般人是不能隨意進入裡邊的。場中有起伏的山岡，種滿奇花異草的園林，舉目四望，又空曠、面積又大。紫色的犀牛、赤色的斑鹿，在原野上散步；藍色的狐狸、綠色的猿猴，成群結隊在一起遊戲；白色的老虎、灰色的豹子在森林間休息，雁鳥、老鷹則遨翔於天際。身高三尺、凶猛快速的巨型獵狗多達一百隻，獵禽捕獸的網羅圍欄則有好幾千個。

李斯穿著一身宮廷製作的虎皮獵裝，背著玉雕龍紋的大弓，跟在他身旁的是護駕天子的騎衛隊。而在方圓二百里的草原上，又有數不盡的珍禽異獸。這些都是他早年所夢寐以求的東西，如今一一呈現眼前，怎不令他喜悅萬分呢？

「愛卿，你覺得寡人的箭法是不是進步得很快？」李斯正在緬懷往事時，少年卻轉過頭來問他。

「哦，臣以為陛下的箭法已經到了百步穿楊，神乎其技的境界。放眼天下，像陛下這麼好身手的，能有幾人？」李斯心頭一驚，趕緊回話。

少年被李斯這麼一說，心中一樂，不免笑了起來：「好！我們先到北雁亭休息一下，待會兒寡人再連射十隻野雁給你看看！」

李斯是很懂得察言觀色的，他曾經跟韓非一塊在荀子門下學過「帝王術」。韓非是個偏重理論的人，學養比李斯要高，可是李斯卻懂得運用權術，懂得遊說之道。

李斯出身寒微，但始終忘不了功名利祿。他本來打算替楚王效命，可是又覺得楚王不夠份量，不值得他展才相助；於是他辭別荀子，準備到秦國去遊說。

臨行前，他對自己的老師荀子說：「我聽說一個人抓到了好機會，就不能輕易放過。老師教我們帝王術，也無非是要我們學成後去幫國君治理天下。現在是群雄爭霸的大時代，謀士具有舉足輕重的地位。放眼天下情勢，在七國之中最佔優勢的應該是秦國。秦王大有併吞天下，統治萬民的氣勢。我想，這該是我們謀士出頭，平凡百姓一展身手的大好機會了。老師要我們學成後去輔佐仁君，但，試問：當今七國國君之中，又有哪一國的國君稱得上是真正的仁君呢？既然仁君難求，我也只能投效霸主去了！

在這個世界上，一個人要是庸庸碌碌地過一生，而不能擁有權勢、名垂千古的話，不等於白來了一趟嗎？所以我決定要到秦國去遊說，幫秦王打天下！」

荀子深知李斯的個性，也就沒有阻止他，任他去秦國遊說。

李斯初到秦國去的時候，正逢莊襄王過世，由年僅十三歲的秦王政，也就是少年秦始皇即位執政。這時的丞相是呂不韋。呂不韋大權在握，朝廷上下，幾乎每個人都要巴結他。李斯是個有心人，自然知道該投效誰才有前途，於是他就在呂不韋官舍當一名食客，等待好機會來臨。

李斯是學過帝王術的人，再加上劍法好、文章妙，又是編纂《呂氏春秋》的幕後大功臣，所以很快就從三千多名食客中脫穎而出了。呂不韋發現李斯是個文武雙全的人之後，立即提拔李斯為宮廷的侍衛官。然而，李斯對侍衛官一職並不滿意，他夢寐以求的乃是像丞相這樣的高官尊位。因此，他一直處心積慮地想在少年秦始皇面前展現他的奇謀，好為自己的將來鋪路。他心裡更明白，前來咸陽遊說的外國奇人異士甚多，他若不搶先贏得少年秦始皇的信任，很可能一輩子就只能當個平庸的人物了。

2・趁機獻計

李斯初次拜見少年秦始皇的時候，少年秦始皇只有十八歲。以李斯的人生經歷和奇思異想，自然很容易博得這位少年天子的歡心。

秦國自孝公重用商鞅變法以來，一直在推行富國強兵的政策，在尚武主義的薰陶之下，秦始皇從少年起就磨練出一種武夫的氣質；更因為他的父親莊襄王曾經在趙國當人質，而他一出生就成了人質的兒子，受盡趙人欺侮，甚至在趙秦成為敵對

關係之時，差點命喪趙國，於是他偷偷發誓要勤練武功，有朝一日必將趙國消滅殆盡。而由於他年紀尚小，朝政都交給呂不韋主持，他也就趁此空閒之際，扎下自身在武藝方面的根基。

雖然他擅長武術，無論射騎拳劍，都很拿手。可是，對於天下大勢、對於宇宙萬物的知識，他卻知道的不多。李斯是個博古通今而又具有雄辯之才的謀士，少年秦始皇與李斯相處日久，對李斯的才識也就大為嘆服。因此，一年之後，也就是他十九歲的時候，他不顧呂不韋的大力反對，立刻把李斯從宮廷侍衛官調到自己身邊當謀劃兵機的貼身軍師。

李斯常在少年秦始皇面前講述神話故事《山海經》裡的山精海怪和周穆王的神奇傳說，並且還分析戰國的形勢給他聽。在戰國末年，道家和陰陽家的學說非常流行，海外神仙之說，自然傳遍天下。少年秦始皇是個喜歡奇幻事物和嚮往權力的人，因此，他對李斯所講的故事，總是聽得十分入迷。

李斯不斷試探少年秦始皇的心理之後，發現這位年少氣盛的天子，竟然是個充滿幻想、好大喜功的統治者。於是便針對少年秦始皇的心理，獻出他策畫已久的奇計。

他說：「陛下明年元月滿二十歲的時候，就要舉行戴皇冠佩寶劍的國家大典了。」他刻意選在北雁亭來告訴少年秦始皇，那是因為此時正是少年秦始皇秋獵之後休憩的時刻，而且北雁亭位置較偏僻，不易被外人察覺的緣故。

「對了，愛卿不提，寡人倒把此事忘了！明年元月一日寡人剛好滿二十歲，朝廷文武百官都得參加寡人的冠劍典禮。」一想到天子的冠劍典禮，少年秦始皇的眉頭似乎流露出一股睥睨世人的傲氣。

李斯觀察少年秦始皇的神色之後，就故意說道：「臣以為陛下的冠劍典禮，若是沒有天下至寶來壯大威勢，那麼陛下雖有天子之名，也不過有名無實罷了。」

少年秦始皇一聽此話，臉上頓時露出了怒容：「愛卿的意思，莫非秦國的珍珠寶劍都還不配寡人佩帶嗎？」

「臣不敢信口胡說！臣的意思是，現今天下至寶都不在秦國，而是在六國！」李斯連忙解釋道。

「誰說的？」少年秦始皇不以為然地問道。

「古書《寶經》上說的！」李斯回答道。

「古書《寶經》？它是一本什麼樣的書籍？寡人怎麼從未聽人說起過呢？」少年秦始皇突然帶著詫異的表情問道。

「臣聽說它是一本專門記載天下寶物的書籍，是周穆王時期一位史官採集民間傳說而寫成的奇書。」李斯回答道。

「那，這本奇書現在何處？有機會寡人倒想好好讀它一下！」少年秦始皇流露出極為期待的表情。

「回稟陛下，這本奇書早已失傳多年了！臣也未讀過此書！臣所知道的寶物秘辛都是從楚國一位隱士那聽來的！」李斯順口回答道。

「那真是太可惜了！」少年秦始皇嘆息一聲後，緊接著問道：「對了！剛才愛卿提到的天下至寶，究竟是哪幾樣？能不能說給寡人聽聽？」少年秦始皇從小就是個寶物迷，因此，他極想知道六國究竟有什麼樣的至寶。

「臣不敢欺騙陛下。天下至寶就是古書《寶經》中傳說甚久的昆山玉、和氏璧、明月珠、太阿劍、黑寶馬、翠鳳旗和神龍鼓七樣稀世珍品。」李斯馬上回答道。

「珠寶美玉，劍馬旗鼓，寡人從小就見過不少，愛卿剛才所說的七樣寶物，難道會比我們秦國的寶物還要名貴不成？再說，秦國已有歷代相傳的天蠶絲與天牛弓兩件寶物，何必再傷腦筋去弄那些平平凡凡的東西！」

少年秦始皇對李斯的話有點半信半疑。因為，他自小就喜歡奇珍異寶，看到誰手上有令他驚喜的東西，他就會千方百計地把它弄到自己手上來。丞相呂不韋家裡珍藏的寶物，有一半都被他強行取走了。呂不韋心裡頭即使再不痛快，也不敢公開得罪這位盛氣凌人的國君。

其實，呂不韋早已知道六國有七件天下至寶的的傳說，他也很想將這七件寶物據為己有。為了擔心少年秦始皇會佔有這些寶物，因此，他守口如瓶，不在少年秦始皇面前透漏有關七件寶物的半點風聲。他只是在一次與李斯單獨宴飲時，喝得酩酊大醉之後，不小心把古書《寶經》中記載六國七件天下至寶的神奇力量告訴了李斯。李斯知道這個祕密之後，竊喜萬分，心中早已擬定了奪寶奇謀。然而，李斯卻不能將此一秘密從實告訴少年秦始皇，以免少年秦始皇直接去找呂不韋詢問，那他就難以獨攬大功了。

而自從擁有丞相呂不韋家中珍藏的一堆寶物之後，少年秦始皇就真的以為秦國之外再也沒有更好的寶物了。這樣的想法，自然降低了他對六國寶物的評價。

李斯見少年秦始皇對六國至寶興趣缺缺，擔心少年秦始皇會封殺他的奪寶計謀，於是趕緊強調寶物的重要性與神奇性。他以無比堅決的口吻說道：「請恕臣直言，秦國自古以來便重農輕商，珠寶美玉怎能與六國相比？臣剛才所說的七件寶物都不是普通的百姓之寶，而是價值連城的天下至寶，它們的價值確實遠在秦國所有的寶物之上。

秦國雖然有天蠶絲與天牛弓兩件寶物，可惜，天蠶絲只有一卷，無法織成帝王衣服，等於無用之物；天牛弓雖然是用神牛的筋脈製成弓弦，但少了金烏箭，天牛弓也發揮不了多大作用。

依臣的觀察，只有六國的昆山玉、和氏璧、明月珠、太阿劍、黑寶馬、翠鳳旗和神龍鼓七件至寶，才能襯托出陛下的無

上神威。況且，臣聽說帝王舉行冠劍典禮時，若能同時擁有天下七寶，必將展現意想不到的神奇力量！

古書《寶經》還傳說七寶齊聚的地方，即使是下雪的寒冬也會立刻變成溫暖的春天！甚至連千年才開一次花的鐵樹也會不斷盛開！至於失去寶物的地方，則會產生一連串離奇詭異的衰敗現象！」

3・七寶來歷

少年秦始皇本想打斷李斯的話題，但經李斯這麼一說，心頭突然一陣驚喜，真想知道這七件稀奇的寶物究竟好在哪裡。於是，他笑著說道：「既然愛卿認為昆山玉、和氏璧、明月珠、太阿劍、黑寶馬、翠鳳旗和神龍鼓乃是當今天下的至寶，那你能不能把這七件寶物的來龍去脈說給寡人聽聽，好讓寡人一開眼界？」

李斯見少年秦始皇的眼神中已流露出貪寶之心，便滿懷興奮地把七件寶物一件件的說個詳盡：「昆山就是崑崙山，高達二千五百餘丈，遍地都是美玉。住在山上的居民經常以玉石投鳥，鳥被玉石擊中就會掉落下來。相傳崑崙山上有酒泉、瑤池兩座神水，西池王母便住在此山中。

周穆王在位的時候，曾經乘天馬到崑崙山與西池王母相會。西池王母用最上等的香酒款待周穆王，周穆王醉臥瑤池，三天不起。臨別前，西池王母贈送周穆王白玉琥一對，作為鎮國之寶，周穆王回宮後便把這對白玉琥奉為至寶。

後來幽王即位時，因為犬戎入侵，火燒崑崙，玉石統統焚毀，所以白玉琥就成了天下僅有的兩塊崑崙美玉。俗話說：『崑山片玉遠勝黃金萬斤』，可見昆山玉有多麼的名貴了。昆山因為山中充滿靈秀之氣，產生出來的玉自然美冠天下。」

「嗯！寡人很想拿到這兩塊崑崙美玉！不曉得如今這一對白玉琥落在何處？」少年秦始皇似乎對昆山玉的下落很感興趣。

「在魏國！」李斯答道。

「那麼，和氏璧呢？它又是怎樣的寶物？」少年秦始皇視寶如命的好奇心已經被李斯挑起了。

「啟稟陛下！和氏璧的由來是這樣的：相傳古時候，楚國玉匠卞和在楚山採礦，忽然有一隻白色的蛤蟆出現在他眼前，使他十分驚慌。因為普通的蛤蟆都是土色或黃褐色的，從未見過有雪白如玉的蛤蟆。如今能見到這樣的玉蛤蟆，卞和自然把牠當作神奇之物。他正想蹲下身來仔細看看這隻白蛤蟆時，沒想到白蛤蟆卻三跳兩跳的跳進了山洞裡。

等他追到洞裡時，白蛤蟆已經不見了，他卻在洞裡發現一塊奇石，石中藏有一塊粗玉，於是他用斧頭把粗玉挖出來帶下山去。下山後他把這塊璞玉獻給厲王，厲王請玉師來鑑定這塊玉的真假，結果玉師竟說這是普通石頭，不值一文。厲王一怒之下，就砍去卞和的左腳。到了武王即位時，卞和又把那塊粗玉獻上，武王請玉師鑑定，玉師也認為那只是一塊普通的石頭而已。武王因為卞和又犯了欺君之罪，所以把卞和的右腳也一併砍去。

後來，文王即位，卞和就用雙手爬上楚山，在楚山哭了三天三夜，哭得眼睛都流出血來。文王得此消息，便派人把卞和接入宮中，問他何以哭得如此淒涼。卞和就說：『世人都把美玉看成石頭，我才傷心至此啊！』文王深受感動，便下令玉師把粗玉剖開加以琢磨；琢磨之後，果然是一塊稀世之寶，文王高興之下，便將這塊璧取名為『和氏璧』。」

「既然同樣都是美玉，那，白玉琥跟和氏璧有什麼不同之處呢？」少年秦始皇似乎又有了一陣疑惑。

李斯回答道：「據臣所知，白玉琥是一對長方形的玉獸，寬四吋、長九吋，神態奇絕，簡直就像真的白虎一樣。周朝人認

為東南西北四方，有青龍、赤鳥、白虎、烏龜四種異靈守護者。其中，白虎乃是鎮守西方的祥瑞神獸，所以周朝的禮官都用玉琥禮祭西方。

據說周穆王擁有的白玉琥曾經吸收了崑崙山神虎的魂魄，因此只要曾跟猛虎搏鬥過的武士用雙手各握玉琥片刻，全身就會增加兩隻猛虎的氣力。

至於和氏璧，則是一塊瑩白無瑕的圓玉，玉面平滑，中間留有手指般大小的圓孔，孔遇風吹便發出美妙的樂聲，百鳥聽到這種樂聲，必定喜而起舞。除此之外，它還能趨吉避凶，降妖伏魔。因此，楚人才稱它為天下第一璧！」

「哦？天下第一璧？如今這天下第一璧在哪兒？」少年秦始皇迫不及待地想知道和氏璧的下落。

「在趙國！先王昭公在位時，曾經想用十五座城池和趙惠文王交換和氏璧，但卻因趙人藺相如從中阻撓，所以終究未得到這塊連城璧。」李斯長嘆一聲後回答道。

「哦？竟有這一回事？那麼，明月珠、太阿劍、黑寶馬、翠鳳旗、神龍鼓又有什麼可貴之處？寡人願聞其詳。」少年秦始皇對李斯所提到的這些寶物越來越感興趣。

李斯望了望四周之後，便靠近少年秦始皇的耳朵，低聲將明月珠、太阿劍、黑寶馬、翠鳳旗、神龍鼓五件寶物的來龍去脈告訴了他。

4・指派高手

李斯如數家珍似的把幾件寶物原原本本地說給少年秦始皇聽之後，少年秦始皇簡直聽得目瞪口呆。

少年秦始皇自小就鍾愛珍品寶物，對神奇怪異的東西更是嚮往不已。所以，他聽完李斯所講的七件寶物，急著對李斯說：

「愛卿！這七件寶物實在太珍貴、太神奇了！真的是比寡人收藏的所有寶物都要名貴十萬倍！寡人恨不得馬上把它們弄到手！」

李斯見少年秦始皇已有奪寶的雄心，心中暗自歡喜。因此，趕忙對他說：「陛下且莫著急！臣打算調派宮中高手一人，暗地裡潛入六國奪取天下至寶，好讓陛下展現震驚天下的雄威！」

「奪取這七件天下至寶，只需一名武士？愛卿莫非……」少年秦始皇帶著詫異的眼神問道。

李斯見少年秦始皇又生疑心，於是解釋道：「臣原先也有調派七名武士各奪一寶的構想。但此事關係國家安危，人多恐怕走漏風聲，對我咸陽就大為不利了。所以臣三思之後，決定只派遣一名高手，施以嚴格訓練，就可順利完成任務。何況寶物與寶物之間還有連鎖關係，非一人則無法完成全部的任務。」

「既然如此，何不讓寡人親自出關奪寶，那才驚險刺激呢！更何況除寡人之外，誰還有這種奪寶的本事？」少年秦始皇對自己的武藝一向充滿信心，因此笑而說道。

李斯一聽之下，嚇得冷汗直冒地說：「百姓不可一日無君！陛下豈可輕易出關冒險？這太危險、太輕率了！」

「愛卿何需緊張？寡人聽說趙國國君武靈王曾經喬裝使者到我國來探訪軍情，而且神不知鬼不覺地安全返回邯鄲。如此說來，寡人也可仿照趙王易容出關啊！何況寡人曾經在趙國住了多年，對趙宮十分熟悉，去趙國奪寶乃是輕而易舉之事！其他五國諒也難不倒寡人！」少年秦始皇臉上流露出初生之犢不畏虎的神情。其實，他心裡更想說的是：他這個「君」只是個名義上的君，國家大事還不是由呂不韋一手在掌控。反正有丞相呂不韋坐鎮，他正好可以表面上託病不上朝，暗中出關去奪寶。只不過他知道李斯曾經是呂不韋的智囊，他不方便在李斯面前痛罵呂不韋罷了。

「陛下只知其一，不知其二！」李斯聽了之後，趕忙阻止道。

「怎麼說？」少年秦始皇揚眉望了李斯一眼。

「趙王剛走出我國邊境，先王昭公就已察覺出他的身分有異，於是立刻派兵在後頭追趕他！算他運氣好，差一點就被先王昭公給俘虜了！」李斯解釋道。

「原來如此啊！」少年秦始皇點頭說道。

「所以，臣懇求陛下可別再有這種令人心驚的想法了！再說，趙王只到一國探訪就已危機四伏，奪寶卻要在六國出生入死，其危險程度要超過前者千萬倍！臣可不想當個讓大臣百姓唾罵的罪人啊！臣知道陛下武功蓋世，不放心別人出關奪寶，但臣推薦的人選一定不會讓陛下失望的！請陛下放一萬個心好了！」李斯語氣堅定地說道。

少年秦始皇深知李斯是個足智多謀的軍師，便不再追問下去，只說道：「好！寡人就依你的計策，只調派一名武士給你！但不知愛卿認為哪位武士是最佳人選？」

「騎衛董飛！」李斯毫不考慮的就說出了他心目中的理想人選。

「董飛？」少年秦始皇一聽李斯提起董飛二字，心中不免暗吃一驚，隨即深深佩服李斯的眼力。

因為，董飛乃是少年秦始皇御前最年輕的武士，雖然他只有十八歲，可是，他有著古銅色般的皮膚，如猛虎一般孔武的背脊，似蒼鷹一樣銳利的眼神，像猿猴一樣敏捷的身手。不但精通射騎、摔角、輕功，而且力能搏虎、出招兇狠，是一名傑出的騎衛。更奇特的是，他的視力極佳，能在百步之外窺見螳螂捕蟬的動靜。他的記憶力也超強，擁有過目不忘的異能。

　　他的父親董戎在莊襄王時代做過秦國的太僕官，專掌皇帝御用車馬，善於馬術和車戰。不幸在他十五歲那年，他的雙親先後病故，只留下他這個獨生子替秦王效命。

　　他五歲起就跟父親董戎習武，練就了一身好功夫。董戎親自傳授給他的兩套獨門功夫，一門叫做「蚩尤五撲」，另一門則叫做「夸父九逐」。

　　「蚩尤五撲」是一種奇特的摔角術，相傳是蚩尤長期觀察兩熊相互撲打而悟出的一種格鬥技巧。蚩尤共有兄弟七十二人，個個都是摔角高手，只要他們一出征，敵人立即聞風喪膽，舉旗投降。

　　至於「夸父九逐」乃是一種上乘的輕功，相傳是夸父長子夸風從夸父追趕太陽的箭步裡悟出來的九招騰空特技。

　　董戎的父親，也就是董飛的祖父董雲，二十歲時，曾經在崑崙山遇見一位身懷絕技的異人，他叩首拜異人為師後，那位異人便將自己的絕學「蚩尤五撲」與「夸父九逐」傳授給他，並且一再叮嚀他：只可將此獨門功夫傳給子孫，萬萬不可傳給外人，而且傳授時不得有閒人在場觀摩。因此他下山後便謹守師訓，私下傳給了他的獨子董戎，由董戎再私下傳給了他的孫子董飛。因此，董飛「撲、逐」功夫的師承，就連少年秦始皇也不知曉。

　　董飛所處的秦國是個尚武的國家，每年春季都要舉行宮廷摔角大賽。十七歲那年，他參加摔角大賽，連續打敗十位高大的武士，贏得冠軍，讓少年秦始皇大吃一驚，於是將他攬為御前騎衛，專門負責護駕國君的重大任務。

　　少年秦始皇雖然也通武術，但與董飛相比，就顯得遜色了些。有一陣子，他還十分忌妒董飛的武藝竟然凌駕他之上，心中甚至萌生了除去董飛的念頭。後來由於董飛在一次刺客暗殺他時，運用輕功殺死刺客而保住了他的性命。這才放棄了誅殺

董飛的念頭，轉而欣賞董飛的過人膽藝。如今李斯要讓董飛去奪取六國天寶，他自有難以割捨之情。

「愛卿，你看派別的武士去如何？」少年秦始皇的語氣似有不放董飛之意。

「臣深知陛下寵愛董飛，然而奪寶之事，非有高妙的武功、過人的機智，否則萬萬不能勝任！據臣這半年多來的私下觀察，董飛雖然職屬騎兵侍衛，但兵法、武功都不在宮廷侍衛長之下，實在是上上之選。有了董飛一人，足可以一當十了！」李斯再度推崇董飛的過人之處。

「可是！愛卿你忘了！董飛父母雙亡，在秦國並無親戚；況且他的摔角與騰空武藝均非我秦國武士所受的訓練。寡人曾多次試探他武藝的師承，他總是支支吾吾說是無師自通而來的。因此，萬一他把七件天下至寶據為己有，不遵命返國，秦國的連坐法是拿他莫可奈何的，不知你想到這點沒？」少年秦始皇雖然知道董飛平日忠於皇室，但他對董飛仍然不甚放心。

「臣早料到這點，所以臣擬定的計謀一定可以叫他如期返國。請陛下放心！」李斯信心十足地答道。

少年秦始皇見李斯如此有把握，自知難以回拒，便答應了李斯的要求：「好！愛卿，寡人就順你之意，調派董飛出關奪取天下至寶。若是奪成，寡人必有重賞！然而，董飛要是奪寶不成或者背叛秦國，將寶物據為己有。到時候寡人只有將你依法治罪，滅你三族了！」

「臣若失職，願受滅族處治，死無怨尤！」李斯低頭向少年秦始皇一拜。

5·雁聲急促

少年秦始皇見李斯忠心耿耿，便傳令董飛速來北雁亭一見。

「騎衛董飛聽令！」傳令官奔至董飛身前時，董飛正坐在北雁亭外百公尺之處的草地上休息，他的肩上立著一隻目光炯炯的黑色獵鷹。

「小卒在！」董飛即刻起身聽令。

「大王要召見你，請速隨我來！」傳令官高聲喝道。

「小卒遵命！」董飛恭敬答道。

不一會兒功夫，董飛便奉令前來北雁亭，叩見少年秦始皇。

「董飛！」少年秦始皇目視著眼前這位寵士。

「小卒在！」董飛低頭答道。

「軍師有重大任務要派你去完成，你要好好遵照軍師的計令行事，知道嗎？」少年秦始皇吩咐道。

「小卒赴湯蹈火，萬死不辭！」董飛仍低頭答話。

「好！那你待會兒就跟軍師一塊進咸陽宮密商大計！」少年秦始皇說道。

「小卒遵命！」董飛說完就退立一旁。只見他身高七尺，劍眉虎目，一襲黑色戎裝，英氣逼人。李斯注視良久，心中自有布局。

這時天色暗了下來，落日餘暉把渭水北岸的蘆花林染成一片瑩黃，天邊傳來急促的雁叫聲。

李斯笑問少年秦始皇：「陛下還想不想連射十隻野雁下來？」

「不用了！寡人現在所想的是那六國的天下至寶，區區十隻野雁又算得了什麼？」少年秦始皇也微笑道。

「對！陛下若有了七件天下至寶，必定可以富敵六國，威勝五霸了！」李斯再攻少年秦始皇之心。

「富敵六國，威勝五霸？哈！好！真好……」少年秦始皇在得意之際，忍不住仰天大笑起來。

正當少年秦始皇狂笑之際，蘆花叢裡忽然傳出幾道閃爍的影子……

「大膽奸細，竟敢躲在蘆花叢裡偷聽機密？還不快快出來受死！」少年秦始皇說完，隨即端起弩機就朝林中射去。董飛則一個箭步衝進林中。

「啟稟陛下！是三隻小碧猴！」不一會兒工夫，董飛雙手拎著一團東西走了過來。

「原來是全身綠毛的小碧猴！寡人還以為是人影呢！就算是人影，諒他們也逃不過寡人的神箭！」少年秦始皇得意洋洋地說道。

「那當然！」李斯也順口恭維道。

暮色蒼茫中，幾匹駿馬穿過蘆葦小徑，直奔咸陽宮。

第二章
精心布局有所圖

1·初入密室

　　咸陽宮與常樂宮隔著一條渭水遙遙相對，連接兩宮的是一座寬六丈、長三百八十步的大石橋。長橋橫臥碧波，氣勢宛若游龍；朱樓連接碧宇，綺麗一如圖畫。就在這座由二百多個大大小小的宮殿所組成的帝府中，有一間極其詭秘的屋宇，名叫「鳳韜室」，這是李斯官拜軍師之後，擬定征服六國策略的辦公處所。

　　「鳳韜室」除少年秦始皇之外，任何人，即使是位居一人之下、萬人之上的丞相或秦國最高軍事首長，非持李斯親手所發的密符，經宮廷警衛查驗無誤，否則都不許擅自進入室內。如有違犯律令者，一經查獲將受消滅三族的極刑處分。呂不韋明明知道李斯正在秘密進行一項天大的任務，但由於他已受到少年秦始皇的懷疑和冷落，自身難保，因此他也不敢明目張膽地去打探李斯的計畫。由此可見李斯之大權在握。

　　董飛隨李斯進入鳳韜室時，室內燭火通明，亮如白晝。在燦亮的火光照耀之下，他發現室內既無珍品寶物，設備也十分簡陋，整個屋子最多只有一丈寬、二丈長，根本不像是總軍師的辦公室。當他正在苦思不解時，李斯似已看出他的疑惑，便笑著對他說：「董飛！我的密室在地下！」說完，李斯用雙手將牆上一枚拳頭大似的虎鈕向右轉了三圈，於是，「呀！」的一聲，牆分為二，呈現在他眼前的是由高漸低的石階和兩排熊熊烈烈的火炬。石門關閉之後，李斯輕聲對他說道：「董飛！這牆上的虎鈕是通往密室的樞紐機關，你只要用力往右轉三圈，石門就會自動開啟；如果使用不得法，壁上的弩機就會發射數百支毒箭出來，任憑武功再高的人，也難免死在箭雨之下。懂得虎鈕密碼的人，除了大王和我之外，你是第三人！千萬要記住轉動的方向和次數啊。」

董飛聽後，便點了點頭。

李斯走在前面，董飛緊隨其後。到了地下室，董飛才發現：這是一間他從未見過甚至聽過的密室。他是少年秦始皇的御前騎衛，平日可以自由出入宮廷，可是他在宮廷出入了十年，如今才第一次曉得有鳳韜室這樣的秘密機關，因此他心中實在充滿了好奇之心。

他放眼一看：首先映入他眼簾的是一個長四丈、寬二丈的大沙盤。望過去，像是六國的地形圖。因為上面標明了韓、趙、魏、齊、楚、燕的字樣。接著他又看到三樣罕見的動物：一匹身高八尺的黑馬，一隻雙翼長達五丈的翠鳥，還有一條狀極凶惡的動物自水中爬行上岸，看上去像是傳說中的蛟龍。然而，等他再走近一點用手去觸摸時，才發現剛才所見到的三樣動物，只是三樣幾可亂真的模型罷了，他的心中不免暗暗吃了一驚。最後他在一張舖上黛綠色繡布的長桌上，見到一對白色的虎形玉器、一顆泛著亮光的珠子、一塊圓形有孔的玉器和一把閃亮如銀的寶劍。

「請問軍師，這屋子裡的珠玉寶劍都是大王賜給您的寶物嗎？」董飛忍不住打開了話匣子。

李斯就在等董飛主動提出問題來，如今董飛問他這樣的問題，他不但面無怒色，反而心中暗喜，便笑著對董飛說：「這些珠玉寶劍並非大王賜給我的寶物，它們只不過是仿造品罷了。」

「仿造品？」董飛又大惑不解。

事實上，這些珠玉寶劍和前面三樣動物都是仿造品。早在一個月之前，李斯把六國天寶的情報都蒐集齊備之後，便秘密地調派百工加緊趕製天寶的仿造品。李斯之所以要調人趕製仿造品，一來是想讓董飛對六國天寶有一清晰之認識，才不會錯認天寶；二來是要在奪寶成功之後，留下仿造品，以免讓六國馬上察覺出來。

　　李斯所調派的百工都是秦國最優秀的玉匠、雕塑工和劍師。這些人只知奉命行事，也不敢過問趕製仿造品的緣由，而且在他們趕製完畢之後，李斯為防止他們走漏風聲，又偷偷地將他們暫囚於地牢中，等天寶奪成之後，再將他們釋放。由於天寶仿造品是在前天才全部完工，所以李斯尚未向少年秦始皇稟報，他要等到少年秦始皇答應董飛助他奪寶，而且董飛也能通過嚴格地訓練之後，再向少年秦始皇報備。反正，少年秦始皇已將秘密奪取六國天寶的策略交由他全權處理，他也可以暫時做一些主了。

2・寶物奇談

　　李斯見董飛的眼神迷惑不定，便準備將昆山玉、和氏璧、明月珠、太阿劍、黑寶馬、翠鳳旗和神龍鼓七件寶物的來歷及神奇之處解說給董飛聽。好讓他對所要奪取的寶物先有一番認識。

　　「董飛，你聽過昆山玉與和氏璧的傳說嗎？」李斯問道。

　　「小卒從未聽說過！」董飛老實回答道。

　　於是李斯便將昆山玉與和氏璧的傳說娓娓告訴了董飛。

　　董飛聽完，嘖嘖稱奇道：「想不到白玉琥能使人增強兩隻猛虎的氣力！真是神奇啊！幸好小卒曾經跟猛虎搏鬥過，要不然拿到手上也是白拿了！」

　　「傳說畢竟是傳說！說不定未曾跟猛虎搏鬥過的人也會增強氣力呢！重點是：白玉琥千萬不可在烈日下曝曬！」李斯則說道。

　　「為什麼？」董飛又問道。

「因為《寶經》一書記載，白玉琥一旦曝露於日光之下，裡面的虎魄就會枯萎而死，就算雙手再握一個時辰，也無法增強半點氣力了！」李斯回答道。

「小卒明白了！」董飛停頓了一下又問道：「請問軍師，那和氏璧是否也跟白玉琥一樣，不能曝曬於日光之下呢？」

「恰恰相反！和氏璧不怕日光曝曬，只怕月光照射！」李斯微微一笑道。

「為什麼？」董飛問道。

「因為，根據《寶經》的說法，和氏璧經月光照射之後，顏色會變得昏暗混濁，再也呈現不出價值連城的光澤了！所以，你千萬要記住這一點，絕對不可大意啊！」李斯又是一番叮嚀。

「小卒一定會牢牢記住的！請軍師放心！」董飛點了點頭。

「好！我就再把其餘五件寶物的來龍去脈也一塊兒告訴你！」李斯左手捻著鬍鬚說道。

「還有五件寶物？」董飛愣了一下。

「不錯！就是明月珠、太阿劍、黑寶馬、翠鳳旗和神龍鼓！先說明月珠好了！明月珠本來叫做隋侯珠。」李斯說道。

「敢問軍師，隋侯是何許人？」董飛好奇地問道。

「隋侯乃是周武王時居住在漢中的一位姬姓諸侯，他精通藥草，急公好義。有一天，隋侯與部下出遊，遇到一條腰部受傷的大蟒蛇在路上打滾，神情十分痛苦。隋侯見狀，內心不忍，便由囊中取出鳳尾草給蛇服用，蛇服用後含淚離去。」李斯回答道。

「想必這不是一條普通的蛇吧？」董飛隨即問道。

「沒錯！一個月之後，隋侯獨自經過蟠龍江畔時，忽然江心水花噴天，一條大蟒蛇自水中游出，口中還卸了一粒大珍珠，

蛇把珍珠吐在地上之後，就游回江心去了。隋侯望著江心，許久才想起這條蛇是一個月前被他醫好的大蟒蛇。於是，他趕忙從地上把珍珠撿起來放入藥囊中。

回到家裡，已近黃昏，他從藥囊裡把珍珠取出來，剎那間珍珠射出萬道光芒，直照千里之外。隋侯知道此珠不是凡物，不敢據為己有，便把它獻給了周武王。隋侯珠晶瑩剔透，亮如月光，所以又稱夜明珠，現在燕國的宮中。」李斯答道。

「夜明珠？這世上真有會在夜晚發光的珠子，簡直太神奇了！」董飛的雙眸也閃爍了一下。

「那當然！據說手持明月珠站在城樓上，可以將整座城照得如白晝一般明亮！只不過……」李斯話到嘴邊又停頓了一下。

「只不過什麼？請軍師明示！」董飛抬頭問道。

「只不過，明月珠最怕烈火！它一遇烈火就會爆炸，百步之內的人畜都會遭殃！」李斯解釋道。

「軍師，為什麼明月珠一遇烈火就會爆炸呢？」董飛再次抬頭問道。

「我也不知道是何原因！《寶經》一書沒有詳加說明！」李斯回答道。

「那，太阿劍又是什麼樣的寶劍呢？」董飛對兵器的興趣似乎較濃。

「太阿劍是以神鐵鍛鍊而成的一把寶劍。聽說古時黃帝曾採首山之銅鑄成軒轅劍，他的孫子造畫影劍，夏朝的大禹造伏水劍，周穆王遠征西戎時，西戎獻昆吾劍給穆王；這些都是銅劍。銅劍雖然切玉如泥，卻無法削斷鐵器。秦國即使有傳世的青龍劍給大王佩用，但也只是一把銅劍而已。楚人深知鐵器比銅器堅固耐用，所以就嘗試用鐵煉劍，結果鐵劍的威力確實勝過銅劍數倍。

　　楚昭王時，吳國有干將、越國有歐冶子，兩位都是會用神鐵煉劍的名劍師。昭王知道了，就派劍師風胡子請干將、歐冶子替他鑄兩把寶劍。干將、歐冶子用龍淵產的鹿血混合太阿山產的鐵礦，苦心打造了半年，終於鑄成了兩把名劍：一把叫龍淵，另一把就叫太阿。兩劍各長三尺三，是劍中極品。劍光一閃，亮如寒星，穿石斷鐵，天下無敵。所謂：龍淵水蕩蕩，太阿山巍巍，真不愧是天子之劍。

　　就我所知，龍淵劍在楚昭王死後已沈入東海，下落不明，如今世上只剩太阿一把名劍，現在韓國。」李斯娓娓回答道。

　　「原來如此！那，請問軍師，前三件寶物都有它們的剋星，太阿劍會怕什麼東西嗎？」董飛追問道。

　　「《寶經》沒說它怕什麼東西，應該是沒有什麼剋星的了！」李斯則捻鬚笑答道。

　　董飛正想追問黑寶馬是什麼樣的寶物時，李斯卻帶著神秘的表情對他說道：「董飛！我看，時候已經不早了！你也該回騎衛營休息；明天我還會告訴你許多你聽都沒聽過的故事！」

　　董飛聽了之後，不再發問，準備轉身走出鳳韜室。

　　「等一等！」李斯見董飛轉身，便高聲叫道。

　　「什麼事情？軍師！」董飛停下腳步問道。

　　「你忘了拿一件重要的東西！」李斯笑說道。

　　「甚麼重要的東西？」董飛問道。

　　「就是這個！」李斯說完，立即從懷中掏出一枚銅製密符交給董飛，並吩咐他明日清晨前來鳳韜室時，只要將密符交給守門警衛過目，就可進入室內。

　　「小卒遵令！」董飛向李斯行完軍禮便踏出鳳韜室，直接回騎衛營就寢。

3·忠勇武士

第二天清晨，當旭日把咸陽宮照得金碧輝煌時，董飛立即攜帶密符進入鳳韜室，然後轉虎鈕，等石門一開，便往地下道走去。

沒想到他才走了三步路，突然有兩位高大壯碩的人影竄出來，以迅雷不及掩耳之勢，一前一後地用利劍抵住他的咽喉和背部。

「快說！秦王派給你的任務是什麼？」站在他前面的黑衣蒙面人大聲喝斥道。

「快把你知道的天下至寶一五一十地告訴我們！」站在他後面的白衣蒙面人也大聲喝斥道。

董飛雖然感覺咽喉與背部隱隱作痛，但他仍然一語不發，不回答半個字。

「再不說的話，我就一劍刺穿你的咽喉！」黑衣蒙面人氣急敗壞地說道。

「我也一劍刺穿你的背脊！」白衣蒙面人也怒火中燒地說道。

儘管如此，董飛依舊昂首不語。

正在此時，附近傳出一陣爽朗的笑聲。董飛一看，原來是少年秦始皇。只見他雙手一揮，兩位蒙面人立刻收劍退下。

董飛摸摸咽喉問道：「陛下！這是……」

「這是大王的意思，他要測試你的忠誠！看你是不是貪生怕死之徒！」跟在後頭的李斯也哈哈大笑道。

「原來如此！」董飛聽了不寒而慄。

「董飛！看來，你的確是個忠貞的武士！這麼一來，寡人和軍師也就放心多了！」少年秦始皇微笑道。

「謝謝大王和軍師對小卒的信任！小卒知道什麼話是該講的，什麼話是不該講的！」董飛恭敬地說道。

「好！董飛！那，你就跟軍師研商奪寶大計去吧！」少年秦始皇把話一說完，便帶著兩位蒙面人從容離開了鳳韜室。

「董飛，快隨我到密室去！」李斯見少年秦始皇一行人已離去，便示意董飛跟著他的腳步。

董飛一聽，趕緊跟在李斯後頭。

到了密室，李斯肅然對董飛說道：「董飛！我想你也聽說了：大王生性多疑，是一位不輕易採納臣子意見的人！你是在我的極力推薦與擔保之下，他才免強答應的。本來，大王興致勃勃，準備要親自出關奪取天下至寶，還是被我千勸萬勸才打消此一危險念頭的！所以，你必須好好接受指令，完成所交代之任務，絕對不能有二心！知道嗎？」

「謝謝軍師的抬愛，小卒會銘記在心的！」董飛也敬答道。停頓了一會兒，他緊接著問道：「對了！軍師！您還有幾件天下至寶沒告訴小卒呢！那黑寶馬究竟是什麼樣的寶馬？牠能日行千里嗎？」

「哈！哈！日行千里算什麼？黑寶馬是一匹烏黑發亮的神馬，高有八尺，四蹄奔騰，快如流星。秦國雖有追風、白兔、飛箭、馳電、迅豹、銅雀、神鷹七匹皇馬，但這七匹皇馬無一匹可追得上黑寶馬。因為，秦馬高不過六尺，一日只能行走千里，而黑寶馬則可日行三萬里，追風逐電，氣勢非凡！」李斯笑答道。

「哦？真有這麼神奇？那，軍師！牠是怎麼來的？現在又藏在哪個地方？」董飛瞠目問道。

「是這樣的！周穆王時曾有赤驥、黑驪、黃馳、紫駒、金驤、銀騑、綠驄、青騧八匹日行三萬里的神馬。其中以黑驪鬃毛最亮，蹄勁最強，稱得上是八駿之王。聽說黑寶馬便是黑驪的後代，而如今世上只剩下這匹神馬，真可說是萬中選一了。黑寶馬氣吞山河，涉水如飛，所以又稱『水龍吟』，現在趙國。」李斯回答道。

「『水龍吟』？好一匹神馬！小卒真想見識一下牠的神威！」董飛的眼神中充滿了驚奇與期待。

「我相信你很快就會騎上牠的！」李斯笑答道。

「軍師！黑寶馬小卒已經認識了，但翠鳳旗是什麼旗！它跟鳳凰有關係嗎？小卒聽過鳳凰，但卻不知道牠有什麼神奇之處？」董飛話中又充滿了好奇與疑惑。

「嗯！鳳凰是古時候的祥瑞聖鳥，人稱百鳥之王。四靈之一的赤鳥就是指的鳳凰，它是鎮守南方的靈異，雄的稱鳳，雌的叫凰，也有人稱牠們為彩鸞。鳳凰的長相是龍紋龜背、蛇頸魚尾，羽中有眼，碧翠如玉，陽光一照，五色燦爛。

相傳鳳凰可以飛到九萬尺之高，普通銅劍是傷不了牠的。鳳凰要五百年才出現一次，據說大禹作好曲調高雅的韶樂之後，鳳凰聽到樂聲便從九霄飛下，落在皇宮的梧桐樹上。周文王時，鳳凰降於洛水，周朝便貞瑞吉祥。」李斯解釋道。

「哦？世上竟有鳳凰這樣的聖鳥！」董飛顯出驚訝的表情。

「的確如此！所以我向大王建議，如果我們能捉住鳳鳥，把牠的翠羽鑲為國君儀仗，如此一來，鳳旗飛舞，威震八方，一定可以挫敵士氣，揚我國威了。據我所獲得的可靠情報，兩年前齊國百鳥山就出現翠鳳一隻，齊人每天清晨都要向南方膜拜這隻聖鳥，以保佑齊國國運昌隆。」李斯回答道。

「嗯！小卒明白了！那，請問軍師，第七件天下至寶是……」

　　還沒等董飛說完話，李斯隨即捻鬚微笑道：「是神龍鼓！」

　　「對，小卒記起來了！就是神龍鼓！請問軍師，神龍鼓又有什麼神奇的地方呢？」董飛很想知道第七件寶物與前六件寶物有何不同之處。於是點點頭之後趕緊問道。

　　李斯一聽，立即回答道：「神龍又稱蛟龍，是水中最凶猛的魚類，身長三丈以上，還會吞雲吸霧，化雲成雨。蛟龍生長在沼澤江湖之地，力大無窮，鳴聲驚人，而且在半夜的鳴聲就像鼓一樣的蓬蓬作響，所以牠的皮可以作戰鼓之用。

　　相傳黃帝與蚩尤作戰時，由於蚩尤武功高強，把黃帝的軍隊打得節節敗退，使黃帝憂愁不已。正在此時，黃帝的一位軍師告訴黃帝，要破蚩尤的兵陣只有用神龍鼓才有辦法。現在，離兵營不遠有一座黑鯉湖，湖中有一隻身長十丈的神龍，如果能把這條神龍射殺，把牠的皮剝下來作成一面大的戰鼓，然後敲鼓進擊，蚩尤的部隊一定聞聲喪膽，潰不成軍。

　　黃帝聽了他的計策，就派了五名神箭手身背天玄弓與地黃箭到黑鯉湖去射殺神龍，把神龍的皮剝下來做鼓，結果鼓聲動天、山鳴谷應，連五百里之外的人都聽得清清楚楚。蚩尤被黃帝用神龍鼓破了他的兵陣，只有向黃帝投降了。」

　　「原來蚩尤是這麼戰敗的！」董飛似有所悟地說道。

　　「沒錯！因此我又向大王建議說：『自黃帝以來，神龍鼓已經失傳，如今秦國用的軍鼓不過是馬革與牛皮做的罷了。現在，楚國雲夢大湖有條身長三丈的青龍潛伏在沼澤中，神出鬼沒。楚人把牠當作神明，不敢侵犯。要是我們能得到這張龍皮作為戰鼓，還怕敵軍不豎旗投降嗎？』」

　　「那，大王一定採取您的建議囉？」董飛笑問道。

　　「當然啦！」李斯則眉飛色舞地回答道。稍後，李斯告訴董飛，他這次所負的重任就是要在明年正月一日大王舉行冠劍典禮之前，將六國的天下至寶成功奪取回來。

　　董飛聽完李斯的話，一則以驚，一則以憂。驚的是他的眼界為之大開，憂的是他擔心自己是否能達成這樣艱鉅的任務。所以他惶恐地對李斯說道：「軍師！單憑小卒一人之力，能否順利完成軍師交託的重任，實在沒有把握！」

　　李斯則拍著他的肩膀，笑說道：「董飛，我很早就留意到你的武功和機智。我深信當今秦國再也沒有一個比你更能勝任這個任務的人選了。我想，以你目前的功力，再施以三個月的嚴密訓練，必定可以順利達成任務。等你奪寶成功回來，我會向大王推薦你當宮廷侍衛長的！」

　　「承蒙軍師提拔，小卒十分感謝！軍師既然已有周密的計謀，小卒豈敢貪生怕死，裹足不前？」董飛見李斯成竹在胸，自不能表現出自己的懦弱，又加上奪寶成功可由騎衛跳升為宮廷侍衛長，便爽快答應下來。

　　「好！這才是秦國的忠勇武士！」李斯一聽，禁不住讚美了董飛一番。隨後他用手指著前面的大沙盤說：「董飛！這是六國形勢圖。以函谷關為準，六國在東，秦國在西，所以我們通常稱韓、趙、魏、齊、楚、燕為關東六國。關東六國中，燕國居北，楚國偏南，齊國臨東，魏國則在趙、韓之間。」說完，他又把六國的國力作了一番詳盡的分析。

　　董飛見李斯對六國敵情如此熟悉，又對各國寶物也瞭如指掌，更對李斯興起了敬畏之心。

4 · 奇珍連環

　　李斯為了試探董飛對寶物的熟悉度，便上前問他道：「董飛，我昨天與今天所提的七件寶物各在哪一國，你全清楚了吧？」

「小卒豈敢忘記？白玉琥在魏國，黑寶馬與和氏璧在趙國，明月珠在燕國，太阿劍在韓國，翠鳳棲息在齊國百鳥山，神龍潛伏在楚國雲夢大湖。」董飛不假思索地就答了出來。

「嗯，不錯！你記得是很清楚。不過，奪寶的路線卻是白玉琥第一、和氏璧第二、黑寶馬第三、太阿劍第四、明月珠第五、翠鳳第六、神龍第七，次序絕對不可顛倒或弄亂！」李斯又提醒董飛。

「為什麼？」董飛問道。

「因為七件寶物之間有密切的連鎖關係，你若不照著我所排定的次序去行事，不但無法將寶物全部奪回，而且還會有性命危險！」李斯表情嚴肅地答道。

「敢問軍師，七件寶物的連鎖關係如何？」董飛一聽，即刻追問道。

「那就是：無白玉琥則無和氏璧！無和氏璧則無黑寶馬！無黑寶馬則無太阿劍！無太阿劍則無明月珠！更別說翠鳳旗與神龍鼓了！」李斯語氣高昂地說道。

「請軍師明示！」董飛知道李斯並未將七件寶物為何會產生連鎖關係的原因明說出來。

「好的！就讓我把原因告訴你好了。你必須先穿火浴衣闖魏王火龍機關，盜取白玉琥後，再進入趙宮密室，然後以天蠶絲擦拭和氏璧，將璧盜出；隨即進入趙王馬棚制伏黑寶馬！接著你要騎乘黑寶馬躍入高達十丈、四周惡水環繞的韓王祭劍樓盜取太阿劍，並攜帶寶劍到燕王宮殿將藏匿明月珠的銀盒切開，取出久無亮澤的明月珠；然後騎馬奔馳到高達萬丈的齊國百鳥山頭，以和氏璧的音樂聲引出翠鳳，隨即用天牛弓將明月珠射入翠鳳身體中。由於明月珠是水龍所孕育的珍珠，以龍珠擊鳳，珠入鳳體必定吸盡翠鳳全身的精血，不但可使翠鳳喪命，明月珠也會因為吸取了鳳鳥的精血，自然白亮如昔。射死翠鳳

之後，你立刻騎馬深入楚國雲夢大湖，以和氏璧避開沼澤的毒氣，用明月珠照射大澤，乘黑寶馬涉入水岸，持太阿劍刺入蛟龍咽喉，等蛟龍一死，你將牠的皮剝下捲好曬乾，然後立刻上馬經黑狐道返回鳳韜室覆命！」李斯一口氣把七件寶物之間的連鎖關係說得清清楚楚。

董飛聽完七件寶物之連鎖關係，心中驚奇萬分，便說道：「六國天寶竟有這樣密不可分的關係，真是不可思議！」

「這也就是我要派你獨自一人去的原因。對奪取六國天寶而言，人多反而無益！」李斯又神采飛揚地笑了起來。

5·避火神衣

「對了！剛才軍師提到奪寶時要穿火浣衣、帶天蠶絲與天牛弓，這三樣東西又是什麼樣的寶物？它們跟奪寶有什麼關係？」董飛忽然間又想到一個問題。

「喔，我差點給忘了。火浣衣是由火浣布紡織而成的避火神衣。相傳在夏禹時代，雪兔山上有一隻巨大如象的火浣兔，這隻野兔兩眼通紅、毛色灰暗，牠的毛有三尺之長，而且細如髮絲。牠有個習慣就是喜歡在火中沐浴，當牠跳入火中時毛色紅亮；等到跳出火外時，毛色就變得潔白似雪。如果獵人把牠趕入江中，牠就會立刻淹死。等牠死後，把牠的毛曬乾，剪下來織成布，那麼，這塊布料弄髒後也不用水清洗，只要放入火中燒個片刻再取出來就會潔白如昔。」李斯趕緊回答道。

「兔子巨大如象而且喜歡在火中沐浴，小卒倒是第一次聽說！難道牠不怕被活活燒死嗎？」董飛半信半疑地問道。

「當然不會！要不然牠就不叫『火浣兔』了！」李斯笑答道。

「像這種奇異的巨兔，世上恐怕沒幾隻吧？」董飛又問道。

「那當然！據說雪兔山上總共也只有兩隻！一隻是雄的，另一隻則是雌的。牠們可以活一千年之久？」李斯隨口答道。

「活一千年之久？」董飛聽了大吃一驚道。

「沒錯，要不然先王穆公也得不到火浴衣了！」李斯也答道。

「先王穆公得到過火浴衣？」董飛又是一驚。

「那當然！」李斯神情肅然地說道。

「什麼時候？」董飛追問道。

「先王穆公在位第二年時，曾在雪兔山獵得火浴兔一隻，他將火浴兔的兔毛織成了一件火浴衣，放置在宮中，一時名聞天下，諸侯都很想親眼見到這件避火神衣。」

「那，諸侯見著了嗎？」董飛好奇地問道。

「沒有見著！」李斯回答道。

「為什麼？」董飛急著問道。

「因為，先王穆公擔心諸侯中有人會覬覦這件神衣，所以不敢將它公開！」李斯解釋道。

「原來如此！那，夏禹時代獵殺到的火浴兔是雄的還是雌的呢？」董飛忽然想到一個問題。

「當然是雌的！」李斯回答道。

「為什麼？」董飛睜大眼睛問道。

「因為，據說雄的火浴兔一死，雌的火浴兔就會由於悲憤過度而長出角來！」李斯娓娓解釋道。

「什麼？兔子頭上也會長出角來？那，先王穆公獵殺到的火浴兔頭上就有角囉？」董飛一聽愣住了。

「的確如此！畢竟火浴兔非一般野兔，我們萬萬不能用常理來看待這件事情！」李斯停頓了一下，又說：「由於火浴衣只有一件，而且除避火外別無他用，因而自先王穆公以來，秦國歷代君王都不重視此物。想不到如今卻有大用了。」

「如今有何大用，可否請軍師加以明示？」董飛對火浴衣似乎也有了濃厚的興趣。

李斯隨即答道：「事情是這樣的。白玉琥是魏國的鎮國之寶，魏王擔心敵國派高手潛入魏宮盜取白玉琥，所以在藏置白玉琥的房間前後都設置了火龍機關，凡誤踏機關者，十二龍頭就會一起噴射火焰，將人燒死。所以，你要盜取白玉琥，就得身穿火浴衣，否則必將葬身火海無疑！」

6 · 天絲強弓

「原來是這麼回事！」董飛點了點頭後又問道：「那麼，天蠶絲與天牛弓又有什麼用途呢？」

李斯回答道：「天蠶絲是天蠶所吐的銀絲，柔細溫潤，光澤瑩瑩。相傳黃帝妃子嫘祖為了替黃帝織成一件萬民讚頌的華服，以顯帝威，便日夜在探尋天蠶的下落。苦尋數月，終於在崑崙山麓玉桑樹間發現一隻長若大蟒蛇的銀色天蠶。這隻天蠶對著嫘祖不停地吐絲，吐完十卷之後，便化做一隻銀蝶翩翩然飛去。」

「一隻蠶竟然有蟒蛇那麼長，的確罕見哪！不知道牠會不會吃人或著吃小動物？」董飛好奇地問道。

「據說牠原來也會吃小動物甚至活人的！後來遇到崑崙山的九天真人將牠馴服之後，才改吃桑葉的！」李斯回答道。

「難道嫘祖不怕被牠吐的大量蠶絲給包得動彈不得嗎？」董飛又問道。

「當然不會啊！」李斯笑答道。

「為什麼？」董飛用詫異的眼神問道。

「因為嫘祖身上帶有黃帝賜給她的伏蠶丹一粒，可以降伏天蠶！使他不敢危害嫘祖！」李斯解釋道。

「伏蠶丹？」董飛眼睛閃了一下。

「嗯！就是黃帝用一萬片黃桑葉煉製而成的神丹，天蠶一見此丹，便會自動退後百步，運氣吐絲，不會危及嫘祖的性命！」李斯回答道。

「想不到黃帝也會煉製神丹！」董飛說道。

「那當然！黃帝身懷百種絕技，除了會煉丹之外，還懂得醫術呢！」李斯也說道。

「怪不得嫘祖這麼崇敬他，要替他織成一件萬民景仰的華服！」董飛發出了讚嘆之聲。

「沒錯！嫘祖用了其中九卷替黃帝織成一件『九天帝服』，剩下的一卷便棄之不用。黃帝羽化登仙後，僅存的一卷天蠶絲便傳留了下來。先祖大費為舜帝管馴鳥獸有功，舜帝特將天蠶絲一卷贈送給先祖。於是天蠶絲便成為秦國的傳國寶物了。」李斯娓娓說道。

「原來如此！那，請問軍師！天牛弓又是什麼寶物呢？」董飛繼續追問道。

「這天牛弓乃是用神牛筋脈製成的強弓。」李斯回答道。

「是什麼樣的神牛？牠頭上長了三根角嗎？」董飛又激起了好奇心。

「那倒不是！據說后羿登基時，終南山有一頭獨角神犀，牠的力勁凶猛，角觸城牆，城牆無不倒塌。一天，后羿到終南山狩獵，恰遇神犀向他坐騎直衝而來，后羿翻身下馬，與牠搏

鬥了三天三夜，終於將牠擊斃！然後取其背筋製成弓弦，就成了一張世無匹敵的天牛弓！」李斯說道。

「難道獨角神犀的背筋會比普通水牛的背筋更有韌性嗎？」董飛又問道。

「那當然！牠的韌性比普通水牛的背筋至少要強過百萬倍以上！」李斯也答道。

「百萬倍以上？那連天上的星星都可以射下來囉？」董飛問道。

「的確如此！」李斯語氣堅定地說道。

「可是，誰有本事將此一神弓拉開呢？」董飛質疑道。

「普通武士當然無人能拉開此一強弓，但后羿不僅能將弓拉開，而且還連續用僅有的九支金烏箭射死了九隻可呼風撼樹的火鳳鳥，也就是天上的九個太陽。金烏箭用畢，天牛弓成了無用之物，后羿便將此弓丟棄在終南山的九華洞窟中。」李斯進一步說道。

「請問軍師，金烏箭又是什麼神箭呢？」董飛興致昂然地追問道。

「金烏箭據說是用神犀獨角當箭頭，終南山的神木當箭桿，巫山的金鵝羽毛當箭羽製成的絕世利箭！」李斯回答道。

「弓箭都是后羿自己親手製作的嗎？」董飛又問道。

「據說都是他親手製作的，而且花了三年時間才製作完成！」李斯答道。

「啊？花了三年時間？」董飛愣了一下。

「沒錯！好的弓箭至少也要花個一年的時間才夠！何況是天牛弓與金烏箭這種舉世無雙的極品武器！」李斯解釋道。

「原來如此！那，天牛弓是如何成為我國的國寶呢？」董飛又問道。

「據說先王穆公獵遊終南山時在九華洞裡拾獲此弓，返宮後便把它放置在秦國的兵器庫中，但秦國武士竟無一人能將此弓拉開，所以它也成了廢物。」李斯回答道。

「那豈不太可惜了嗎？」董飛露出十分惋惜的表情。

「不過，現在又用得上它了！」李斯嘴角則浮出一絲笑容。

「用它做什麼呢？」董飛問道。

「聽說齊國百鳥山的翠鳳可直沖萬尺之高，普通弓弦是射不中牠的，只有天牛弓的射程可以到達，所以要得到翠鳳旗，就必須先備天牛弓！」李斯信心十足地回答道。

7・敵國虛實

董飛聽完李斯說完的故事，腦海中隱隱約約地浮起了火浴衣、天蠶絲與天牛弓的神異形象，於是問李斯：「軍師，這三件奪寶工具現在何處？」

「就在這間屋子裡！」李斯邊說邊走到牆腳，將一口佈滿灰塵的木箱打開，從裡面取出了火浴衣、天蠶絲與天牛弓三樣東西。

董飛走近一看，火浴衣髒如舊布，天蠶絲黯無光澤，天牛弓僅長二尺，越看越不像是什麼傳世之寶，剛才在他腦海中所浮現的神異形象已突然消逝。

「哪，你看這件火浴衣！」董飛正在失望之餘，李斯卻把手中的火浴衣往旁邊的火銅鼎裡一扔，剎那間火光熊熊，火焰紅紅。片刻之後，李斯用銅鉤將火浴衣由鼎中鉤出，用手一抖，火浴衣立即潔白如雪，衣料也絲毫未被焚損，看得董飛人都呆住了。

「這件火浴衣雖是避火神衣，不過，等你盜得白玉琥之後，它就不再是我們秦國的寶物了。」李斯說這話時，語氣似乎毫無惋惜之意。

「為什麼呢？」董飛又問李斯。

「因為：火浴衣雖是寶物，但與黑寶馬一比，其價值就不及牠的萬分之一了。所以我們寧可捨棄火浴衣，也不能放棄黑寶馬！」李斯答道。

「難道火浴衣跟黑寶馬也有連鎖關係不成？」董飛忍不住又問道。

「火浴衣本身與黑寶馬並無連鎖關係，然而，少了火浴衣，就得不到烏龍草；得不到烏龍草，就無法獲得黑寶馬！」李斯笑答道。

「烏龍草？」董飛又聽到了他聞所未聞的一樣東西，心中一陣驚喜。

「是這樣的，趙王馬棚一共養了百匹黑馬，其中只有一匹才是飛快如風的黑寶馬。可是，這百匹黑馬，無論外型和高度都極相近，只有像伯樂那樣一流的相馬師才能辨認出真正的黑寶馬來。如果你花在辨馬的時間太多或者盜錯了馬，那我的奪寶奇計就無法達成了。所以，我秘密派人四處打聽盜取黑寶馬的方法，刺探了三個月，目前終於有了消息。」李斯語帶神秘地解釋道。

「結果如何，還請軍師明示！」董飛迫不及待地想知道答案。

「原來，」李斯深深吸了口氣說道：「黑寶馬除烏龍草外，是不吃其他草料的。烏龍草是神農嚐過的百草之一，草性強烈，根有異香，劣馬吃了必發狂致死；唯有黑寶馬敢吃，而且吃了之後雄姿煥發，奔騰如箭。可是，趙國烏龍草由掌馬官太僕掌管，警戒甚嚴，恐怕不易盜得！」

「那該怎麼辦？」董飛聽了，臉上隨即露出憂慮的表情。

「幸好！我方密探又打聽出來，在趙國黑松鄉有一位外號叫黑松瘦婆的寡婦，她藏有祖傳的烏龍草三根，有人想用黃金三百兩購買她的烏龍草，可是她並不答應。有人想用武力奪取她的烏龍草，但因她身懷絕技，普通武士不是他的對手，所以也未能得到。」李斯這麼說是想消除董飛心中的憂慮。

「軍師的意思，是希望小卒跟她一決雌雄囉？」董飛在揣摩李斯的心理。

「哦！不！我絕不是這個意思！黑松瘦婆武藝高強，你若與她相鬥，怕是白白犧牲了。」李斯趕忙解釋道。

「那，軍師的意思是……」董飛用困惑的表情望著李斯說道。

李斯微笑道：「經我方密探從側面得來的消息，黑松瘦婆渴望得火浴衣已渴望了三十年之久，她曾向另一位老婦人透露，如果牠能得到火浴衣，他願意將祖傳的三根烏龍草全部贈送給對方。至於她為何指定要火浴衣，她卻堅持不肯透露。因此，你盜得魏國白玉琥之後，要立即趕往趙國黑松鄉找這位綽號黑松瘦婆的寡婦，將火浴衣交給她，與她換取烏龍草，順便問清楚她需要火浴衣的原因。」

董飛萬萬沒想到要奪取六國天寶，竟是這樣的艱難複雜，內心便惶恐萬分。

「董飛，如果你得不到黑寶馬，那大王也無法得到翠鳳旗與神龍鼓了。你明白嗎？」李斯目光筆直地望著董飛。

董飛現已完全瞭解寶物間的連鎖關係，於是恭敬地答道：「小卒一定會把黑寶馬弄到手的！請軍師放心！」

李斯聽了董飛這番話，甚感欣慰，隨即將天蠶絲握於手中說：「這卷天蠶絲跟那件火浴衣的性質剛好相反。火浴衣不怕

火，天蠶絲卻怕火，它一遇火就會燒成灰燼。所以絕對不可離火太近！」

「天蠶絲既然怕火，那要它有何用處呢？」董飛問道。

「天蠶絲也有天蠶絲的用途，你看！」李斯說完便把手中的天蠶絲投入正前方的水盆中，剎那間，天蠶絲光澤瑩亮，宛若銀絲。浸泡片刻之後，李斯從水盆中將天蠶絲撈起，放到董飛手中。並說道：「你摸摸看！」

董飛聽了，順手一摸，才發覺他手中的天蠶絲並非柔細如髮，而是像藤條般的堅硬了，心中覺得詫異不已。

李斯趕緊說道：「這卷天蠶絲不比一般的蠶絲，它遇水便堅韌如藤；要盜和氏璧，非得借用它不可！」

「哦？」董飛眨了眨雙眼。

「因為趙王為了擔心我們秦國會奪去他的那塊連城璧，所以想盡辦法要保護住它。我方密探已經打聽出來，趙王下令玉師打造了四塊足可以假亂真的和氏璧，分別放置在東南西北四座宮殿的密室中，每間密室都設有機關，而知道真的和氏璧藏處的人，只有趙王一人。所以，你必須會辨別真的和氏璧與假的和氏璧，否則前功盡棄！」李斯一面解釋一面叮嚀。

「那要如何辨別真假和氏璧呢？」董飛又問。

「本來要辨別和氏璧的真假，只要將嘴對璧一吹，會發出美妙音樂聲的就是真的和氏璧。但此法卻行不通！」李斯答道。

「為什麼？」董飛的眼神又充滿了迷惑。

「因為趙王為了戲弄盜寶之徒，特別在東南西北四宮各安置樂師數人，凡是盜寶者想用嘴唇吹弄和氏璧時，樂師便躲在屏帳後演奏美妙之音樂，藉以混淆盜寶者的耳目，使他誤以為所盜之璧為真璧。而事實上，真正的和氏璧卻藏在趙王信宮的寢室中。所以，你若要盜取和氏璧，不宜直接前往信宮，應該

先往東南西北四宮之任何一宮盜取和氏璧，使趙王誤認你已受騙，然後趁其警戒鬆弛之時，再往信宮盜取真的和氏璧！」李斯解釋給董飛聽。

「這跟天蠶絲有何關係？」董飛仍然不瞭解天蠶絲的作用。

「當然有關係！因為趙王這個人十分機警，藏在他寢室中的和氏璧究竟是真是假，我們還無百分之百的把握。所以當你潛入信宮時，不可使和氏璧發出音樂聲，以免驚動守衛。」李斯答道。

「那該用什麼法子測出它的真假呢？」董飛又是一問。

「就用天蠶絲！相傳西池王母曾養天蠶數隻，並用天蠶絲擦拭楚山玉，玉絲相磨，光輝互映，稍磨片刻，玉便生煙。假如信宮的和氏璧經天蠶絲摩擦後會生青煙而且光可照人，便是真的和氏璧。你將真的和氏璧藏入懷中，再把盜得的假和氏璧放入密室中，然後趕緊逃出趙宮到馬棚去盜取黑寶馬！」李斯終於說出了天蠶絲的用途。

董飛聽完李斯的計謀，心想：這真是道高一尺，魔高一丈的對策啊。突然間，他腦海中閃現一個念頭，隨即問李斯道：「軍師！盜黑寶馬時該用不著天蠶絲了吧？」

「哦，你不提，我倒給忘了！」李斯說道：「黑寶馬是趙王的坐騎，馬性驃悍，你縱使用烏龍草與和氏璧可制牠於一時，但你騎乘牠時，他可能會因認生而野性大發。所以你必須用天蠶絲做馬韁才能駕馭這匹快若流星的神馬。」

「軍師！天蠶絲為何能制伏黑寶馬？」董飛又追問道。

「嗯！是這樣的！」李斯說道：「相傳周穆王時，馬僕造父在桃花林遊玩時，無意間見到神馬數匹，匹匹英武，令他大為心動，很想騎乘，但因神馬生性狂野，不易駕馭，所以無法將牠們趕入穆王馬棚。

　　有一天清晨，造父又到桃花林去馴馬。他瞧見一匹黑馬毛色亮麗，便很想試騎一番，誰知那匹黑馬卻向桃花林深處奔去，造父也在後頭窮追不捨。到了桃花林盡處，那匹黑馬突然匍伏在地，造父覺得奇怪，跑前一看，原來是林中天蠶所吐的銀絲綁住了那匹黑馬。於是，造父就用天蠶絲作成馬韁制伏了黑馬，牠就是穆王八駿之一的盜驪。盜驪病死後，馬韁也不翼而飛。」

　　「照軍師的說法，那麼趙王並無天蠶絲所做的馬韁囉？」董飛有了進一步的推論。

　　「當然沒有！除了秦國之外，六國恐怕都無天蠶絲這種寶物。」李斯答道。

　　「那趙王是如何駕馭黑寶馬的？」董飛順勢而問。

　　「黑寶馬是從小就餵養的，所以比較馴服，不用天蠶絲，用普通馬韁就可駕馭。而你不是黑寶馬的主人，不用天蠶絲就無法駕馭牠！」李斯也答道。

　　「大王有名馬七匹，大王騎銅雀，小卒騎追風。這次出關奪寶，小卒仍然要騎追風嗎？」董飛想到自己的座騎是少年秦始皇賜給他的御馬，自然要問一下李斯的意思。

　　「當然是騎你最熟悉的追風！不過，到了趙國你就不能再騎他了。」李斯也和藹地答道。

　　「為什麼不能再騎牠？」李斯的答話又引起了董飛的另一個疑問。

　　「因為趙馬有八尺之高，秦馬只有六尺高；在趙國騎追風馬，很容易被趙兵看出破綻。因此，你在盜取黑寶馬之前，就可以直接將追風馬放回！」李斯解釋道。

　　「追風馬回得了咸陽嗎？」董飛有點半信半疑。

　　「當然回得了！大王的七匹御馬都很聰慧，不但善解人意、會護衛主人，而且記性甚強。莫說在趙國，就是把牠放在

燕國、齊國的遙遠地方，牠也會在三天之內奔回咸陽！」李斯信心十足地答道。

「追風馬既有這等本事，那小卒盜取黑寶馬之前，一定遵照軍師指示，將牠放回！」董飛說道。

8・古代箭手

李斯談完天蠶絲的用途之後，又將天牛弓拿在手上，對董飛說道：「你拉拉這張弓看！」

董飛接過弓來用力一拉，弓只張到半滿而未全滿；於是他閉目凝息，運足精氣，再使勁一拉，弓似滿月，但他臉上卻青筋暴脹，雙眼火紅，而且汗珠如豆灑下。當他鬆開拉住弓弦的右手時，弦聲響亮如同北風呼嘯一般，久久不停。

「嗯，力道夠了，只是技巧還未成熟，再磨練三個月，應該是秦國的一流箭手了。」李斯見董飛能將天牛弓弓弦拉滿，甚是驚喜。因為，憑李斯的武藝和氣力，即使費盡九牛二虎之力，也只能拉開半滿，更別說一般武士了。

「軍師，這把天牛弓真能將齊國的大鳳鳥射死嗎？」董飛調整呼吸片刻，又問李斯道。

「只要勤加練習，憑你的箭藝是不會有什麼問題的。從前有位神箭手逢蒙，他有個青出於藍而勝於藍的學生名叫鴻迢。鴻迢與妻子爭吵，吵不過她，便想用箭嚇嚇她。於是鴻迢以流星箭搭在雷霆弓上，向她的眼睛射去，眼看箭頭就要射中眼珠，可是忽然間，他的眼睛還沒來得及眨動，箭就落在地上了，而且沒有揚起半點灰塵。」李斯記起古代神箭手的故事，順便講給董飛聽。

「哦？真有這樣的奇事？」董飛聽得兩眼發直。

　　「比這更怪異的事還多著呢。相傳姑射山上的奇人列禦寇就是一位天下無敵的神箭手，他可以用右手拉滿弓，左手手腕上放一杯水，靜止不動地連發百枝銅箭：第一枝箭的箭頭射中靶心，第二枝箭的箭頭則射進第一枝箭的箭尾，而第三枝箭的箭頭又射進第二枝箭的箭尾，這樣箭箭相連，形成了一條兩百尺之長的箭繩，而最後一枝箭則搭在弦上未發。妙的是，他左手腕上放的一杯水連一滴也未曾外洩。」李斯又提起另一個神箭手的傳說。

　　聽完李斯所說的神箭故事，董飛再想想自己那種百步穿楊的箭藝，真是微不足道了。可是，真要練到像鴻迢和列禦寇那樣上乘的功夫，還不知要到何年何月呢。

　　「你聽過甘蠅這個人吧？」李斯似乎又想起了一件事，便問董飛。

　　「小卒未曾聽過。」董飛雖然精通騎射，可是他對古代一些神箭手的傳聞卻所知甚微。

　　「他是后羿時代的神箭手。他家有個園丁叫飛衛，很想跟他學射箭。他告訴飛衛，要學射箭前，先得學會兩套本事！」李斯說道。

　　「是哪兩套本事？」董飛側過臉來問道。

　　「第一步先要學會不眨眼，第二步還要能視小如大；學會了兩套本事，就有資格學箭了。」李斯答道。

　　「那飛衛學會了兩套本事沒？」董飛急著問李斯。

　　「當然學會了！名師之下，豈有弱徒？你即使用錐尖在他眼珠前晃動，他也眨都不眨一眼。而且他可以把小螞蟻看成是車輪那麼大，把酒杯看成是丘陵那麼高。有了這兩套本事，甘蠅便遵守諾言將一身的箭藝都傳給了他。」李斯笑答道。

　　「小卒射鳳需要飛衛這種本事嗎？」董飛又問道。

　　「那到不必！翠鳳身長五丈，又不是小螞蟻，這樣顯著的目標，還怕肉眼看不清楚嗎？不過，用明月珠射鳳，若無鴻沼的本領，不僅殺不死翠鳳，連明月珠也會跟著遺失！」李斯也答道。

　　「射鳳要有鴻沼的本領？」董飛一聽，真的大吃一驚。

　　「嗯，鴻沼的本領就是勁道剛好，絲毫不差，否則他也不敢拿他妻子的眼珠作箭靶了。你如果射鳳時勁道太猛，使明月珠穿過鳳體，劃入長空，則翠鳳傷口會很快癒合，而明月珠更是不知去向，如此一來，豈不前功盡棄了嗎？所以，你射鳳的勁道要剛好射入翠鳳腹中，使明月珠吸盡鳳血，那麼翠鳳既死，明月珠也可光彩奪目了。」李斯解釋其中的原由給董飛聽。

　　董飛點點頭後又問：「用銅箭射雁，小卒尚可。然而，若用珍珠射鳳，小卒從未試過，不知能否勝任……」

　　「這個你放心！以你目前的射藝再加以密集訓練，縱使翠鳳飛得再快，諒牠也敵不過天牛弓和明月珠的威力！」李斯語氣堅定地說道。

　　「可是，明月珠現在燕國，小卒該如何用珍珠來射擊呢？」董飛聽完李斯的話之後，腦海中又有了一個疑問。

　　李斯答道：「放心！明月珠雖在燕國，但我們有和它重量、大小一模一樣的琉璃珠千顆，夠你練習用的了。等你練會了琉璃珠，再用明月珠時自可得心應手。從明天起，我們就開始練習以珠代箭的新射法！」

　　其實，李斯所說的琉璃珠，並不是真正的珍珠，而是一種酷似珠玉的裝飾藝品，在戰國時代十分流行這種裝飾品。除琉璃珠外，琉璃璧也是一種仿玉品。它們的價值自然無法和真的珠玉相比，唯其如此，一般百姓才買得起這些琉璃藝品，做家庭裝飾之用。

　　李斯曾經當過呂不韋的食客，而呂不韋本是韓國的大商人，家中有犀牛角、大象牙作的器具以及各式各樣珍貴的耳環、髮簪，手鐲和刺繡。與呂不韋生活在一起，李斯對珍珠美玉這些器玩也見得多了，所以任何器玩有什麼用途，他都知之甚詳。董飛只是一名武士，他對珠寶這些東西所知甚淺，在這一方面，他只有完全聽從李斯的意見了。於是他低身向李斯行禮道：「軍師韜略高明，小卒一切聽從軍師安排。」

9・安全考量

　　「好！從明天起至十二月初，我要你變成咸陽最優秀的武士！」說完，李斯就預備登上石階，步出鳳韜室。

　　這時董飛像是想起一件事情似的，忽問李斯道：「軍師，這些寶物放在此處，安全嗎？」

　　「安全？哈……哈……」李斯摸了一下鬍鬚笑道：「咸陽宮再沒有比這裡更安全的地方了。哪，你看！這座門進來時只須轉動一枚虎鈕，而且要向右轉三圈，門才開啟。可是，出去時又不同了，牆上有二枚虎鈕，你必須同時向左轉一圈，門才會開啟，否則稍有失誤，就會死在弩機的亂箭之下。所以，即使有人闖得進來，卻未必闖得出去！」

　　董飛原以為出去時的轉動方向、次數與進來時的雷同，沒想到李斯竟設置如此令人防不勝防的機關，真是謹慎到了極點啊。

　　石門開啟後，董飛問李斯道：「小卒明日習射場所是在上林獵場嗎？」

　　李斯則搖搖頭說道：「哦，不在上林射場，那裡習射的人太多，我們改在鴻蒙射場！」

「鴻蒙射場？」董飛習箭以來，似乎未曾聽過這樣的一個地方。因此他感到十分訝異。

董飛的訝異是很自然的事，因為上林射場位於渭水南岸，它是秦王、侍衛長、和騎衛的射擊地。長百丈，寬五十丈，四周種滿修長翠綠的龍柏，計二千五百株，是習射的最佳場地。其中有百步標靶十座、二百步標靶十座、三百步標靶二座、五百步標靶一座。另有黃雀一千隻，供箭手作習射之用。如今習射卻不到上林射場去，真令他百思不解。

事實上，董飛還不明白李斯的用意。李斯因為奪寶之計對自己的仕途影響頗大，將來是否能官拜丞相，完全要看此舉。所以在奪寶未成之前，一切準備活動都得暗中進行，否則消息一經外洩，六國必定會聯合出兵攻打秦國，到時他可能就要受到腰斬了。如今董飛以珠代箭的新射法尚未練成，若在上林射場習射，必然引起同僚疑心，萬一傳揚出去，那就大事不妙了。所以，他考慮再三，還是先借鴻蒙射場習射比較妥當。

鴻蒙射場是取鴻迢、逢蒙二位神箭手的名字所建造的一座新射場，它是李斯在少年秦始皇特准之下秘密派人搭建的，董飛自然未聽過此一射場之名。

「鴻蒙射場地在何處，小卒不知，則明日如何向軍師報到？」董飛猶豫了一下又問道。

「等明日你來鳳韜室就知道鴻蒙射場在哪兒了。」李斯神秘地對董飛笑了一笑。

二人離開鳳韜室時，日正當中，秋色明媚；肅穆的鐘鼓聲響徹了咸陽宮。

第三章
密集訓練步步為營

1·鴻蒙射場

　　第二天清晨，董飛穿好射服，便直接往鳳韜室走去。下了石階，拜見李斯之後，李斯將天牛弓遞給他說道：「哪，你看看這張天牛弓跟昨天的有什麼不同？」

　　董飛接過來一看，才發現靠弓柄中央上方多了一個圓孔，於是他用右手指著圓孔問李斯道：「軍師，這……」

　　「喔，這是我昨晚派箭工鑿的圓孔，此孔比明月珠稍大一點，你既然以珠代箭，珠無法搭在弓上，只有用穿孔方式，才能使珠發射出去。」話畢，李斯又從一張箭袋中取出一粒珠子交給董飛說：「這是琉璃珠，你試試看！」

　　董飛接過琉璃珠，仔細看了一下，發現這枚琉璃珠圓潤雪白，好像他所見過的明月珠仿造品一般。他用右手捏了一下琉璃珠之後，就試著將它從弓柄的圓孔穿過去，琉璃珠自然不及圓孔大，可是要拉弓從圓孔射出，的確是要很高的射藝和耐性才行，它畢竟不如張弓搭箭那麼順手啊。

　　李斯見董飛已試過琉璃珠，便對他說：「那張箭袋原是裝銅箭用的，我現在換裝了百枚琉璃珠，你把天牛弓也放進去，我們即刻到鴻蒙射場去練習！」說完，李斯就往前走去，董飛拿著箭袋緊隨於後，大約走了二百多步，繞了三四個彎，李斯才停步對董飛說：「到了，這就是出口。」

　　董飛一聽到「出口」兩字，趕緊停下來觀看。他看到的是兩扇緊閉的紅色鐵門，兩門接合處有兩個獅面鐵環向下垂著。只見李斯將其中一個鐵環往下一拉，鐵門遂砰然開啟，於是二人魚貫步出門外。

　　「這便是鴻蒙射場！」李斯用手指著前面一大片草地說道。

董飛順著李斯的手向前望去。眼前的射場比上林射場要小一半。百步標靶只有一座，二百步和三百步的標靶也只有一座。四周種的不是龍柏而是楊木。楊木之外則是高達五丈的圍牆，照圍牆的高度看來，除非是身懷輕功的人，才有法子躍牆進來。所以鴻蒙射場比起上林射場來，是要安全隱密多了。

事實上，即使輕功再好的人也不敢越雷池一步。因為牆的四周是寬五丈深達十丈的水池，水池外日夜都有衛兵在巡邏。按照秦國法律，窺探軍情或洩漏軍機者，一律斬首。因此，巡邏的衛兵只知奉命警戒四周，偵察有無可疑之人混入，至於牆內在進行何種活動，他們是無權過問也不敢過問的。

「這是咸陽最寧靜的射場！你一個人放心的練習好了，等練到差不多的時候，再到上林射場去！」李斯暗示董飛，這只是個初步的練習場地，將來還得到渭水南岸去射擊大目標。

一般射場的標靶多半是用布、紙、革、木做的，如此，箭頭才能深嵌其中。可是，鴻蒙射場卻用的是砂包。董飛一看之下，覺得標靶有異，便問李斯道：「軍師，這些標靶不像是稻草樁，也不像是木板架，它們是……」

「哦，這是砂包靶，是為了配合以珠代箭的新射法而特製成的。別看這砂包不起眼，裡面用的全是驪山最上等的黑砂，砂質細潤，射擊起來，必然順暢。」李斯隨口解釋道。

「驪山黑砂？」董飛不相信鳳韜室竟可通至驪山。

「當然！鴻蒙射場就在驪山山麓，沒人知道這兒竟會與咸陽宮地下道相連吧？」李斯得意的笑道。

董飛見李斯意氣風發，知道他是個詭秘而又機伶的軍師，便不再多言，順手從箭袋中將天牛弓和琉璃珠取出，然後將珠放在弦中，左手握緊弓柄，右手用力張弦，對準百步標靶……只聽「噗！」的一聲，琉璃珠觸擊弓柄，落於草地，險些擊中握住弓柄的左手指。

　　李斯在旁目睹此狀，便慰勉董飛道：「初用圓珠，自比不上銅箭順手，多練幾次，大概就可以克服這項困難了。如果你擔心琉璃珠會擊傷你的左手指，那你可以戴上銅製的護手，以防萬一。」

　　「軍師美意，小卒甚為感謝，能為大王和軍師效勞，擔負重任，以揚國威，小卒何等榮幸！區區皮肉之痛，自不應掛念於心。」董飛低頭向李斯答禮。

　　李斯聽了萬分高興，便說：「董飛，我總算沒看錯人，有你這番心意，我就放心多了！」

　　當然，李斯心裡也明白，他這次呈請少年秦始皇調派董飛出關奪寶，一半是基於他的眼光，另一半就得靠運氣了。不過他相信，只要董飛忠誠可靠，再加上勤練不懈，應該是可以出關立功的。等到董飛可以用琉璃珠射中三百步外的標靶時，他還要試試董飛的劍法、輕功和摔角。等董飛都能順利通過他的測驗，他就可以高枕無憂地企盼丞相的官祿了。

　　鴻蒙射場春時碧草如茵，秋來則轉為枯黃，遠望過去，十分蕭條。在百步標靶與鳳韜室的中間，還設有一間小小的馬槽，槽中有二匹白馬，射者察看中靶情形時可以馬代步，節省體力。這二匹白馬是從鳳韜室通往驪山山麓的另一出口運送過來的。鳳韜室一共有八個出口，每個出口都有通道和機關相連，而知道鳳韜室密道的只有少年秦始皇和李斯二人。

　　董飛拉弦開弓，瞄準標靶，又射出一枚琉璃珠。這回情形稍好一點，雖未射出弓柄孔外，卻也沒傷到手指。

　　本來，圓珠應以彈弓射擊較妥，可是彈弓的射程有限，而天牛弓又是箭用弓弦，無法將它改裝成彈弓形式，所以李斯才靈機一動，想到在靠弓柄中央上方穿一個比明月珠稍大的圓孔，以利射擊。所幸，天牛弓的弓柄是終南山的盤龍藤製成的，柄身寬，富韌性，圓孔鑿妥，並不會有脆折之虞，再加上獨角

神犀的筋脈不像一般弓弦那麼滑，極易吸住圓珠；而董飛本身的氣力也足，因此，用天牛弓射琉璃珠也就不是難若登天的事了。

日出日落，秋意轉涼，每天這樣連續不斷地練習五個時辰，不到一個月的功夫，董飛已經能用琉璃珠射中三百步之外的砂包了。檢驗砂包，只見袋上有無數個圓孔，孔深三寸，琉璃珠便嵌在沉甸甸的黑砂中。

2．獵場鷹飛

李斯見董飛射藝進步神速，已達他的初步要求，便指示董飛從明日起改在上林獵場習射紫鷹。

上林獵場有二百里方圓，它是秦孝公時興建的狩獵區，四周築有高達五丈的圍牆，而且警戒森嚴，非經天子許可，文武百官皆不可擅自入內遊玩打獵。李斯因為擬定奪寶之計，特獲少年秦始皇之應准，可與董飛二人自由出入獵場，以利射藝，所以李斯才敢命令董飛前往上林獵場射鷹。

上林獵場共有黑鷹百隻，每隻皆凶猛陰狠、翼長五尺以上，這些黑鷹是養來捕獵用的，牠們振翅而飛，氣勢雄邁，盤旋空中，鷹眼銳利；只要一發現小的獵物，如野兔、狐狸等被人擊中，它們就會像流星般的從空中急速飛下，用雙爪擒住獵物，送至主人跟前。訓練黑鷹是一件艱鉅的工作，萬一黑鷹不馴，狂性發作，馴禽師便有性命危險。百隻黑鷹中，已被馴服且可協助狩獵的只有十隻，其中一隻便是少年秦始皇賜給董飛的。

因此，董飛一聽說要射鷹，便覺納悶，便問李斯：「軍師，剛才聽您說要小卒到上林獵場射鷹，是否連小卒飼養的黑鷹也要……」

「這個你放心好了，大王御賜黑鷹，誰敢以牠為標靶習射？我們要射的是那些剛從關外運回來的紫鷹！」李斯答道。

「為何一定要射紫鷹呢？射雁鳥不也可以嗎？」董飛仍然不解其中原由。

「當然不行！」李斯嚴肅地說道：「在百禽中，唯有紫鷹的體型和速度可與鳳鳥相比。你若能用琉璃珠射進翱翔於空的紫鷹腹中，你才有把握用明月珠射進鳳鳥的腹內。所以，不犧牲這些紫鷹，翠鳳旗是絕對到不了手的！」

經李斯這麼一解釋，董飛才算消除了心中的疑惑，因此對射鷹一事，他也不再耿耿於懷了。

二人騎馬進入獵場後，管鷹的馴禽師周御鵰立即上前向李斯敬禮道：「請問軍師有何吩咐？」

「奉大王之命，特派董騎衛前來獵場練習射擊紫鷹！不知道你已準備妥當否？」李斯在馬背上回答道。

「卑職早已準備妥當，只等軍師下令就是！」周御鵰恭敬回答道。

「好！你等候我的命令！」李斯說完，立即跳下馬。

董飛見狀，也跟著下馬備妥強弓。

十月的風雖不強烈，但也略有寒意。蘆葦蕭蕭，大野蒼蒼，董飛正在凝視這秋意闌珊的上林景觀時，忽聽得李斯一聲「放鷹！」，趕忙打起精神，拉弓扣弦，向鷹籠望去。只見鐵欄打開，一隻巨大的紫鷹乘風怒飛；於是他立刻開弓射擊，一珠未中，他又按上一枚琉璃珠，瞄準鷹腹，然後用力張弦，只聽得「噗！」的一聲，空中一塊黑壓壓的東西跟著落在草地上。他和李斯跑前一看，確實是剛才放出去的紫鷹。琉璃珠由紫鷹前腹穿過後背，鷹腹血流如注，已是奄奄一息。

「嗯，不錯！能用琉璃珠射死這樣凶猛的紫鷹，表示天牛弓的威力的確不凡。現在，你的眼力和腕力都已不成問題，最大的問題是你該如何控制勁道，譬如，三百步標靶該用多少勁

道，五百步標靶又該用多少勁道；要是你能學得鴻迢的本事，將琉璃珠剛好射入鷹腹，那麼，百鳥山的翠鳳也就難逃一劫了。」李斯一面查驗鷹身中彈情形，一面暗示董飛還得精益求精。

董飛自然明白李斯的意思，所以他也答道：「小卒深知射藝還未達理想，但只要再給小卒一個月的射鷹機會，小卒保證可以不差絲毫的將琉璃珠射入鷹腹。請軍師放心！」

李斯聽了，於是笑說：「董飛，你還有兩個月的射鷹機會，我相信以你的本領，一定可與鴻迢並駕齊驅的。這樣好了，以後上午練習射鷹，下午練習劍法、摔角和輕功，才算是完完全全的武藝訓練！」

「一切聽軍師指示！」董飛低身一拜。

等李斯與董飛離開上林獵場之後，馴禽師周御鵰趕忙過來處理紫鷹的屍體。當他發現紫鷹身上只有兩個小孔，並無利箭時，甚覺詫異。但詫異歸詫異，他還是得將鷹屍處理乾淨。

3・練劍授密

對董飛而言，在所有武藝中，他最弱的一環就是劍法。而李斯卻剛剛相反，擊劍乃是他最擅長的武藝。若非劍法精純，呂不韋是不會推薦他當宮廷侍衛的。董飛這次出關，將與蛟龍搏鬥，而且唯有太阿劍才可刺死蛟龍，所以李斯決定試試董飛的劍法，看他是否有刺死蛟龍的把握。

試劍地點在鳳韜室，李斯將桌案上的寶劍取下來，握於手中，問董飛說：「你知道這把劍叫什麼名字嗎？」

「小卒記得，此劍乃是太阿劍的仿造品！」董非毫不猶豫地回答道。

「不錯！此劍的確是太阿劍的仿造品。無論劍身、劍柄、劍鞘、劍穗、劍長、劍飾，都跟韓王那把寶劍一模一樣。唯一

不同的是：真的太阿劍可以削釘截鐵，劍鋒上毫無裂痕，而這把仿造品卻最多只能將玉石切斷罷了。」李斯也說道。

「小卒出關，腰間要佩這把寶劍嗎？」董飛又問。

「當然要！一來你可以做防身之用，二來在你盜取太阿劍之後，你得將這把仿造品留在祭劍樓，以混淆韓王的耳目。」李斯趕忙答道。

「小卒曾聽人說，最善於擊劍的人，能夠以氣御劍，以劍光斬人首級；次一點的人則劍不出鞘，否則見到鮮血才會返回劍鞘。不知傳聞可真？」董飛又提一問。

「我雖習劍二十年，但從未遇道過這樣的高人。劍法能達到劍與身隨已十分困難，更別說劍光斬首了。」李斯說出了他個人的看法。

「久聞軍師劍法高妙，可否示範一二招，以增小卒見識？」董飛順勢提出了他的要求。

「既然如此，我就表演一段刺法好了，你仔細看著！」說完，李斯就拔劍出鞘，揮舞起來。其劍出手如奔雷，收藏若掩月；效法鳳凰飛翔，又如龍蛇走勢；忽起忽落，乍東乍西；清光閃爍，森然奪目。正當董飛看得眼花撩亂之際，突然一道寒光飛起，身子矯健得像白鴿騰空，再張眼睛時，劍鋒已刺進蛟龍模型的咽喉中。

「還好這只是具模型，否則蛟龍必死無疑！」董飛在旁見狀，口中喃喃不已。

李斯收劍後對董飛說：「剛才的刺法，你都看清楚了吧？」

「小卒都看清楚了！只是……」董飛答道。

「只是什麼？但說無妨！」李斯說道。

「只是不知道軍師舞劍時用的是什麼招式？小卒好像從未見過這樣的劍法！」董飛問道。

　　「原來你想知道的是這個！好吧！那我就告訴你好了！我這套劍法叫做『鳳韜劍法』，是我花費十年工夫才悟出來的新劍法，一共有十種招式！目的在彌補昔日『六韜劍法』的不足之處！剛才我只用了前五招：第一招叫做『雷霆萬鈞』，第二招叫做『浮雲掩月』，第三招叫做『鳳戲燕雀』，第四招叫做『龍捲流雲』，第五招則叫做『后羿射日』。」李斯笑容滿面地向董飛娓娓道出他的招數來。

　　「小卒明白了！軍師方才刺蛟龍咽喉用的就是『后羿射日』這一招。對不對？」董飛問道。

　　「沒錯！這一招就是讓蛟龍無所遁逃的致命刺法！這也就是我要你學刺法的原因。不懂得刺法，你是殺不死蛟龍的！」李斯回答道。

　　「用截法或割法呢？」董飛又問道。

　　「萬萬不可！截法用於削劈鐵盒，拿取盒中明珠無往不利，但用於蛟龍則毫無用處。」李斯答道。

　　「為什麼？」董飛一楞。

　　「因為蛟皮很韌，切割無效。唯有太阿劍把牠咽喉下的氣囊刺破，蛟龍才會斃命！」李斯神情嚴肅地說道。

　　「刺牠咽喉下的氣囊？」董飛眼神閃爍地問道。

　　「嗯，聽說凡是會吞雲吸霧的蛟龍，牠的咽喉下頭必有一枚五寸大的氣囊，而此囊堅硬無比，不用太阿劍就無法刺破！」

　　「原來如此！」董飛總算明白了其中的道理。

　　「對了，你刺死蛟龍之後，可用太阿劍剖開牠的腹部，然後將龍皮剝下帶回。」李斯忽又說道。

　　「剛才軍師還說龍皮很韌，切割無效；那又如何能用太阿劍剖開牠的腹部呢？」董飛詫異地問道。

「喔，我忘了提醒你，龍皮最韌的地方是在頭部、背部和尾部，腹部則可用太阿劍刺穿，但是牠的要害卻在咽喉。所以你應當先刺牠的氣囊，讓牠的精氣散光，再剖開牠的腹部。否則不但得不到龍皮，還會有性命危險，你明白了嗎？要是剝不動龍皮，你就把一對白玉琥拿出來握在兩掌中握半個時辰，這樣你就會增加兩隻猛虎的力氣，剝龍皮也就跟剝牛皮一樣輕鬆省力了！」李斯趕忙解釋道。

「小卒明白了。」董飛點了點頭。

「好！現在你就來練習一下劍的刺法！」說完，李斯便把劍遞給董飛。

董飛接劍後，欣然起舞，忽進忽退，步法輕靈，劍起劍落，頗有韻律。正當他動若龍翔時，李斯在旁突然大聲喝道：「刺蛟！」。於是董飛的劍一個流星瀉地，就朝蛟龍模型刺去……可惜劍鋒未能刺進蛟龍咽喉，只刺中牠的頭部。

李斯見狀就說：「你的腕力、步法都沒問題，就是刺的方向不對！哪，你再注意我的刺法！」說完，李斯就從董飛手中取過劍來，擺開架勢。只見劍光閃閃，一個白虹貫日，李斯手中的劍又刺中蛟龍的咽喉。

董飛在旁看得嘖嘖稱奇，便說：「軍師劍法果然高妙！小卒一定盡心學習，還望軍師多加賜教！」

「你的根基很好，只要再練上個百次，相信你一定可以隨心所欲，劍無虛刺！」李斯語中帶有勉勵之意。

「小卒願聽軍師教誨！」董飛恭敬地說道。

「好！從明日起，你專練刺法，一直練到我滿意為止！」

「是！軍師。」董飛又朝李斯一拜。

4・搏虎摔角

除劍法外，摔角、輕功和騎術也是李斯測驗的項目。李斯本人雖略通一些拳腳功夫，但畢竟不能與董飛相比。李斯久聞董飛可以徒手搏虎，以一擊十，他想看看董飛是不是真有這麼厲害的功夫，於是他安排了一個時間，讓董飛一顯身手。

那是個陽光燦爛的下午，董飛赤著上身向白虎柵走去。白虎柵是少年秦始皇餵養白虎的御園，園中匐伏了十隻藍睛赤額的大白虎。每隻白虎皆身長七尺，重三百斤，爪似鐵鉤，牙若匕首，秦國上下除董飛一人外，無人敢徒手與牠們搏鬥。

董飛進入白虎柵之後，便將鐵柵扣好。由於白虎柵以鐵柵將十隻白虎分別隔開，所以一虎與人搏鬥或食人時，其餘九隻白虎都只能在旁觀望，不得躍入。當然，白虎柵也有機關控制，只要少年秦始皇下令，其餘九柵自可陸續開放，使九隻白虎集中在一處。

柵中白虎見董飛進入，便向空中咆哮了兩聲，然後張牙舞爪，縱身一躍，向董飛撲來。董飛往旁一閃，白虎撲了個空。於是白虎更怒，吼聲不斷，此時其餘九柵中的白虎也跟著大吼不已。一時間十虎齊吼，聲震九天，令人不寒而懼。

董飛站穩腳步，注視著白虎的動靜……突然間白虎快若獵犬，直朝董飛身上撲來。董飛閃避不及，便用雙手扣住白虎頸部，用力將牠摔倒。白虎不防，倒在地上，隨即翻身豎尾，眼珠暴出，立刻又舞爪躍空。董飛見狀，迅速轉身，當白虎從他身旁擦過時，立即用右手掌背朝白虎頭部猛然一擊，只聽得一聲哀嚎，白虎昏倒於地，久久不起。

李斯在柵外見狀，不禁暗喜：「只有力能搏虎的人，才能剝得動龍皮。董飛不愧是最佳人選！」

　　搏完白虎，董飛步出鐵柵。這時柵外廣場突然出現十位彪形大漢。他們都是秦宮的摔角高手，每人平均身高九尺，體重二百五十斤，使人望而生畏。

　　秦國是尚武國家，每年都會舉辦摔角大賽，藉以發掘高手，羅致於秦王御前。董飛曾獲摔角冠軍，拳如刀劍、腿若柱椿，他可以在半個時辰之內摔倒十餘名壯漢。李斯為測驗董飛的摔角實力，乃派遣武士十名到廣場與他較量，一試高低。

　　十名武士將董飛團團圍住，使他無法突出這堵人牆。若是換了普通武士，站在這堵人牆之中，恐怕早已嚇得兩腿發軟，魂不附體。但，董飛卻不同，他具有豐富的摔角經驗，而且本身實力深厚。所以當他目睹十名武士向他圍攏來時，依舊面不改色，穩若泰山。

　　雖然這不是正式的摔角大賽，既無少年秦始皇在場，也無百官出席；不過，董飛萬一被十名武士擊敗，則不僅將受同僚的恥笑，而且在李斯面前也抬不起頭來。所以他絲毫不敢大意，穩穩紮住腳跟，採取滴水不漏的防禦措施。

　　十名武士仗著人多勢眾，未將董飛放在眼裡。其中一名黑臉武士，沉不住氣，衝了過來。董飛將頭一低，用雙掌擒住此人雙肩，只聽「唷！」的一聲慘叫，人已跌倒，口中呻吟不止。

　　其餘九名武士見同伴出師不利，心頭大怒，於是聯手向董飛攻來。董飛則從容不迫地將他們一個個搏倒於地。十條大漢或傷及肩、或傷及背、或傷及腰，都呻吟不已，情況十分悽慘。

　　這時李斯笑容滿面地走過來說道：「董飛，你的摔角功夫的確名不虛傳。今天這十位武士若不是你自己同僚的話，恐怕都要丟掉性命。有你這樣的高手，我對你出關盜寶是信心大增了！」

　　「蒙軍師過獎，小卒愧不敢當。」董飛說道。

「好，今天的訓練就到此為止。我看你也疲累不堪，該回營中養精蓄銳一番。明天下午，我們再試一下輕功如何？」李斯笑問道。

「謝軍師！」董飛說完，便準備跨上馬背，奔回騎衛營。

這時忽然聽到身後有人大喊道：「且慢！過了我這關才准離開！」

李斯與董飛同時回頭一看，一位蒙著虎皮，露著雙眼的壯漢從馬背上跳下來，站立在他二人之前。

董飛還未來得及詢問對方的身分時，那壯漢已經迅速伸出右手抓住董飛的左肩。董飛也趁勢伸出右手擒住壯漢的左肩，兩人都想把對方摔倒，卻都無法撼動對方半步。

這樣僵持了一陣子之後，董飛突然將右手一鬆，一個「飛鷹擒兔」的動作，就把壯漢摔倒於地。

「好身手！想必這就是失傳已久的『蚩尤五撲』吧？」壯漢倒地後將臉上虎皮一扯，大聲說道。

李斯與董飛見狀，同時大吃一驚道：「請陛下恕罪！」說完，立即伏首跪地。原來，此一蒙面壯漢不是別人，而是他們的國君少年秦始皇！

「李愛卿、董騎衛，你們二人免禮！」少年秦始皇起身後笑說道。

李斯與董飛聽了之後，便起身立於一旁。

「別擔心！這是寡人為了測試董飛的摔角術，因此特地支開侍衛，改穿便服來此的！嗯！經過這麼一試，董飛果然是大秦第一高手！這下寡人可以放心讓他出關奪寶了！」少年秦始皇解釋完之後，便躍上馬背匆匆離去。

目送少年秦始皇遠離之後，李斯與董飛二人總算鬆了一口氣。但董飛內心還是有點惴惴不安，因為方才少年秦始皇曾提

及『蚩尤五撲』，這表示少年秦始皇已經知道這門失傳的武藝，難道他是想藉偷襲的機會來查出自己的摔角底細不成？

「董飛！你還在發什麼呆？大王早就離開了！」李斯見狀，提醒董飛道。

「喔！沒事！小卒只是在想明天下午的事情！」董飛隨口回答道。

「好！我們明天下午見！」李斯笑著說道。

5・演練騎術

騎衛營是騎衛隊的駐紮營區，也在渭水南岸，離咸陽宮大約十里左右。騎衛隊的隊員每位都精於騎射，身手不凡，他們在少年秦始皇出巡或狩獵時，負責警衛任務。

當董飛被少年秦始皇調派為李斯助手時，騎衛們只知道董飛另有任用，至於董飛負有何種任務，他們卻不甚清楚。即使他們想知道，鑑於秦法嚴苛，也不敢多加刺探。所以，董飛往來於鳳韜室與騎衛營之間十分自由、無人干擾。

董飛的父親曾經當過宮廷掌馬官，對相馬、馭馬都有一套常人所不及的本領。董飛在耳濡目染之下，自然對馬術也甚為精通。在少年秦始皇的七匹御馬中，追風是一匹最難馴服的駿馬。少年秦始皇本身雖通騎射，但卻始終駕馭不了追風，所以他狩獵時只騎銅雀，把追風賜給董飛當坐騎。或許是董飛善解馬性的關係，追風一到董飛手上，便溫馴如羊，任由驅策。

李斯深知董飛精於馬術，但追風並非黑寶馬，騎得了追風馬，不見得就騎得了黑寶馬。除了靠和氏璧與天蠶絲外，馭馬本領也是一項非常重要的因素，因此李斯要仔細測驗董飛的馬術，看他是否有駕馭黑寶馬的潛力。

午後，陽光溫和，不似黃昏那麼嚴寒。上林獵場除了罕見的珍禽異獸之外，只剩下兩個人影和兩匹駿馬。李斯騎神鷹，董飛騎追風，兩人要在二百里之大的獵場中比賽馬的馳速。

神鷹毛色褐黃，追風毛色雪白，兩匹都是高昂煥發的名駒；二馬並立，氣勢如虹。李斯「喝！」的一聲，揚鞭策馬，先行奔馳。董飛則足蹬馬腹，也緊隨其後。不一會兒工夫，追風超越了神鷹，而且距離越拉越遠，等董飛騎到終點時，神鷹還在十里之外苦追不捨。

半個時辰之後，李斯終於也騎到了目的地。只見他汗流浹背，不停地喘息道：「還是追風厲害，竟使神鷹落於十里之後。」

從高度和外型看起來，神鷹與追風不分上下，兩馬約有六尺之高，且都背毛光滑，雙蹄有力。但在百里賽跑時，顯而易見的，神鷹馬力遜於追風甚多。能駕馭此種日行千里的駿馬，實非常人所及，而董飛竟能駕馭自如，足見他的騎術有多高超了。

「用皮墊轡繩駕馭追風，不算什麼，能不用皮墊轡繩‧單靠雙腿和腰間的力量騎上追風，才算真本事！」董飛一面撫摸追風的頸毛，一面望著李斯說道。

「哦？誰有這麼大的本事？」李斯擦完汗，緩緩將頭抬起。

「小卒願意一試！」說完，董飛就將追風的馬鞍轡繩一齊取下。然後縱身一躍，就登上了追風馬背。

「喝！」董飛邊喊邊騎，追風就在他的驅策之下，繞著青松直轉。坐在青松下休息的李斯見此情形，於是暗中思量道：「不用鞍繩，也不用馬鞭，竟能騎乘自如，可見董飛的腰力和輕功都不弱，否則絕不敢如此放膽而騎！」

正當李斯在暗想時，突然間馬鳴嘶嘶，追風仰頭將前腳抬起，眼看董飛就要從馬背上摔下來了，可是，他卻用腿一蹬，整個身子騰空而起，翻了幾個觔斗之後，又安然騎上馬背。

董飛一面騎，一面表演不同的騎技。他忽兒以單腳立在馬背上，忽兒將身子面向馬尾，變成倒騎姿勢。如此反覆變化，馬輕輕奔馳，人悠悠騰躍，大有人馬合一的氣概。李斯從未見過如此絕妙的輕功和騎術，便專心凝視，驚嘆不已。

「要是騎黑寶馬也能如此，那就太好了！」李斯喃喃自語道。

董飛演練完畢，將馬鞍韁繩重新套好後，就來青松樹下參見李斯。此時，夕陽昏黃，北風寒冷，空曠的獵場呈現一片蕭殺之氣。若非咸陽宮的鐘鼓聲從遠處飄盪過來，還真以為置身異鄉呢。

「剛才小卒演練的騎術，是得自於先父的教導，騎技不熟練的地方，還請軍師多加指正！」董飛整肅儀容後，低身說道。

「董飛，說實在的，在你未演練騎術之前，我對你的馭馬技巧和輕功並無多大信心。但剛才看了你的表演，真是精彩絕倫，舉國無雙。我深信出關奪寶，你是一等一的人選。黑寶馬雖然身高八尺，快如閃電。不過，有了和氏璧和烏龍草兩樣寶物，再加上你的上乘騎術，騎牠應該是和騎追風馬一樣輕鬆自如了。」李斯起身慰勉董飛。

「謝軍師獎勵！」董飛聞言，高興地向李斯一拜。

6・彈射紫鷹

測完董飛的摔角、輕功和騎術之後，李斯已經放了一半的心。只要再加強董飛的射藝和劍術，那麼，董飛就可達成他的奪寶奇計，而日後他與家人獲得的榮華富貴，今生今世也享用不盡了。想到這，他的臉頰便綻開了笑顏。

上午習射，下午練劍，這是李斯對董飛的要求。董飛在習射方面藝巧精進，已經用琉璃珠在四百步之外射穿鷹腹。但

是，射鳳卻必須射入腹中，絲毫不差，否則鳳鳥仍可扶搖直上九霄，而明月珠也會不知去向。因此他每天還得到上林獵苑去射擊紫鷹，直到李斯滿意為止。

秦國從關外紫雲山運回來的紫鷹，其體型比咸陽黑鷹要大數倍，宛若大鵬巨鵰。其中最大一隻紫鷹，雙翼伸展開來，竟有四丈之長，若要一爪擒一隻小花鹿是絕無問題的。當百隻紫鷹被董飛作為標靶逐一射殺之後，最後只剩下這隻碩大無朋的紫鷹了。馴禽師周御鵰請教李斯，最後一隻大紫鷹是否也要放出來供董飛習射之用。李斯點了點頭。

「啟稟軍師，可是這……」周御鵰神情駭然地說道。

「可是什麼？你說說看！」李斯問道。

「可是，這隻紫鷹翼長四丈，一餐要吃十隻野兔，卑職怕牠萬一野性發作，董騎衛恐怕會遭到不測……」

「這個你放心好了！董騎衛力能搏虎，身手矯健，且備有強弓，紫鷹未必是他對手。再說，盤踞在紫雲山頭的紫鷹十分特別，牠們一向只攻擊野獸，只吃野獸的屍首，卻從不攻擊人，更不會去吃活人。這就是我們能用下了迷藥的野兔與八丈巨網誘捕牠們的主要原因。所以，你儘管開籠放鷹就是！」李斯笑答道。

周御鵰聽完李斯的話，不再多語，直接走向大鷹籠，打開鐵欄，然後急速躲入屋中。

紫鷹見鐵欄已開，便走出欄外狂鳴數聲，隨即拍動雙翅，一時黃砂滾滾，令人膽顫心寒。

李斯與董飛藏匿在一棵大龍柏之後觀察紫鷹的行動。李斯見紫鷹展翅，盤旋於空，便對董飛說：「現在是射擊的時候了！」

董飛聽了，便從樹後走出，張弓引彈，瞄準目標，心中估計一下紫鷹和他之間的距離已有五百步之遠，於是開弓發射，

只聽得「咻」的一聲，天空中的一片小黑影忽然越變越大，終於落在沙土上，發出一聲巨響。

紫鷹似乎還未斃命，只見牠昂起鷹頭，緩緩伸展雙翅，然後一聲哀鳴，又趴倒於地，靜止不動。李斯見狀，便告訴董飛：「我們過去驗驗鷹痕。」

二人來至鷹屍之前檢視鷹腹，但見鷹腹有一圓孔，鮮血淋淋。再察看背部，卻無孔跡血痕。於是李斯興奮地說：「董飛，琉璃珠一定射進鷹腹裡了，你快伸手去探一探！」

董飛立即伸手到鷹腹中摸索了一下，果然摸到了一顆圓圓滑滑的東西便他取出一看，確實是他習射用的琉璃珠，心中真是驚喜萬分。

在董飛所射殺的百隻紫鷹中，有五十隻是剛好射入鷹腹的。其中，百步射中的有二十隻，二百步射中的有十隻，三百步射中的也有十隻，四百步射中的則有九隻，而倒在他眼前的這隻大紫鷹卻是在五百步之外射中的。看情形他已具有射鳳的威力了。

李斯見董飛已能在五百步之外，將琉璃珠射入鷹腹，便說：「董飛，你的射擊技巧已經沒有問題，剩下的就是你的劍法了。」

「小卒即使廢寢忘食，也要將劍法練好！」

「哈……哈……」李斯大笑道：「有你這句話，我就放心多了。」

「啟稟軍師，這隻紫鷹………」董飛跨馬之前，突然想起一件事，便指著地上的鷹屍說道。

「哦，這個啊，交給管理獵場的人去辦就是了。」說完，李斯也躍上馬背，掉頭回宮。

原來，李斯早已交代好馴禽師周御鷗，把這些紫鷹的屍首洗淨並拔去毛羽，然後交給白虎柵的馴獸師吳嘯風，由他拿去

分餵柵中白虎。相傳白虎吃了紫鷹的鷹肉之後，力氣將更大，威勢將更猛。養虎在柵欄中，終有用到的一天。

7·磁鐵之秘

下午，浮雲掩日，天色灰暗，董飛來到鳳韜室參見李斯。

李斯腰佩鐵劍，雙目有神，他見董飛到來，便對董飛說：「今天，我要和你試劍，看看你的劍法究竟進步得如何。哪，這把劍給你！」說完，李斯就把桌上那把太阿劍仿造品拋給董飛。

於是，兩人便在鳳韜室中比試起來。李斯拔劍迅速，動作純熟；董飛武術根基深厚，再加上數十日的勤練不輟，劍法也達到了最高境界。所以試了半個時辰，雙方都未擊中對方身體。

李斯見董飛劍法進步如此神速，心中憂喜參半。憂的是：在劍法上他多了一個敵手；喜的卻是：他對董飛出關奪寶，又增加了一份信心。

正當李斯心神不定時，突然董飛大喊道：「軍師小心！」剎那間，一道寒光像白蛇似的朝他咽喉刺來。他的反應也很快，一個轉身，便用劍鋒挑去了對方的攻勢。事實上，李斯也知道，董飛並非真的要用劍刺他的咽喉，只不過想用點到為止的方法來嚇嚇他，以證明自己學會了刺法。董飛如果真想刺他的話，又何必大喊：「軍師小心！」來提醒他呢？

「董飛，我在蛟龍咽喉處綁了一個狀似氣囊的小砂袋，現在，我們兩人分頭站開，離蛟龍模型約五十步，然後一起向砂袋刺去，誰先刺中，誰就贏得這場比賽。如何？」李斯忽然提劍後退，笑著對董飛說。

「小卒遵命就是！」

二人以蛟龍為中心並排站開，李斯一聲「刺！」，二人便連翻帶滾的揮劍向蛟龍咽喉刺去，畢竟董飛的輕功要高於李斯一

籌，他的劍鋒離蛟龍咽喉只有三吋距離時，李斯的劍鋒也似閃電般的刺來。於是他用挑法一擊，「鏘！」的一聲，李斯手中的劍已飛出五十步之遠；而他一個轉身又將劍鋒刺進蛟龍咽喉，砂袋刺破，砂子落於地面，狀似小丘。

「好劍法！好劍法！」李斯在旁鼓掌稱讚。

「冒犯軍師之處，還請軍師見諒！」董飛跪地說道。

「起來！起來！你的劍法已經高我甚多，剛才看你刺龍的姿勢，我就斷定神龍鼓非我們秦國莫屬了！」李斯也笑答道。

「小卒當全力以赴！」說完，董飛就在地上東張西望個不停。

「董飛，你在找什麼？」

「小卒在找軍師的鐵劍。」

「哪，你看，我的鐵劍不是在那嗎？」

董飛順著李斯所指的方向望去，突然心頭一驚，兩眼發呆，因為李斯那把鐵劍竟懸在牆上不動。劍泛清光，寒氣逼人。

「軍師，這……」董飛轉頭問李斯。

「哦，我一直忘了告訴你，這間鳳韜室的牆壁都是用終南山的磁鐵砌成的，所以才能吸住兵器！」

「終南山的磁鐵？」董飛聽了也大吃一驚。

「嗯，去年秋天，太醫夏無且到終南山採藥，不小心將一根鐵針跌落在黑石上，於是低身去撿鐵針，但鐵針好像被黑石牢牢吸住，太醫費了好大力氣才將鐵針取回。太醫回宮後，將經過情形密稟大王，大王便與我商量。我告訴大王：相傳黃帝曾用磁鐵造指南車，大敗蚩尤於涿鹿。如今太醫夏無且在終南山間發現磁鐵，此正是吉祥的好兆頭，請大王密令百工，趕快到終南山開採磁鐵，運回咸陽。」

「大王怎麼說？」

「大王同意我的看法，便將終南山的磁鐵秘密運回，裝設在咸陽宮內。」

「難道整個咸陽宮都裝上了磁鐵？」

「不！因為磁鐵只採得一萬斤，不夠整座宮殿使用，所以只得將兩千斤設於大王皇寢，三千斤設於鳳韜室，其餘五千斤則設於墓道。」

「那，為何桌上這把太阿劍仿造品未被吸去呢？」董飛問道。

「磁鐵在三尺之內才有吸力，三尺之外便無效用。剛才我手中之劍被你一挑，飛到磁鐵吸力範圍，所以懸在牆上，宛若壁雕。」李斯解釋道。

「吸住後還能取下來嗎？」董飛又問道。

「能！不過，非孔武有力者，則斷然取不下來。要是有敵人膽敢身穿鎧甲，手攜鐵器闖入此室，那便是死路一條！」說完，李斯騰空一躍，便將壁上的鐵劍取了下來。

董飛見狀，暗驚不已。

8・神弓鎮虎

正當李斯與董飛準備走出鳳韜室時，忽然有一名侍衛倉皇跑來通報說，少年秦始皇要立刻召見他們兩人，地點是在白虎柵。於是他們兩人隨侍衛迅速到了白虎柵前。

少年秦始皇一見到他們兩人，便急著問李斯道：「愛卿！這究竟是怎麼一回事？」說完，立即用右手指向白虎柵裡的白虎。

李斯一看之下，著實嚇了一大跳。原來，白虎柵裡的十隻大白虎，都變成了背上長出鳥翼的紫色猛虎了。於是他便將董

飛試射紫鷹並且交代屬下以鷹肉餵食白虎的經過一五一十地稟告了少年秦始皇。

少年秦始皇聽了之後，以詫異的口吻問道：「愛卿！為何白虎吃了前面九十九隻紫鷹的鷹肉，都安然無恙；而吃了這第一百隻的紫鷹肉，就變得如此恐怖駭人？要不是寡人今天前來巡視白虎柵的管理情形，還真不會遇到這等怪事呢！」

「回稟陛下！臣聽說紫雲山這隻紫鷹體型接近翠鳳，是紫鷹之王，因此牠的鷹肉才能產生如此神奇的力量！」李斯急忙解釋道。

「嗯！有點道理！」少年秦始皇點了點頭說道。

正在此時，馴獸師吳嘯風突然大喊道：「陛下！不好啦！」

「什麼事，這麼緊張？」少年秦始皇轉頭問道。

「回稟陛下！第十柵的老虎體型增大了兩倍，翅膀也跟著長長了兩倍！如果再這麼長下去的話，卑職擔心鐵柵會關不住牠，那就危險萬分啦！」

少年秦始皇朝著第十柵一看，這一看已夠他心驚膽寒，毛骨悚然的了。

「陛下！為了安全起見，請陛下迅速返回皇宮！」李斯見狀，趕忙說道。

「寡人倒要看看這紫飛虎能動得了寡人半根汗毛不成？」少年秦始皇仍然故作鎮定說道。

「陛下！您是一國之君，千萬不可拿您的尊體開玩笑啊！」李斯急得滿頭大汗地說道。

少年秦始皇見狀，於是順水推舟說道：「好！那寡人暫且返回宮殿！這群紫飛虎就交給我們大秦第一武士董飛來對付好了！」說完話，對著李斯身邊的董飛笑了一笑之後，即刻與兩名貼身侍衛跨馬返宮。

董飛聞言，也馬上朝少年秦始皇敬禮說道：「小卒遵命！請陛下放心！」

目送少年秦始皇離去之後，李斯隨即對馴獸師吳嘯風說道：「這裡十分危險，你也趕緊找個隱蔽的地方躲起來吧！」

吳嘯風聞言，立即跨馬向咸陽宮奔馳而去。

等吳嘯風遠走後。李斯突然對董飛說道：「董飛！快張開天牛弓！」

「小卒沒帶天牛弓啊！」董飛愣了一下回答道。

「哪！在我手上！」李斯則說道。說完話，立即將天牛弓遞給了身旁的董飛。

董飛還沒來得及問李斯身上為何會攜帶天牛弓時，李斯卻大聲喊道：「快！對準紫飛虎用力拉兩下弓弦再迅速放開！」

董飛聞言，立刻對準第十柵的紫飛虎用力拉了兩下，再迅速放開。而當他拉第二下並迅速放開弓弦的時候，弓弦突然發出震天的龍吟聲，鐵柵裡的紫飛虎聽聞此聲，立即匍匐於地，兩眼低垂；更詭異的是，牠背上的鳥翼突然不見了，身體縮成原來的大小，膚色也由紫色還原成了白色。

當董飛見狀，正驚訝不已之時，李斯又急著大喊道：「快！其餘九柵裡的紫飛虎也都長大了兩倍！」

董飛一聽之下，立即朝其餘九柵裡的紫飛虎一一拉放弓弦，九柵裡的紫飛虎聽聞弦聲之後，也都跟第十柵裡的紫飛虎起了相同的反應。

這時候，李斯臉上終於恢復了笑容。

「請問軍師，為什麼天牛弓能制伏紫飛虎，而且還得拉放弓弦兩下才行？」董飛握弓好奇地問道。

「因為，相傳天牛弓的弓臂是用終南山盤龍籐製作而成的，而盤龍籐則是一種被白龍盤踞過的仙籐。因此一旦配上終

南山獨角神犀背筋所製成的弓弦，就會發出聲震九天的龍吟聲。紫飛虎聽到此聲，必然消失雙翼，打回原形原色！至於為何弓弦得拉放兩下，那是因為紫飛虎長大了兩倍的緣故！若是原來的體型，只需拉放一下就行了！」

「原來如此！可是，剛才大王在的時候，軍師為何沒告訴大王呢？」董飛詫異地問道。

「那是因為白虎柵還有一些閒雜人在場，我怕走漏風聲的緣故！萬一天牛弓的神奇力量被敵人的密探得知，將它盜走，你的奪寶任務就無法達成了！」李斯神情嚴肅地解釋道。

「原來如此！只不過小卒還有一個問題，想請教軍師！」董飛點點頭之後說道。董飛內心當然明白：李斯所謂的「閒雜人」指的就是少年秦始皇身邊的兩名貼身侍衛以及馴獸師吳嘯風。

「什麼問題？你直說無妨！」李斯笑問道。

「就是：為何紫鷹王的鷹肉具有能讓白虎變成紫飛虎的神奇力量？」董飛好奇地問道。

「其實不只是紫鷹王，一般紫鷹都擁有這種神奇力量！只不過需要累積到一定的數量才能發揮神效罷了！」李斯回答道。

「那，為何軍師剛才卻告訴大王說，紫雲山這隻紫鷹體型接近翠鳳，是紫鷹之王，因此牠的鷹肉才能產生如此神奇的力量呢？」董飛帶著質疑的口吻問道。

「喔！這是因為我想杜絕別人捕捉紫鷹的野心的緣故，才這麼說的！你不想想看！當別人知道紫鷹王只有一隻，而這隻紫鷹王已經被人射死時，他們還會千方百計地去紫雲山捕捉沒有神奇力量的一般紫鷹嗎？」李斯娓娓解釋道。

「軍師說得頗有道理！」董飛點了點頭之後，接著問說：「對了！軍師！方才您說一般紫鷹需要累積到一定的數量才能發揮神效！這是什麼意思？」

「喔！事情是這樣的！相傳白虎要吃到一百次的紫鷹肉才能蛻變成紫飛虎！少一次都不行！而今天剛好就是餵牠們吃第一百次紫鷹肉的時候。所以我才帶了天牛弓以防萬一啊！」李斯回答道。

「原來如此！」董飛終於明白李斯的用心了。停頓了一會兒，他又問道：「再請問軍師，萬一紫飛虎一直長下去，衝破鐵柵。那該怎麼辦？」

「這個你放心好了！紫飛虎長大兩倍之後就無法再長下去了！」李斯則捻鬚笑著回答道。

「為什麼？」董飛一臉詫異的表情。

「因為，據說后羿時代就有了紫飛虎，牠們的體型也都只有原來白虎的兩倍之大。后羿曾經在終南山用天牛弓制伏了百隻紫飛虎。就因為有這樣的傳說，我才敢派人從關外紫雲山運送紫鷹回咸陽，供你做練習射鳳之用。也幸好天牛弓的傳說是真實的，否則後果不堪設想！」李斯心有餘悸地說道。

董飛聽了之後，於是張大眼睛問道：「小卒明白了！軍師是想讓小卒親眼見證天牛弓的神奇力量，藉以增加小卒出關奪寶的信心。對不對？」

李斯則笑而不語。

沉默了一會兒，董飛突然又問道：「對了！軍師！為何紫雲山的紫鷹能使白虎蛻變成駭人的紫飛虎呢？」

「因為，紫雲山瀰漫著神奇的紫氣，紫鷹每日吸收此種罕見的紫氣，時間一久，體內自然醞藏了一股神奇的力量；而這種神奇的力量就可以透過白虎傳遞出來！」李斯解釋道。

「難道說其他野獸吃了紫鷹的鷹肉，就不會產生神奇的力量嗎？」董飛又追問下去。

「當然不會！」李斯用斬釘截鐵的口吻回答道。

「為什麼？」董飛愣了一下。

「因為，根據傳說，只有白虎吃了紫鷹肉，才能產生不可思議的神奇力量；更別說老虎之外的其他野獸了。」李斯又解釋道。

「嗯！」董飛點了點頭之後，又問說：「那，軍師！方才所發生的事情，是否要如實稟告大王呢？」

「當然要稟告大王啦！我會在與他單獨見面的適當時機來告訴他！」李斯帶著神秘的表情回答道。

9・銷毀密件

北風淒緊，冰寒刺骨，轉眼間已是十二月了。在這短短的三個月中，董飛無論是騎射、劍術、摔角和輕功都突飛猛進不已。李斯見他已達訓練之要求，再看看時間，離明年月正月一日少年秦始皇舉行冠劍典禮的日期只剩一個月了，便在黃昏時召董飛前來鳳韜室，對他再三叮嚀道：「董飛，你這三個月來的表現，很令我滿意！我相信以你目前的武藝，再加上我方密探的暗中相助，奪取天下至寶，應該是極有把握的一件事。現在，離大王舉行冠劍典禮的日子只剩三十天，你可以把所有東西準備齊全，明兒一早就騎馬出關！」

李斯說完，就從懷中取出了兩份泛黃的布面文件，將它們平舖在桌子上，然後告訴董飛：「哪，這是兩份極機密的文件，一張是六國天寶的位置圖，另一張則是我方潛伏在六國的人員名單與聯絡密碼。你從未到過關外，所以這兩份密件對你而言，是相當重要的一個索引。你看完一遍，將它們牢牢記住後，我就會把它們立刻燒掉，以免落入敵人手中！」

董飛於是在燭光瑩瑩之下，先瀏覽那張天寶圖，地圖上標明了魏宮火龍機關、趙王宮殿、趙王馬棚、韓王祭劍樓、燕宮

明月池、齊國百鳥山、楚國雲夢大湖的方位和路徑。記住了這張天寶圖，他就可以按圖奪寶了。

之後，他又將那份記載密探住處、名字和聯絡密碼的文件擱於眼前，詳加審閱：魏國紅梅村白衣琨瑤，聯絡密碼：「問碼：火龍關，答碼：白玉琥」；趙國黑松鄉黑衣琉璃，聯絡密碼：「問碼：和氏璧，答碼：黑寶馬」；韓國杏花鎮紅衣璇璣，聯絡密碼：「問碼：祭劍樓，答碼：太阿劍」；燕國彈鴉小築黃衣玲瓏，聯絡密碼：「問碼：明月池，答碼：夜明珠」；齊國梧桐嶺青衣琬瑜，聯絡密碼：「問碼：百鳥山，答碼：翠鳳琪」；楚國碧柳溪紫衣珮珩，聯絡密碼：「問碼：雲夢湖，答碼：神龍鼓」……

看完這份密件，董飛帶著詫異的神情問李斯說：「軍師，為何這些聯絡人的名字聽起來都像是女子的名字？」

李斯一聽之後，隨即露出神秘的笑容回答道：「不錯！她們各個都是身懷絕技的妙齡少女。她們會在適當時機協助你奪寶，並且提供最新的情報好讓你隨機應變！記住，一定要跟她們連絡，否則奪寶大計將難以達成！只不過……」

「只不過什麼？軍師直說無妨！」董飛問道。

「只不過我擔心你會被美色所惑，延誤了奪寶任務！」李斯笑答道。

「軍師請放心！小卒絕對不會被美色所惑，延誤奪寶任務的！」董飛語氣堅決地說道。

「好！現在你就把兩份密件的內容背誦一遍！」李斯隨即說道。

董飛點了點頭之後，於是把兩份密件捲好，然後閉上眼睛，把密件的內容一字不漏地背了出來。

李斯一聽，嚇了一跳，隨即說道：「董飛，真想不到你有這麼過目不忘的大本事！好！那麼，你今晚就在鳳韜室過夜，明晨我再來為你送行！」說完立刻將兩份密件燒毀。

10・飛騎出關

李斯走後，董飛也有了倦意，於是熄滅燭火，倒床大睡了。

睡夢中，他夢見自己走進一座荒山，四周寂靜，了無人煙，他正準備在一棵松樹下休息片刻時，突然天空赤雲密佈，一隻雙翼長達十丈、雞冠鷹嘴的紅鳥從空中急速向他撲來，其態勢有如巨鵬撲向小雞一般。他閃躲不及，被紅鳥用雙爪擒住，將他載往九霄雲上。由於雲層太厚，他根本看不清地面的狀況，不知道紅鳥要將他載到何處去，因此內心十分焦急。原來，紅鳥把他載到遙遠千里之外的一座深潭上，然後將雙爪一鬆，他整個人便從高空墜入深邃空明的潭底。

當他在潭底拼命掙扎時，忽然又有十二條火眼金睛的赤色蛟龍從潭底快速向他游來，他一看大勢不妙，急得使出全力游上岸邊，想找一塊大岩石作為庇護。誰知那十二條形態猙獰的大蛟龍也立即從潭中躍起，口吐熊熊烈火，直朝岩石噴來。幸好他一個翻身，滾入另一座大岩石下，才未被烈火燒死。

十二條巨龍見狀，立刻張牙舞爪地朝另一座岩石飛來。董飛正驚慌不已，不知該如何應付時，忽然有一匹烏黑亮麗的天馬由蔚藍的天空展翅而下，直奔於董飛身前，伸頸長鳴。董飛見狀，毫不猶豫地騎上馬背，隨牠凌空而去。

十二條巨龍冷不防被這匹黑馬把人載走，個個氣急敗壞，眼冒金星。於是昂首挺背，在後頭緊追不捨。眼看只差五十步的距離就要追到董飛時，忽然間天空出現七道彩虹，彩虹上站著七位彩衣飄飄的美麗仙子，只見她們輕輕將手中的七彩仙花擲向十二條巨龍，十二條巨龍立即化成麻雀各自飛去。

董飛不知後頭發生何事，依然隨馬騰空疾馳。但因馬無韁繩而速度又快若閃電，他猝不及防，又從馬背上落了下來。他剛要叫喊，卻從噩夢中驚醒，全身直冒冷汗。

晨鐘敲響時，他起床盥洗用完早餐後，將天蠶絲、天牛弓、火浴衣、珠寶劍玉仿造品統統擱好。這時，李斯進來了。

李斯把一塊木牌交到他手中說：「這一路上的事情我都替你安排好了！你無須擔心！也無須多問！哪！這是通往魏國邊境的通行證，有了此證，就可順利過境，千萬別弄丟了！此次出關奪寶，機密絕對不容外洩，所以大王也不便為你餞行，等你立功回來，大王一定會以盛宴款待你的！」

董飛明白李斯的意思，也知道李斯的精心策畫，所以不再發問。

一切裝備皆檢查妥善，董飛換好白色的衣裳走出鳳韜室，騎上白色追風馬，向李斯告別，然後策馬奔向那遼闊的關東，只見一陣煙塵揚起，董飛早已不見影蹤。

而就在董飛單騎出關之際，離鳳韜室百步之遠，彷彿有三個人影在偷偷望著他的背影。原來，他們乃是少年秦始皇以及他的兩名貼身侍衛。他們瞞著李斯，目送董飛順利出關……

第四章
執行首要任務

1·白梅仙子

　　一匹駿馬馳騁在寂靜的關道上，快如迅雷。出了函谷關向東北方向策進，便可通向魏國的大梁城。

　　正當董飛馳騁之際，他彷彿聽到身後響起隱約的馬蹄聲。

　　「咦？是不是有人在跟蹤我？」想完便放慢馬步，轉頭看個清楚。看了片刻之後，發現後方並無半點影子，也無半點馬蹄聲。

　　「難道是我聽錯了？是我太多心了不成？」想到這裡，他偷偷笑了一下，然後快馬加鞭繼續朝前邁進！

　　董飛騎了約半個時辰，眼看快到魏國邊境時，把守關口的關吏喝他下馬出示「通行證」備查。他翻身下馬，將一尺多長的木牌遞給了關吏，關吏仔細檢查了一下木牌上的封印，便對守關的兵士說聲：「放行！」於是他就順利通過魏國邊境，直向魏國首都大梁城外的紅梅村奔馳而去。

　　北風寒冷，馬蹄輕馳；不一會兒工夫，董飛的眼前便出現了一片紅色的花海，他心想前面應該就是紅梅村了；而他要接頭的是身穿白衣的琨瑤姑娘。當他心裡正想著連絡密碼之際，突然間一位身穿白衣的人影從他面前閃過。他以為是琨瑤姑娘，便大聲說道：「火龍關！」，誰知對方聽了之後，並無半點回應。

　　「難道我看錯了人不成？」董飛疑惑了一陣子後，自言自語地說道。

　　「沒錯！你是看錯了人！」一個聲音宏亮、七尺之高的女子出現在他眼前。那女子生得濃眉大眼，扁鼻厚唇，年齡大約在三十歲左右。

　　「妳是……」董飛見狀，詫異地問道。

「本姑娘外號『白梅仙子』，特地前來阻止你盜取魏國國寶白玉琥！」女子隨即高聲回答道。

「『白梅仙子』！妳誤會了！我只不過是一位商人，前往大梁取貨而已，怎會去盜取魏國國寶呢？再說，我也從未聽說過什麼白玉琥之類的東西！」董飛聞言，趕緊撒個謊。

「別騙人了！三個月前在咸陽城外蘆花叢裡，我就依稀聽到秦王有重大任務要交代你去辦！」白梅仙子冷笑一聲後說道。

「蘆花叢？」董飛愣了一下。

「沒錯！當時我正躲在蘆花叢裡偷聽嬴政和李斯的對話，要不是我反應快的話，恐怕當時慘死箭下的就不是三隻小碧猴，而是我『白梅仙子』了！」白梅仙子憤憤然說道。

「原來如此！」董飛終於明白是怎麼一回事情了。於是又問道：「那，前不久我聽到的馬蹄聲，就是妳尾隨在後的聲音吧？」

「我哪用得著尾隨你？我在這紅梅村前的小路上靜靜等候你就行了！好了！廢話少說！既然你已經明白了，還不快快將你隨身攜帶的貴重東西統統留下！」白梅仙子大笑一聲後說道。

「我身上只有一些普通的乾糧和日常換洗衣物，哪有什麼貴重東西？」董飛又撒了一次謊。

「既不貴重，那就讓我瞧瞧看！」白梅仙子說完便將右手伸向馬背上的包袱。

董飛見狀，立即下意識地拔劍喝斥道：「休得無禮！否則別怪我劍下無情！」

「看吧！急了吧！翻臉了吧！讓我猜猜看，包袱裡面是些什麼貴重的東西……嗯！應該跟闖火龍機關有密切的關係吧！是不是？」白梅仙子笑說道。

「胡說！什麼火龍機關，我不懂妳在說什麼！」董飛仍然緊守住口風。

「哼！要是跟闖火龍機關沒有一點關係的話，剛才你就不會高喊『火龍關！』三個字！對吧？」白梅仙子咄咄逼人問道。

「妳恐怕聽錯了吧！我根本沒說過『火龍關！』三個字！」董飛依舊不肯承認。

「好！既然你死不承認，那我只好用『花氣襲人』神功來收拾你了！別怪我沒事先警告過你！」白梅仙子說完，立刻向後退了三步。只見她屏氣凝神，雙手一揮，紅梅樹上的千朵梅花忽然如風捲殘雲般地紛紛落下，齊向董飛身上撲去。

董飛見一片花海朝自身撲來，立即揮舞長劍阻擋花海的攻勢；然而，花勢十分凌厲，任憑董飛左揮右舞，上挑下刺，長劍仍然抵擋不住它們的排山倒海之勢，而千朵梅花就像黏膠似的沾滿了董飛全身，就連他的雙眼與嘴唇也都被花朵給蒙住了，他想張眼看東西、張嘴說句話，都感到萬分困難。於是他準備用雙手去摘掉臉上的紅梅，然而雙手卻如同被繩子牢牢捆住般地動彈不得。遠遠望去，他整個人就像是一座梅花塚似的直立在那兒。

「哈！哈！你小子逃不過本姑娘的『花氣襲人』神功吧！」白梅仙子對著董飛狂笑道。笑完立即伸出右手，準備將馬背上的包袱拿下來。就在此時，追風馬突然張嘴咬住白梅仙子的右手掌不放，白梅仙子則用力掙脫，一時血流如注，痛得她在地上打滾不已。

追風馬隨後來到董飛跟前，用嘴唇將他身上的梅花一一吹下。說也奇怪，這些梅花的黏性早已消失。原來，『花氣襲人』見不得紅血，只要一見紅血，神功立刻破除，梅花的黏著神力也就跟著消失殆盡。

董飛從梅花塚脫身之後，立刻拿劍抵住白梅仙子的脖子說道：「快說！是誰指使妳來的？要是妳不說實話的話，休想保住性命！」

「哈！哈！是誰指使我來的？好！老實告訴你吧！根本沒人指使我！是我自己要來阻止你盜取魏國國寶的！我的命我自己會處理，用不著你來下令！」白梅仙子說完便咬舌自盡。

董飛見狀，心中著實大吃一驚。

望著白梅仙子的屍體，董飛心想要不要將她掩埋，或是任她陳屍地面。正在猶豫不決時。忽然先前落地的千朵梅花，又從地面飄起，紛紛覆蓋在白梅仙子的屍體上……

董飛一下子愣住了。隨即想說：「既然她已被梅花覆蓋，我也不必再花力氣將她掩埋了，還是趕緊與琨瑤姑娘會合要緊！」想完，立刻拾起包袱，躍上馬背，向紅梅村加速前進。

2・紅梅村舍

紅梅村的梅花開得十分茂密，遠遠望去，就像一堆紅色的雲海似的，令人心曠神怡。相傳紅梅具有冰魂玉骨，喜歡與雪為友，它的香氣格外清新，聞久了會讓人感染它格高韻勝的無畏精神。

正當董飛下馬想要找尋白衣姑娘時，他卻發現來來往往的紅梅村村民都穿著紅色衣裳，沒有一位是白衣打扮的。這個情景讓他頓時困惑了。他心想：「這是村頭，或許到了村尾，就可以找到琨瑤姑娘了。」於是，他再牽馬向村尾走去。

還未走到百步，一個身穿白衣、體態輕盈的少女卻出現在他眼前。他仔細再看，那少女生得柳葉眉、桃花面，一雙如秋水般的眼睛，更是嬌媚迷人。於是，他走向少女跟前輕聲說：「火龍關！」。

白衣少女一聽，立刻輕聲回答道：「白玉琥！」。

董飛聽了，高興地說道：「妳是琨瑤姑娘？」

白衣少女點了點頭後也問：「你是董大哥？」

董飛趕緊笑著點頭。

「好！董大哥，請隨我來！」琨瑤臉上露出一絲神秘的表情。

董飛聽了，心中明白，便牽著白馬追風緊跟在琨瑤的身後。

走了大概二百多步，琨瑤突然指著前面一間兩丈高的白屋說：「董大哥，快把你的白馬牽進屋子裡！」

董飛進屋將追風馬拴好後，從門口探頭發現五十步之內並沒有人影，便將剛才在村前半里路上所發生的事情一五一十地告訴了琨瑤。

琨瑤一聽也覺得十分詫異，便說：「董大哥！我們紅梅村只有『紅梅仙子』，並無什麼『白梅仙子』！再說，我們的『紅梅仙子』長得美若天仙，年齡才十六歲；不像你講的那位自稱『白梅仙子』的女子，不僅長相如壯男，而且年齡看起來也已三十出頭了呢！」

「照琨瑤姑娘的說法，此人不是紅梅村的村民，那，究竟是誰指使她來阻撓我們的奪寶行動呢？難道會是魏王嗎？」董飛帶著疑惑的眼神問道。

「應該不是魏王派來的才對！」琨瑤語氣堅定地回答道。

「為什麼？」董飛又問道。

「因為魏宮有令人聞風喪膽的火龍機關！魏王用不著再派人來阻撓我們的奪寶行動啊！」琨瑤也回答道。

「琨瑤姑娘分析得頗有道理！」董飛點點頭說道。隨後他心中在想：「不是魏王，那會是誰？」

　　琨瑤見董飛滿臉疑惑，便笑著說道：「董大哥！你還在為此事傷腦筋啊嗎？」

　　「沒有！沒有！」董飛不好意思地回答道。

　　「那，我們還是按照原定計畫行動，好嗎？」琨瑤笑問道。

　　「當然！當然！」董飛說完，望了望屋內四周，便問琨瑤說：「琨瑤姑娘，這是妳的家嗎？」

　　「這不是我的家！這是我的風鳶工坊！我家附近人多嘴雜，很容易洩漏機密，所以我才帶你來這裡！」琨瑤向董飛解釋道。

　　「原來是這樣！琨瑤姑娘，妳的考慮的確很周詳！」董飛讚美琨瑤後接著又問：「對了，剛才聽妳談到風鳶，不曉得這是什麼用具？」

　　「風鳶是一種像老鷹一樣能在高空飛翔的器具！」琨瑤回答道。

　　「像老鷹一樣能在高空飛翔的器具？怎麼可能呢？」董飛聽了，有點半信半疑，因為，他在秦國從未見過風鳶這種人造飛行器具。

　　「當然可能！古代魯班就發明過這樣的飛行器具！」琨瑤兩眼瞪著董飛，語氣斬釘截鐵地說道。

　　「誰是魯班？」董飛一臉疑惑的樣子。

　　「魯班是魯國最著名的機械工程家，又叫公輸班或公輸子。他最擅長的機械工程就是雲梯和木鳶。雲梯是一種攀登敵人城牆的長型梯子，目的在攻入敵人的內部；而木鳶則是用超薄木片製造出來的飛行器具。據說魯班曾經造好一件能在天上飛行三天三夜都摔不下來的木鳶，因此得到『神匠魯班』的美稱。」琨瑤回答道。

3·隱形神鳶

董飛一聽，面帶喜色地問道：「琨瑤姑娘！雲梯和木鳶能幫我盜取白玉琥嗎？」

「雲梯對董大哥盜取白玉琥當然毫無幫助，可是，木鳶是一種高空偵察敵情的工具，它就派得上用場了！」琨瑤淺笑著回答道。

「那，妳有木鳶嗎？」董飛順勢問道。

「我沒有木鳶，卻有比木鳶更神奇的蟬鳶！」琨瑤又笑了一笑。

「蟬鳶和木鳶有何不同？」董飛又問道。

「大大不同！木鳶是用薄木片製造的飛行器具，而蟬鳶則是用蟬翼製造的飛行器具，它比木鳶更輕巧，在空中飛翔的時間更久！連魯班本人都沒見過這種蟬鳶呢！」琨瑤娓娓解釋道。

「哦？那它是誰製造出來的呢？」董飛感到十分好奇，於是追問下去。

「它是家父費了二十年的工夫才製造出來的新奇飛行器具！家父為了製造比木鳶更輕巧的飛行器具，特地走遍名山去找尋傳說中的『金蟬王』。」琨瑤回答道。

「金蟬王？」董飛愣了一下。

「沒錯！牠是一隻體型如牛的金色巨蟬，可說是萬蟬之王，牠每隔四百年就要蛻換一次翅膀。」琨瑤答道。

「琨瑤姑娘！據我所知，一般蟬隻從幼蟲羽化為成蟲時，會有脫殼現象，但並不會將翅膀換下啊！」董飛質疑道。

「董大哥說得一點也沒錯！但金蟬王不同於一般蟬隻，牠是只喝瑤池仙露，只停留在奇峰峻嶺的神蟬。牠每隔四百年就

要蛻換一次翅膀，否則就會枯萎而死。當牠蛻換新翅膀時，舊的翅膀便會隨舊殼留了下來！」琨瑤說道。

「那，請問，令尊是如何找到金蟬王的？」董飛又追問道。

「家父是在泰山山頂找到金蟬王的。當時，他在山峰聽見巨大的蟬鳴聲，聲音之響亮，百倍於一般蟬叫聲，令他十分好奇。於是，他循著叫聲前進，終於在遠處看到一隻金黃色的大蟬正在展翅高飛，後面則跟隨著一大群的小蟬。他心想：『這一定是傳說中的金蟬王！』想完，便走上前去觀看。一看之下，果然是金蟬王留下來的舊蟬殼。於是，他將蟬殼兩旁的蟬翼迅速割下，帶回家中。」

「那，令尊為何不把蟬殼也一起帶回家呢？說不定蟬殼也有用途呢！」董飛又問道。

「據家父告知，他是神匠魯班大弟子的後代，他一心一意想製造出比木鳶更神奇的飛行器具。因此，對他而言，只有金蟬王的巨大蟬翼才是製造神鳶的上好材質，蟬殼等於是個廢物。他當然不會把這個沉重的廢物帶回遙遠的家！」琨瑤也回答道。

「原來如此！那，令尊試飛多久才成功的呢？」董飛再問道。

「家父試飛了將近二百次才成功的！」琨瑤回答道。

「他老人家的毅力真是令人佩服啊！」董飛讚嘆道。

「家父試飛成功之後，高興萬分，於是就把他製造的新奇飛行器具命名為『隱形神鳶』。」琨瑤又說道。

「『隱形神鳶』？難道它飛翔在天空，人們都看不到它嗎？」董飛追問道。

「嗯！的確如此！」琨瑤點頭回答道。

「為什麼？」董飛很想知道原因。

「因為蟬翼薄得像是透明的東西！」琨瑤解釋道。

「可是！就算神鳶能隱形好了，人乘著神鳶飛翔不就暴露了行跡嗎？」董飛越想越覺得無法置信。

「不會暴露行跡的！」琨瑤又對著董飛嫣然一笑。

「為什麼』？」董飛迫不及待地問道。

「因為我會隱身術！」琨瑤笑著說道。

「琨瑤姑娘真的會隱身術嗎？」董飛大吃一驚道。他心中暗想：「要是我也懂得隱身術，那對奪寶任務就更加有利了！」

沒想到琨瑤卻噗哧一笑說道：「董大哥！我是跟你開玩笑的！如果我真的會隱身術，還用得著乘鳶去做高空偵測，直接潛入魏宮不就成了嗎？」

董飛知道琨瑤是在逗他玩，於是笑著問道：「那，琨瑤姑娘！妳既然不會隱身術，乘著神鳶飛翔不就危險萬分了嗎？」

「當然不會！因為，隱形神鳶的蟬翼會發出一道白光，將人體遮住！在地上的人根本就看不到飛行者！」琨瑤又解釋道。

「嗯！的確神奇極了！對了！這件神鳶放在何處？」董飛隨即問道。

「就放在這間屋子裡！」琨瑤笑著回答道。說完，便從一個黑色的大箱子裡取出隱形神鳶來。

董飛仔細一看，隱形神鳶果然是個透明的物件。他再用手一摸，發現神鳶的材質非常細薄，確實就像蟬翼一般。於是問道：「這麼輕巧細薄的東西，真能載人升空嗎？」

「當然能啊！不過，這可不是人人都能乘載的飛行器具！必須合乎三個條件的人，才能飛行自如！」琨瑤答道。

「哦？哪三個條件？」董飛急著問道。

「第一、體型要輕巧！因為，『隱形神鳶』的乘載重量是有極限的，像董大哥這麼魁梧的人便乘載不了！第二、眼力要好，因為，飛得太低的話，容易被人疑心、識破；飛得太高固然安全，但是，沒有像老鷹一樣的好眼力，如何能看清楚地面上的情況？第三、要會輕功！因為，萬一『隱形神鳶』失靈時，可以憑藉輕功來保命！不過……」琨瑤回答道。

「不過什麼？琨瑤姑娘！妳快說！」董飛又急著問道。

「不過，前三個條件只是人為條件，還有一個極其重要的自然條件！」琨瑤神情嚴肅地說道。

「什麼條件？」董飛瞪大了眼睛問道。

「必須有風！因為『隱形神鳶』是憑藉風力才能在天空飛翔！要是沒有了風，它就是一件廢物！條件都具備了，它就能發揮高空鳥瞰的作用！」琨瑤神態肅然地回答道。

「真是奇妙啊，世間竟有這等神奇的飛鳶！」董飛聽了之後，讚嘆不已。

琨瑤聽見董飛的讚嘆，於是對他說道：「董大哥！不瞞你說！我前幾天就是利用有風的天氣乘載隱形神鳶，才能刺探出魏國宮殿的戒備情形！」

「琨瑤姑娘也會駕馭隱形神鳶？」董飛聽了之後，大吃一驚道。

「不瞞你說，我六歲時就在家父帶領下乘鳶飛翔了！我大概試飛了二百次才成功的！聽家父說，由於金蟬王留下來的是舊翅膀，所以飛行次數超過四百次之後，就可能變成廢物了！」琨瑤嘆息道。

「那，為何不用金蟬王的新翅膀來製作飛鳶呢？說不定新翅膀可以讓人飛行四萬次都不成問題呢！」董飛說道。

「董大哥有所不知！這金蟬王隔四百年才蛻換一次翅膀，要找到牠已屬不易，要看到牠脫殼更是不易。何況牠脫殼換翅

之間，會有十萬隻小蟬圍繞在他四周警戒，讓人根本無法接近牠。更別說想殺害牠了！」琨瑤解釋道。

「原來如此！」董飛點了點頭。

「對了！董大哥！我忘了告訴你！隱形神鳶遇到下雨、下雪或颳狂風的日子，是無法起飛的！」琨瑤加了一句話。

「為什麼？」董飛抬頭問道。

「因為金蟬王的蟬翼一沾到濕的東西，馬上就會失去飛翔的能力！而風太大的話，你就無法控制住自己該飛的方向了！所以！一年之中，能練習飛翔或做高空偵察的好機會並不如想像的多！」琨瑤又解釋道。

董飛一聽，便說道：「我明白了！那，琨瑤姑娘！妳乘載隱形神鳶在高空鳥瞰魏國宮殿的戒備情形，有無收穫？白天能混進去盜寶嗎？」

「白天很嚴，三步一崗，五步一哨，沒有宮廷通行證的人，插翅也難飛進。看情形只有等傍晚時才可潛入。」琨瑤回答道。

「為什麼？」董飛急著問道。

「因為，傍晚時分警戒較鬆，十步一崗，二十步一哨，擅長輕功的人，必可乘隙躍入宮中。」琨瑤回答道。

「好！那我就等傍晚時試試運氣了。」董飛說道。

4・火龍奇陣

稍後，董飛突然想起一件事，急著問琨瑤道：「琨瑤姑娘，你知道魏王火龍機關的佈陣情形嗎？」

「當然知道啊！」琨瑤笑著說道。

「它到底有多危險、多厲害！請妳趕快告訴我！好不好？」董飛一臉著急的樣子。

「好！董大哥！別急！讓我慢慢告訴你！據我一個月前所打探到的消息。魏王在百珍房前頭設有火龍機關陣。此陣長二十丈，寬六丈，高十丈，銅牆鐵壁，銳厲無比。用精鐵鑄成的十二座青色龍頭，分別嵌於兩旁，每隔兩丈設一座龍頭。龍頭離地七尺，每座龍頭火焰可噴六丈之遠，而且火舌寬達兩丈。因此七尺之下無一空隙無火，凡闖入火龍機關的人，即使輕功再好，也難逃一死。」琨瑤娓娓說道。

「難道魏王測試過它的威力嗎？」董飛側著頭問道。

「當然測試過了！」琨瑤回答道。

「是找人測試嗎？」董飛隨即問道。

「當然不是！」琨瑤說道。

「不找人，難道找動物測試不成？」董飛皺著眉頭問道。

「沒錯！就是找動物來測試的！」琨瑤神態嚴肅地回答道。

「是何種動物？」董飛又問。

「是野狼與蝙蝠！」琨瑤停頓了一下，隨即說道：「為了測試火龍機關的威力，魏王曾經命令鐵官用捕獲的野狼作為實驗品。野狼一進入敞開的石門後，兩座石門便同時關閉，任憑野狼力氣再大，也難分開石門。然後，狼腳一踏到機關，十二龍頭便一起噴出熊熊的火焰，只聽得一聲慘叫，野狼頓時燒成灰燼。

試完野狼後，魏王又命鐵官用蒙過雙耳的白蝙蝠作實驗品。白蝙蝠身輕易飛，不會碰到地面，但只要白蝙蝠碰到任何一個角落，前後石門都會自動關閉，而十二座龍頭也會噴出熾熱的火焰。以白蝙蝠如此厲害的輕功尚且難逃火龍機關陣，更別說人了。」

董飛聽了之後，心中不免打了個寒顫。於是他問：「琨瑤姑娘，這白玉琥藏在火龍機關的何處？」

琨瑤回答道：「火龍機關造好並實驗成功之後，魏王欣然大喜，於是將白玉琥及他平日所珍藏的器玩，一塊安置在火龍機關後門的百珍房內。」

「百珍房是什麼房？」董飛又是一問。

「百珍房是用石壁所造的藏寶密室，它唯一的出口便是火龍機關的前後石門。火龍機關一經觸動，只噴片刻時間的火焰便停止轉動。火熄後，石門會自動開啟，如此便可進入百珍房。魏王如果需要使用白玉琥時，只要下令鐵官將火龍機關關閉，就可進入房內將它取出。」琨瑤解釋道。

「原來如此！那，琨瑤姑娘，火龍機關附近的警戒嚴不嚴？」董飛問道。

「不怎麼嚴。」琨瑤回答道。

「為什麼？」董飛有點疑惑了，於是問道。

「因為，火龍機關的石門終年敞開，魏王雖曾三申五令不得擅入，但一些好奇的兵士難免會闖入其中一探究竟，因此不幸葬身火龍機關的兵士也有十數人。當魏國將士暸解火龍機關的威力之後，再也無人敢做嘗試。於是，火龍機關附近的巡邏警戒也就較正殿城門要鬆懈得多，這就有利於盜寶了。」琨瑤趕忙向他解釋。

「琨瑤姑娘！照妳這麼說，那我今晚就可以入宮盜取白玉琥了！」董飛興高采烈地說道。琨瑤則點了點頭。

「對了！琨瑤姑娘！我差點忘了一件事！」董飛忽然想起了一件事情來。

「什麼事？」琨瑤問道。

「為什麼紅梅村的村民都穿著紅色衣裳，而唯有妳卻穿著白色衣裳！這其中難道有什麼奧妙之處？」董飛笑問道。

「其實，紅梅村的村民平日穿的五顏六色，只有在今天梅花花神的誕辰日才穿上紅色衣裳的！」琨瑤回答道。

「梅花花神的誕辰日？」董飛又是一楞。

「沒錯！每年這一天，我們紅梅村的村民都要穿著紅色衣裳向花神祭拜！聽說這一天還會有異象出現呢！」琨瑤回答道。

「是什麼異象？」董飛急問道。

「我也不太清楚！說不定董大哥今天下午遇到的『白梅仙子』被梅花掩埋的怪事，就是一種異象呢！」琨瑤猜測道。

「原來如此！」董飛點點頭之後又問道：「那，琨瑤姑娘！妳為何不穿紅衣裳呢？」董飛又問道。

「因為『紅中透白』才好辨認啊！萬一我也穿上紅衣裳，董大哥不就難以找到我了嗎？」琨瑤解釋道。

「嗯！說得有道理！可是……」董飛臉上露出了疑惑的表情。

「可是什麼？董大哥直說無妨！」琨瑤笑容可掬地說道。

「可是，琨瑤姑娘！紅梅村全村村民都穿紅衣裳，唯獨妳穿白衣裳，難道不怕觸犯村規，觸怒花神嗎？」董飛用極為關懷的眼神問道。

「董大哥放心好了！一來，我一大早就穿紅衣裳祭拜過花神了；二來，花神神壇在村頭，我在村尾穿白衣裳，一點也不怕觸犯村規，觸怒花神！」琨瑤笑著解釋道。

「沒想到琨瑤姑娘思慮這麼周密啊！」董飛臉上終於綻開了笑容。

5・陣外有陣

　　晚餐一過，董飛便獨自騎追風馬來到魏宮附近，並且藏匿在一株大榕樹的後頭，仔細觀察百珍房附近的戒備情形。當他發現離石門三十步之內並無哨兵巡邏時，便立刻換上火浴衣，將玉琥仿造品放入懷中，然後縱身一躍，便輕輕落在石門之前。

　　走進石門之後，室內火炬熊熊，十二座張開大嘴的青色龍頭，像是要吞噬他似的，都用烏亮的眼睛瞪著他。當他正在仔細觀察龍頭的形態時，突然間腳底下好像踩到簧鈕，兩座石門悄然關閉，從十二座龍頭的嘴中噴出綿綿不斷的烈火。火如赤蛇擺動，一時熾熱難捱，董飛於是躍入空中。但因他的輕功只能達到五丈高，無法碰到十丈高的屋頂，便又落於地上再受烈火圍攻。

　　由於他身穿的火浴衣不僅有護靴、護頭，且有護手，全身上下，除雙眼、鼻嘴之外，任何一處都不怕火焚。因此，他事先用『避火神膏』塗遍了全臉，這樣就不會被烈火燒傷了。他在空中不斷地翻騰，如此反覆騰空落地，火焰終於熄滅，兩座石門又緩緩啟開。

　　董飛見火熄門開，於是呼氣調息，進入百珍房。百珍房的石壁與火龍機關的鐵壁都厚達三尺，即使有人想將它鑿開，來竊取白玉琥，都極不可能。因此唯一的通道便是火龍機關；過得了火龍機關，白玉琥便可輕易到手。

　　百珍房長十丈，寬三丈，面積只有火龍機關的一半大。房內裝有六個紫色大木櫃，每一木櫃都陳列了琳瑯滿目的玉器和銅器，數量將近百種。這些器物主要都是商周時代流傳下來的珍玩。

　　魏文侯在位時，已獲得不少商周傳下來的器玩。魏安釐王時，除保存先祖的器玩外，更添列了戰國出品的精銅美玉。然

而，在這百件珍玩中，最有價值的仍是周穆王所傳下來的一對白玉琥。

當董飛眼見木櫃中陳列了無數的器玩時，眼睛為之一亮。於是他一面尋找白玉琥，一面乘機瀏覽這些平日不易見到的珍寶。

第一個櫃子陳列了一對玉魚和玉龍。玉魚一青一白，古趣盎然；玉龍則色黃有澤，神態活潑。此外尚有雕飾各種珍禽異獸的精美銅器十件，有些樸實無華，有些則瑰麗奪目；董飛雖然喜愛這些銅器，無奈他卻叫不出這些銅器的名稱來。

第二個櫃子中有一塊青璧，璧上佈滿了白色龍紋；青璧左邊是一枚鳳頭玉珮，碧中帶紅，十分奇妙。此外便是八具閃亮晶瑩的銅器。

這樣一個個的瀏覽下去，董飛終於在第五個櫃子的中央，發現了他所要尋找的一對白玉琥：玉身白潤，造型絕佳。為了怕盜錯天寶，他立即從懷中將白玉琥的仿造品取出來，仔細對照無訛之後，於是將櫃中的白玉琥拿下放入懷中，把仿造品擱好，準備離開百珍房。

當他正要踏出百珍房時，忽然又有一道石門橫在眼前，阻擋了他的出路。他抬頭一看，那道石門少說也有六丈之寬，五丈之高，氣勢與火龍機關的石門不相上下。他心想：「糟糕！怎麼多了一道石門擋住去路？萬一出不去的話，豈不前功盡棄了嗎？再說，後面的任務又要如何一一去完成呢？」想到這裡，他心裡著實急得像是熱鍋上的螞蟻一般。

巨大的石門離他只有三步之近，而兩旁卻沒有半個出口，他若不進入眼前這道石門的話，只有被困在兩道石門中間，等著束手就擒或活活餓死了。可是，進入之後，又不知裡面暗藏了何種致命機關……

當他正在卻步觀望時，兩扇石門卻突然自動開啟了，逼得他只好進入門內一探究竟。剛剛一抬頭，便發現前後左右共有

四座三尺寬的鐵製猴頭瞪著眼睛在凝視他。他也不斷瞪著這些猴頭看個究竟。忽然間，由第一座猴眼裡噴出二道黃色的濃煙來。他不以為意。緊接著第二座猴眼裡又噴出二道紅色的濃煙來。他仍不以為意。再下來，第三座、第四座猴眼各噴出二道藍色和青色的濃煙來。

此時，他心中暗想：「這是什麼陣？為何在火龍機關旁邊又多出了這道會噴出彩煙的機關？軍師事前為何沒有告訴我？」想著想著，腦袋卻開始有點昏沉沉的感覺。當他正在極力思索對策時，卻頓覺全身無力，呼吸困難，不一會兒便昏迷了過去。等他醒來時，人已經躺在紅梅村琨瑤的小屋裡了。

6 · 猴煙之秘

「這是怎麼回事？琨瑤姑娘！現在是晚上還是大白天？」董飛張開眼睛後，看見琨瑤站在他的身旁，便急忙起身向琨瑤問道。

「現在是早上，太陽已經升起來啦！董大哥！你昨晚中了猴煙陣的彩色煙毒，不省人事了！」琨瑤趕緊解釋道。

「猴煙陣？」董飛瞪大了眼睛問道。

「沒錯！這猴煙陣極可能是魏王最近趕工加設的防盜機關，它噴出的彩煙，每一道原來都沒有劇毒！但是，當八道彩煙交會在一塊時，就會產生致命的劇毒。我前一陣子也聽說魏王正在加緊防盜措施，但卻一直探聽不出來他加裝的是什麼新機關，直到兩個時辰之前接獲咸陽潛伏在魏宮的密探向我密報說：『魏王在火龍陣外又加裝了一座會噴毒煙的鐵製猴頭機關。』才知道那是能致人於死地的『猴煙陣』！火龍機關則不同，它噴出的火則是一種無煙的高溫烈火。火浴衣雖然能防火，但是臉部，尤其是鼻子卻無法完全遮掩住，因此，董大哥進入猴煙

陣內，就吸進了大量的煙毒。若是一般人早就窒息而死，董大哥能撐半個時辰，已經是奇蹟了！」琨瑤解釋道。

董飛一聽，鬆了一口氣。稍後他又說道：「沒想到，魏王也是個老謀深算的傢伙！竟然在火龍機關之外又加了一道致命機關，差點害我命喪毒煙陣！對了！琨瑤姑娘！既然這猴煙陣噴出的彩煙含有劇毒，會讓人致命！那，我又是怎麼活過來的？」

「就靠這一小瓶『神農仙液』！」琨瑤一面說著，一面晃著手上拿的紫色小瓶。

「『神農仙液』？」董飛臉上又是一團迷霧。

「沒錯！董大哥！就是靠這一小瓶『神農仙液』才救了你的性命！」琨瑤微微一笑道。

「琨瑤姑娘！我事前不是已經在臉上塗抹了妳給我的『避火神膏』嗎？難道用千年寒梅提煉而成的『避火神膏』也對付不了猴煙陣的煙毒？」董飛大惑不解地問道。

「沒錯！董大哥！『避火神膏』雖然是用千年寒梅提煉而成的聖藥，但是它只能防止燙傷，對煙霧毒氣卻毫無抵擋作用！」琨瑤笑著解釋道。

「既然琨瑤姑娘已有『神農仙液』，為何不讓我事先服下？這樣，我就不會身中煙毒，暈了過去啦！」董飛一聽，立即用詫異的眼神問道。

「董大哥有所不知！這『神農仙液』必須等『避火神膏』藥效消退之後，才能產生驅毒作用！」琨瑤也連忙回答道。

「為什麼？」董飛仍然不解。

「因為，相傳『神農仙液』是由神農氏試嘗百草後，在捉煙崖閉關千日所提煉出來的解毒神藥；而『避火神膏』則是由燧人氏鑽了一千株樹木，使得手掌嚴重燙傷後，登上寒梅峰閉關千日所秘製出來的治燙聖藥。由於他們兩人平日就各持己

見，水火不容，甚至在崆峒山頂決鬥了百日之久。所以，他們煉製的奇藥也不可同時服用，否則必會五臟崩裂而死！」琨瑤耐心地解釋道。

「原來如此！想不到神農氏與燧人氏這兩位千古奇人還有這樣的恩怨！」董飛誤以為琨瑤故意想害他喪命，才不事先讓他喝下『神農仙液』的。一想到這兒，內心便有極深的歉意。

「那，琨瑤姑娘！妳是如何取得這兩種奇藥的？」稍後，董飛又問道。

「家母是製藥世家，這兩種奇藥都是用她珍藏的千古秘方熬製而成的！」琨瑤笑答道。

董飛本想再進一步詢問兩藥來源的細節問題，但還是覺得不該多問才對。於是便感謝說道：「那真要謝謝令堂大人了！」

「不必客氣！對了！董大哥！這『神農仙液』喝下去，需要兩個時辰方能見效！」琨瑤說道。

「那，我是怎麼回到紅梅村的？」董飛問道。

「是我騎馬載你回來的！」琨瑤回答道。

「騎馬載我回來？可是，妳進入猴煙陣中了煙毒之後，跟我一樣早就昏迷過去啦！哪還能騎馬載我呢？」董飛一臉詫異的樣子。

琨瑤聽了之後，噗哧一笑說道：「咦？董大哥！你忘啦！我家藏有『神農仙液』，而且不只一瓶！我先喝了它，再闖入猴煙陣，就不怕煙毒啦！」

「瞧我這死腦筋！」董飛露出了靦腆的表情。稍後，他又問道：「琨瑤姑娘！妳載我回來時騎的是我的追風馬嗎？」

「當然不是！我騎的是自己的黑馬！董大哥的追風馬是跟隨我的黑馬回到紅梅村的！」琨瑤趕緊回答道。

　　董飛一聽，也立刻說道：「琨瑤姑娘！真是偏勞妳了！要不是有妳的暗中協助，盜取白玉琥的計畫恐怕就要落空了！」董飛說這話時，眼神充滿了謝意。他心裡頭明白，琨瑤是擅長輕功的人，她必定尾隨在自己身後，準備適時伸出援手的。這一切當然都是咸陽方面的精心安排。

7·換騎趙馬

　　「對了！琨瑤姑娘，關符、乾糧和馬匹都備妥了嗎？」董飛停頓了一下，忽然問道。

　　「都備妥了。」琨瑤也答道。

　　原來秦馬身高六尺，趙馬則身高八尺，因此，想進入趙國，只有換騎八尺高的趙馬，才不致於洩漏自己的身分。

　　紅梅村因為鄰近趙國邊境，所以輸入了不少趙國馬匹。紅梅村的馬棚共有趙馬十匹，七中棕色三匹、黑色二匹、雜色四匹、白色一匹。李斯則指定琨瑤將白馬交給董飛騎乘，這是因為騎白馬在冰天雪地的趙國馳騁，比較不為人所注意的緣故。

　　「琨瑤姑娘可否帶我到馬槽中牽馬？」董飛一聽趙馬在亭外馬棚之中，便欣然問道。

　　「好啊！董大哥！快隨我來！」琨瑤說完，於是帶領董飛來到馬棚。

　　董飛將追風馬拴好後，便把白馬牽出試騎。馬身肥壯，鞍韉齊全，遠觀毛色雪白，近看則鬃毛稍帶黃色。試騎半個時辰，白馬已完全聽由董飛驅策。於是董飛下馬，將追風鞍韉取下，在牠耳邊低語道：「追風追風，歸去如風！」然後用力在馬的臀部上拍了一下，說也奇怪，追風似解人意，剎那間如電掣一般向西南方向奔去。

「董大哥！你的追風馬能認識返回咸陽的路程嗎？」琨瑤見狀，忍不住問了一聲。

「那當然！追風是皇家千挑萬選的七匹駿馬之一，牠聰慧過人，能記得沿路上的景致，自然可以順利返回咸陽！要不然我也不敢貿然放牠走了！否則牠走丟了或者遭到不測，我可要受罰呢！還有，他認得主人，也會奮力保護主人！要不是牠將『白梅仙子』的手掌咬出血，破壞了『花氣襲人』的神功，恐怕我早已命喪黃泉，見不著琨瑤姑娘了！」董飛回答道。

「原來如此！」琨瑤點了點頭。

片刻之後，董飛問道：「琨瑤姑娘可知此地離趙國黑松鄉有多遠？」

「大約百里路程！」琨瑤答道。

「百里路程？」董飛心中暗想道：「百里路程最快也要半日才到，若是現在馬上出發，黃昏之前就可到達了！」想完，隨即說道：「好！琨瑤姑娘！那我即刻前往黑松鄉！」

「董大哥！你何不多休息一下再走？」琨瑤關懷備至地問道。

「謝謝琨瑤姑娘！我的身體已經完全康復了！不能再打攪妳了！」董飛笑著回答道。其實，他心裡頭還真想多留幾天，陪琨瑤賞花遊山，以答謝她的及時相救。只不過出關前李斯對他的忠告，讓他立刻打消了此一念頭。

「那，董大哥！我們後會有期了！」琨瑤笑著說道。她心裡頭明白，董飛到黑松鄉一定有另一個重大任務要即刻完成，而她是不能強留，也不能多問的。

「嗯！後會有期！」聽了琨瑤的話之後，董飛也隨口說道。

說完話，董飛立即躍上馬背。只聽得「喝！」的一聲，白馬立即昂首闊步，直向邯鄲奔騰而去……。

　　琨瑤目送董飛遠去之後，心中頗有悵然之感。因為，她與董飛初次相遇，就對董飛產生了好感，而在救治董飛的期間，更讓她對這位「大哥」有了一種說不出的奇妙感情。

　　本來她預期董飛會在紅梅村多住幾天，她可以趁此機會與董飛朝夕相處，培養感情。而她在董飛離開紅梅村時，會將自己平日最鍾愛的紅梅簪送給董飛當作信物。然而，董飛的毅然決定，讓她的美夢落空。她手裡捏著紅梅簪，不斷地嘆息著。

8・花劍神功

　　才出了紅梅村不到半里路上，也就是與『白梅仙子』相遇的地方。董飛覺得很好奇，於是下馬看看梅花塚還在不在。當他發現梅花塚還在時，便不自覺地走了過去。

　　眼看距離梅花塚只有五步路時，這時從梅花塚裡突然竄出一個紅衣蒙面漢來，此人看上去有九尺之高。

　　「你是……」董飛嚇了一跳之後問道。

　　「我叫『花如劍』！」紅衣蒙面漢眼露殺機回答道。

　　「『花如劍』？你擋我路作什麼？」董飛鎮定問道。

　　「我是『白梅仙子』的師弟！你說擋你路作什麼？」花如劍厲聲回答道。

　　「原來是『白梅仙子』的師弟！想必是替你師姐報仇來的吧？」董飛神色自若地說道。

　　「你說得不錯！我是替我師姐報仇來的！我將師姐的玉體掩埋之後，就一直埋伏在梅花塚裡等候你的自投羅網！但，除了報仇之外，我還要你身上一件寶物！」花如劍怒氣沖沖地說道。

「我身上哪有什麼寶物？都是一些不值錢的東西！」董飛聽了，便隨口應付道。

「別裝了！我指的是用崑山美玉雕成的一對白玉琥！」花如劍語氣更嚴厲了。

「什麼玉琥不玉琥，我根本未見過這種東西！」董飛依舊裝傻道。

「它是魏國的國寶！藏在火龍機關之內！除了你，誰還有這種本事將它盜走？」花如劍抬高嗓門說道。

董飛聽了，大吃一驚。心裡正想此人為何知道如此機密的事情時，沒想到花如劍又加了一句話：「那對白玉琥只要雙手握上片刻，就會產生兩隻猛虎般的神力，對吧？」

董飛一聽此番話，更加吃驚不已。他心中暗想道：「這些機密應該只有大王與軍師才知道的啊，為何此人竟然知道得一清二楚？此人究竟是什麼身分？」想罷，便舉劍呵斥道：「你究竟是誰派來的？為何不敢以真面目示人？」

「我是誰派來的並不重要！重要的是你今天逃不逃得過我的利劍！」花如劍回答道。

「那就試試看再說！拔劍！」董飛也提高嗓門說道。

花如劍聽了之後，卻紋風不動地站在原地，絲毫看不出有拔劍的動作。

董飛見了，甚覺詫異，便問：「你的劍呢？」

「我身上從不帶劍！我能以花為劍，以劍傷人！」花如劍冷笑一聲後答道。

「什麼？以花為劍，以劍傷人？別再吹噓了！」董飛一聽，隨即大笑道。

　　「好！不知死活的傢伙，今天就要你嚐嚐我花如劍的厲害！」花如劍憤然說道。說完，立即伸手到紅梅樹上摘下一枝約三尺長的梅花枝來，枝頭上綻開了七朵紅梅。

　　「這就是你的利劍？」董飛用詫異的眼神問道。

　　「沒錯！我師姐練的是『花氣襲人』神功，我練的則是『花劍神功』！」花如劍停頓了一下又說：「我這『花劍神功』共有絕招三招，如果你躲得過我這三招，我就甘拜下風，放你一馬！如何？」

　　「若是你輸了呢！」董飛神情嚴肅地說道。

　　「任憑你處置就是了！」花如劍用不屑一顧地的口吻說道。

　　「這是你說的！千萬別後悔喔！」董飛笑說道。

　　「好！看我的第一絕招『花非花』！」花如劍一說完，便舞動梅枝向董飛狠狠刺去。董飛正要思索「花非花」的涵義時，突然間，在他的眼簾裡，花如劍手中的梅花已非原來的梅花，頓時變成了七枚圓圓的紅桃子。董飛見狀，大吃一驚，隨即使個「飛鼠穿樹」，才未被擊中。

　　幸好董飛身懷輕功絕技，躲過了花如劍的第一絕招，因為那七枚圓圓的紅桃子其實就有七粒鐵球的重量，萬一腦袋被擊中的話，馬上就會頭破血流了。

　　花如劍瞧見董飛躲過了他的的第一絕招，心中頗為訝異，於是大聲說道：「好傢伙！竟然躲得過我的第一絕招，那就試試看我的第二絕招『花中花』吧！」他說完話之後，又揮動手中的梅枝，朝董飛斜刺過去。

　　此刻，出現在董飛眼裡的七朵紅梅花，每朵中間忽然都開出了一朵白色的李花來，這種花中有花、紅白相間的異象，看得他簡直眼花撩亂。在急中生智之下，他立即使出「黃鶯出谷」的美妙姿勢，又躲過了花如劍的凌厲攻勢。若是稍遲一點的話，

那七朵白色的李花一旦射到他身上，就如同七枝銳利的飛鏢一般，不把身上鑽幾個窟窿是不會停止的。

花如劍沒想到董飛又躲過他的第二絕招，心裡開始有點慌亂了。但他仍然假裝鎮定地笑著說道：「好！能躲過前兩招，算你運氣好！哪！再看我的第三絕招『花去花』！」說完，便使出全力舞動梅枝，朝董飛臉上刺去。董飛猛一看，眼前梅花枝上已無半朵梅花，卻成了一枝光禿禿的樹枝，枝頭上則多出尖如利錐的七個爪子。於是他馬上使出「金蟬脫殼」之勢，輕輕躲過了這一招。

按照花如劍以往的格鬥經驗，對手若是被他尖銳的七爪碰觸到臉皮的話，他只要輕輕一揮，對手的臉皮立即整張脫臉而出，慘不忍睹。這是花劍神功三招中最厲害也最殘忍的一招。

如今三招使完，董飛卻毫髮未傷，頗令花如劍震驚不已，他心中暗想：「我這『花劍神功』從未失誤過。今天是怎麼了？難道撞邪了不成？」他百思不得其解。

原來，董飛懷中的白玉琥曾吸收過崑崙山的仙氣，它能震懾所有的花魂。因此，花如劍的『花劍神功』變得徒具形式，一點神力也施展不出來。這是花如劍意想不到的事情，也是李斯未告知董飛的一個奇幻秘密。

「我已躲過你的三招絕招，按照剛才的約定，你得任憑我處置了吧？」董飛持劍說道。

「那當然！你要我怎樣我就怎樣！悉聽你的指示！」花如劍帶著莫可奈何的語氣說道。

「好！我要你摘下面罩，露出你的真面目來！」董飛指著他的頭說道。

「這……」花如劍支支吾吾地說道。

「你不方便動手的話，我替你動手好了！」董飛說完就準備將手伸出去。

　　「且慢！讓我自己摘下它！」花如劍說完立即轉身將面罩摘下，然後用雙手在臉部抓了幾下。當他再轉身時，董飛見了，著實嚇了一大跳。原來花如劍已將自己的面孔抓得血肉模糊，讓人無從辨識。

　　「這就是我的真面目！你該滿意了吧？」花如劍以淒厲的聲調說道。

　　董飛沒想到花如劍會使出如此激烈的手段，一時之間也傻住了。正在此時，花如劍卻一個燕子翻身，便不見了蹤影。

　　董飛本想追上去，但回頭一想，還是別誤了正事，應該儘速趕往邯鄲城去才是。於是他立即躍上馬背，疾馳而去。一路上他一直在想：「花如劍為何要自毀容貌？難道他怕我認出他來不成？」想著想著，離邯鄲城也越來越近了……

第五章
潛入深宮盜雙寶

1 · 黑松鄉境

邯鄲是趙國的都城。工商繁榮，車水馬龍，是個交通樞紐地帶，更是各國密探大肆活動的中心。

董飛持關符，過趙境，直接向邯鄲城外的黑松鄉馳去。

黑松鄉全鄉只有百戶人家。民風淳樸，以漁獵為生。李斯要董飛接頭的黑松瘦姥，便是黑松鄉的鄉民。

董飛在黃昏之前時抵達村口。仰望遠山，只覺長松點雪，古木號風，山林清瘦，天邊雲冷。此地畢竟要比大梁寒冷得多。

北風吹來，刺人肌骨，董飛準備下馬打聽黑松瘦姥的住處。

正當董飛翻身下馬時，從對門門扉裡走出一位身著貂裘、手拿鐵斧的少年。看上去大概只有十三，四歲的樣子。董飛見狀，立即趨前問道：「請問這位小哥，有位外號黑松瘦姥的老婦人，不知家住何處，可否麻煩小哥相告一聲？」

少年一聽，於是笑答道：「喔！你是來找王姥姥的啊！我知道，我這就帶你去！」少年將鐵斧擱於門檻，便興高采烈地帶董飛來到江畔。

江水滔滔，亂石纍纍，在此夕陽即將西沈的黃昏時刻，竟有一位老婦人獨釣寒江，不畏嚴冬，董飛心中甚覺詫異。

「王姥姥，有客人來找您哪。」少年奔至老婦人身邊，大聲叫道。

「原來是小虎，客人在哪？」手持長竿的老婦人聞聲轉過頭來。

「哪，就在前面！」少年用手指著十步之外的董飛。

「好，謝謝你，小虎，你回家劈柴去吧！」老婦人笑著說道。

少年點點頭，立即奔回家去。

董飛與黑松瘦姥已近在咫尺，只見他躬身問道：「您就是人稱黑松瘦姥的王姥姥？」

「我就是！」黑松瘦姥答道。

「那好極了，晚輩叫董飛，是從魏國來的。」董飛不敢暴露自己的身分，所以佯稱是魏國人。

「董飛？嗯！董壯士來找我有何事情？」黑松瘦姥目光炯炯，神態肅然，她問話時仍然竿不離手。

「聽說前輩藏有烏龍草三根⋯⋯」

董飛話只講了一半，黑松瘦姥立即怒目叱道：「你聽誰說的？」說完，將釣竿一揚，潑刺一聲，一條三尺長的五色魚便被她輕輕釣了上來。

董飛一看，悚然大驚，於是回答道：「晚輩是聽另一位老先生說的。」

「他還跟你說了些什麼？」黑松瘦姥邊說邊將五色魚放入身旁的大魚簍中。

「他說前輩需要火浴衣⋯⋯」董飛答道。

黑松瘦姥一聽「火浴衣」三字，臉色突現驚喜狀，於是起身問董飛說：「你有火浴衣？」

「是的！」董飛點了點頭。

「在哪？」黑松瘦姥笑問道。

「在馬背上。」董飛脫口說出火浴衣的擱置地方後，忽覺不妥，便又說道：

「可是前輩得將烏龍草交給晚輩才行！」

「烏龍草不在我身邊。」黑松瘦姥回答道。

「不在前輩身邊？」董飛一聽此語，覺得情勢不妙，立即按住腰間寶劍，深怕黑松瘦姥會奪去他的火浴衣。

「你先別緊張，我的意思是說烏龍草不在我身上，我把它藏在一個很隱蔽、很安全的地方。」黑松瘦姥見董飛神色倉惶，便婉然解釋道。

「前輩可否馬上帶晚輩去那個地方？」董飛急著問道。

「天色已經快暗了，那地方離這還有半里路遙，我看，你還是先住一夜，明晨我再帶你去拿就是了。」

「好吧！既然如此，晚輩只好在此過夜了。不知此處可有館舍？」董飛又問道。

「此處遊客稀少，所以沒有館舍。我看，你不妨先到寒舍暫住一夜如何？」黑松瘦姥笑問道。

「這……」董飛聽了，有點猶豫不決。

「你放心好了，寒舍有兩間獨立的臥室，榻位甚寬，你就委屈一下吧！」黑松瘦姥笑說道。

董飛無奈，只得隨黑松瘦姥返其家中留宿一夜。就寢時，董飛將火浴衣枕於頭下，並將寶劍擱於身旁，以防萬一。

一夜過去，平安無事。吃完早餐，董飛於是跟黑松瘦姥走到半里外的山洞去取烏龍草。二人距離山洞還有百步時，忽然聽到竹林中有人在喊「王姥姥！」，聲音嬌甜，不似男子。董飛望前一看，出現在他眼前的果然是一位身著花襖的年輕姑娘。

黑松瘦姥一見此姑娘，便親切的跟她打招呼道：「小翠！妳怎麼也在這？小虎呢？」

「弟弟上山打獵去了，我是來林中採擷雪筍的！」小翠答道。

「喔，我差點忘了，這位是董飛，是從魏國來的壯士，我準備帶他去拿烏龍草。這是小翠，小虎的姊姊，今年剛滿十五歲，是我鄰居的小孩。」黑松瘦姥一邊介紹，一邊從馬背躍了下來。

董飛下馬後，向小翠微笑道：「小翠姑娘，妳好！」

小翠望了望董飛，也說：「董大哥好！」當她視線與董飛交會時，臉頰掩藏不住少女的嬌羞，眼眸則流露出一種不尋常的神情。

董飛看著小翠，仔細打量她的全身，只見她：體態輕盈，舉止嫻雅，膚白貌美，高矮適中。一雙鳳眼，兩道柳眉，出落得十分動人。

小翠被董飛打量得有點忸怩不安，便問道：「董大哥要在黑松鄉住幾天？」

「我今天就要啟程前往邯鄲！」董飛答道。

「為什麼不多住幾天？小翠可以陪董大哥一塊觀賞黑松鄉附近的著名雪景。」

董飛被小翠這麼一說，似乎有點心動。此時黑松瘦姥立即打岔道：「小翠，董大哥有要事在身，那有空閒與妳遊山玩水！」她說完就面向董飛道：「董壯士，我說得沒錯吧？」

「是！是！小翠姑娘，我的確有要事在身，必須馬上離開黑松鄉。下次有機會來趙國，一定會在黑松鄉多住幾天的！」董飛聽了黑松瘦姥的一番暗示，趕緊回答道。

「好可惜喔！」小翠語中帶有十分惋惜的意味。說完，她就提著雪筍逕自回村莊去了。臨走時還依依不捨地望了董飛一下。

2．老婦少女

黑松瘦姥與董飛二人來到山洞前，董飛瞻望四周，只見黑石林立，崢嶸萬狀，松枝柏木，蜿蜒似龍；於是禁不住問道：「此洞十分怪異，不知怎麼稱呼？」

「喔，這座石窟叫做烏龍洞。」黑松瘦姥回答道。

「烏龍洞？」董飛一聽，愣了一下。

「嗯，先父在世時，曾經見到一條身長十丈的烏龍自洞中飛上雲霄，所以將此洞命名為烏龍洞。」黑松瘦姥解釋道。

「那，現在洞裡還會不會有烏龍呢？」董飛趁機追問道。

「龍只要一登上天，就不會再返回山洞或池水中，所以你儘管放心好了！」

黑松瘦姥笑著說道。

董飛聽了，也笑了一笑，於是牽馬想要跟隨黑松瘦姥進入洞內。然而，他定睛一瞧，這烏龍洞的洞身異常狹隘，只能容納不到五寸寬的身子，一般人即使側著身子，也擠不進去。

「這麼窄的山洞，人都進不去，更別說是馬匹了！」董飛搖搖頭說道。

「一般人當然進不去！只有會縮骨功的人才能進得了這座窄洞！」黑松瘦姥聽完董飛的話，便笑著說道。

「誰會縮骨功？難道前輩會此絕技？」董飛半信半疑地問道。

「那當然！」黑松瘦姥大笑一聲後，身體轉瞬間就縮成了三寸寬，順利進入窄洞中。過了一會兒，她又鑽了出來，恢復原身，手裡卻多了三根黑草。

董飛俯首一看，三根草只有一尺多長，葉黑根赤，根形狀若細龍，聞起來似乎有一股特殊的香味。

黑松瘦姥見狀，便告訴董飛：「這洞裡頭和煦如春，不像是十二月的寒冬氣候。就因為如此，我才把烏龍草藏在這兒。」

「前輩的意思是……」董飛問道。

「噢，是這樣的！烏龍草最怕冰雪，它一遇冰雪，根便腐蝕，效用全無！」黑松瘦姥趕緊解釋道。

「那，前輩把烏龍草放在自己家中，不也一樣不會遭到冰雪侵襲嗎？」董飛隨即質問道。

「你提出的問題，我早已想過！只是家中防不勝防，容易遭竊。這裡卻無人知曉，最安全！即使知曉，沒有縮骨功，也只有望洞興嘆的份了！」黑松瘦姥話畢，便將手中的三根草遞到董飛手中，然後笑著說道：「董壯士！烏龍草已給了你，你該把火浴衣交給我了吧？」

董飛接過烏龍草，翻來覆去的細看不已，心中暗想：「萬一是假的，豈不壞了事？」

黑松瘦姥見董飛眼皮低垂，知他疑心烏龍草有詐，便呵呵大笑道：「怎麼？難道你還擔心是假的不成？」

「晚……晚輩不是這個意思。」董飛覺得有點不好意思。

「你懂不懂本草？」黑松瘦姥笑道。

「晚輩只略通武藝，對本草一無所知。」

「難怪你會懷疑我是拿假的烏龍草來騙取你的火浴衣。要知道，烏龍草與白鶴花都是神農嚐過的本草，烏龍草性喜溫燥，白鶴花則不畏絳雪玄霜。烏龍草可生精奮神，白鶴花則可化骨融筋。別人想用黃金萬兩向我購買烏龍草，我都不肯，我怎會拿假的騙你呢？再說，你怕我的烏龍草有假，我又怎麼知道你的火浴衣是不是真的管用呢？」

　　董飛一聽此話，急忙答道：「晚輩的火浴衣絕對是真的，不信，前輩可以用火試一試！」說完，便將捆在馬背上的火浴衣卸下來交給黑松瘦姥。

　　黑松瘦姥見火浴衣雪白如新，於是笑說道：「不必試了！我信任你，希望你也信任我。」

　　董飛點了點頭，忽然想起李斯在他出關前所交代他的話，便又啟口道：「晚輩有個問題，不知該不該提出來？」

　　「什麼問題，儘管說好了。」黑松瘦姥說道。

　　「前輩為何需要這件火浴衣？」董飛急切地道。

　　「原來是這個問題。」黑松瘦姥思索片刻後，答道：「我可以告訴你我需要火浴衣的原因，不過，你得先答覆我一個問題，我才肯告訴你。」

　　「什麼問題？」董飛問道。

　　「你要烏龍草做什麼？」黑松瘦姥笑問道。

　　「這……」董飛沒想到黑松瘦姥會反問他這個問題，一時口僵舌鈍，支支吾吾的答不出話來。

　　「怎麼樣？你不便說是不是？」黑松瘦姥微微一笑。

　　「晚……晚輩是奉命行事的，實在不曉得內情如何……」董飛急得一臉通紅。

　　「奉誰人的命？」黑松瘦咄咄逼人。

　　「奉……」話到唇邊，董飛腦海中突然閃現出李斯的影子，於是趕緊打住不語。

　　黑松瘦姥見董飛吞吞吐吐，隨即說道：「既然你是奉命行事，那我可以告訴你，我也是奉命行事！」

　　「前輩是奉何人之命？」董飛隨即問道。

「既然你不肯告訴我，那我又何必告訴你呢？」黑松瘦姥語氣揶揄地答道。

「好吧！」董飛見黑松瘦姥面帶微笑，以為她是戲語，便鬆弛心情說道：「晚輩不再提這件事就是了。晚輩要即刻到邯鄲去！」

「好！既然董壯士有要務在身，那我就不耽誤你了！」黑松瘦姥笑說道。

董飛正準備上馬，朝東南方向奔馳而去時，黑松瘦姥忽然大聲對他叫道：「和氏璧！」

董飛一聽到「和氏璧！」三個字，立刻轉身下馬回答道：「黑寶馬！」。

當黑松瘦姥聽到「黑寶馬！」的暗碼時，立刻搖身一變，變成了姿容婉約的黑衣少女，速度之快，著實讓董飛錯愕不已。

「妳是琉璃姑娘？」董飛一面笑著問道，一面端詳眼前這位皓齒朱唇，薄施胭脂的關東姑娘。

「你是董飛！董大哥？」琉璃也嫣然一笑地問道，那笑容宛若開在寒冬裡的一朵桃花，溫暖人心。

兩人四目交會片刻之後，琉璃便帶董飛來到附近一間黑色的屋舍中，將她如何按照咸陽指令易容為黑松瘦姥，如何奉命提供趙國宮殿與馬棚最新情報給董飛的實情，都一五一十地告訴了董飛。董飛心裡當然明白，這些都是軍師李斯的精心安排。

「董大哥！其實，你剛才拿給我的火浴衣，已經失去避火的神效了！」琉璃話鋒一轉，說道。

「失去避火神效？怎麼會呢？」董飛有點半信半疑。

「因為，火浴衣遇到火龍機關的極度高溫再加上猴煙陣的煙燻之後，早就成了廢衣一件！」琉璃答道。

　　「那，為何咸陽方面還要我將火浴衣當面交給妳，換取妳的烏龍草呢？」董飛確實有點困惑了。

　　「那是因為咸陽方面擔心會有敵人冒充你的身分，用暗碼騙取我的烏龍草，所以才用火浴衣當作證明你真實身分的信物的緣故！」琉璃解釋道。

　　「原來如此！」董飛終於明白李斯的縝密心思。

　　「董大哥！你看！」琉璃邊說邊將手中的火浴衣用力一抖，火浴衣頓時成了一團隨風飄零的小碎布。

　　董飛見狀，大吃一驚，久久說不出話來。

　　「董大哥！這回你該相信我說的話不假了吧？」琉璃笑問道。

　　董飛笑著點了點頭。

　　稍後，他讚美琉璃道：「琉璃姑娘！沒想到妳的易容術這麼高明！我作夢也沒想到黑松瘦姥竟然是你這位十六歲的姑娘化妝出來的！太叫人吃驚了！」

　　「其實，家父是駿馬世家，家母則是易容世家。我的易容術全是家母傳授給我的。我十三歲時就能化裝成有鬍子的老人家了！」

　　「易容術也包括變聲技巧在內嗎？」董飛發現了一個很有趣也很重要的問題，使他不得求教於琉璃。

　　「一點也沒錯！董大哥！你不想想看，一個六、七十歲，滿臉皺紋的老太婆，講起話來卻是少女嬌滴滴的聲音，豈不露出馬腳了嗎？所以，易容術自然包括變聲技巧在內，所謂：男變女聲，女變男聲；少變老聲，老變少聲。細變粗聲，粗變細聲；清變濁聲，濁變清聲。這些都得揣摩練習數百遍才能以假亂真的！不僅如此，易容術還包括換衣技巧在內，你總不能老人臉穿少年服，婦人臉著男人衣吧？」琉璃娓娓解釋道。

「原來如此！」董飛終於明白易容術的艱難之處了。須臾，他又問道：「那，小虎和小翠是你什麼人？」

「是我的親弟弟和親妹妹！」琉璃笑答道。

「嗯！怪不得小翠和妳長得這麼像！」董飛點了點頭說道。

「是嗎？那你覺得我們姊妹倆，哪個比較好看？」琉璃逗著董飛說道。

「兩個都美若天仙！」董飛笑說道。

「董大哥真會說話！」琉璃也莞爾一笑道。其實，她真希望董飛說她比妹妹長得好看，更希望董飛能用柔情的眼神多望她幾眼。

3・石牛機關

兩人寒暄一陣之後，董飛向琉璃詢問趙宮情形。於是，琉璃從懷中拿出一幅布帛地圖，娓娓對董飛說道：「邯鄲城高十丈，方圓九里，是天子之城。城中有鳳館一棟，是趙王招待外賓的兩座華屋，雕樑畫棟，景緻清幽，席榻寬敞，膳食佳美，凡是住過鳳館的外賓，都會讚不絕口，大有賓至如歸之感。

鳳館離信宮有六百步之遠，離東宮二百步，離西宮三百步，離南宮四百步，離北宮則五百步之遙。宮與宮之間有石欄相通，欄之兩側是鬱鬱成林的梧桐樹。四宮中央有魚池一塘，每到春季，宮女嬉戲池邊，或撲蝶、或觀魚，笑語頻傳，彷彿仙境。不過，現在是寒冬，當然看不到這種景象！所以，董大哥！你可以騎馬先到鳳館四周觀察一下，再決定從何處下手！」

「謝謝琉璃姑娘提供的情報！」董飛說道。

「不用客氣！對了！董大哥！聽說趙王為了防止和氏璧遭竊，最近加設了一座叫什麼『石牛陣』的機關！」琉璃忽然想起一件重要事情，趕忙告訴董飛。

「什麼是石牛陣？」董飛記得李斯在他出關之前未曾向他提起過「石牛陣」三字，因此，他頗為驚訝。

「我也不太清楚！我打探了許久，由於趙王保防措施極為嚴密，所以至今仍未獲得石牛陣的真實情報。」

「那怎麼辦？」董飛心急如焚地問道。

「董大哥！別著急！我想這石牛陣一定跟力氣有關！說不定需要耗費九牛二虎之力才能拿到和氏璧呢。」琉璃回答道。

「與力氣有關？那我知道該帶什麼東西了！」董飛恍然大悟道。

琉璃一聽此話，心裡便明白，董飛要帶的正是從魏宮盜取的白玉琥。但她沒有明講，也不能明講，只是對著董飛微微一笑。

停了一會兒，董飛又問道：「對了！琉璃姑娘！我去趙宮盜取和氏璧與黑寶馬，是在大白天去比較好，還是在晚上去比較好？」

「當然晚上去比較好啊！晚上行動，比較不容易被人察覺啊！」琉璃回答道。

「說得有道理！」董飛點頭稱是。

晚餐過後，董飛騎馬偷偷來到鳳館附近。他下馬一看，只見館高五丈，石柱雕龍，瓦簷刻鳳，氣勢十分磅礴，於是喃喃自語道：「不愧是上國賓館！」

董飛將馬栓好之後，便仔細研判趙宮形勢。

「嗯，東宮離鳳館最近，還是先至東宮下手較妥！」董飛一面在腦海中思索趙宮的位置，一面暗暗說道。

傍晚時分，月缺如鉤，雪地雖白，但穿梭於高大的梧桐樹之間，卻不易為衛兵發現。

事實上，東宮的警戒十分鬆懈，這是因為東宮所藏的和氏璧是假的的緣故。信宮就不同了，它藏的是真的和氏璧，所以警戒森嚴，每隔半個時辰就輪換十名衛士在四周巡守。

董飛躡足來到東宮門前，趁守衛不備之際，閃入宮內，然後根據先前瀏覽地圖所獲得的印象，找尋和氏璧贗品的藏處。走了二、三十步之後，他在燈光微暗之下，發現正前方十步的桌上，有一枚瑩白閃亮的圓形物，便躬身一躍，從桌上將璧取走，然後停下腳步，對孔吹氣；刹那間，仙樂飄飄，優雅動聽，董飛便假裝受騙，把贗璧裹入懷中，尋路騎回黑松鄉。

在趙王的策畫下，東宮、西宮、南宮和北宮都藏有模樣相同的和氏璧贗品一枚，而每座宮中又暗派樂師十人伺機奏樂，以亂奸細的耳目。

東宮的十位樂師躲藏在特製的木屏之後，只要奸細一踏入東宮大門，門下的機關便會將信號傳遞到木屏後頭，於是他們立即將笙磬琴瑟備妥，等奸細一取得贗璧，對孔吹氣時，他們便合奏出悅耳的音籟，使奸細莫辨真假。因此，董飛潛入東宮後，他們便以這種神不知鬼不覺的法子戲弄董飛，讓他誤以為拿到的是真的和氏璧。

等董飛離開鳳館後，他們立即將消息暗傳給西宮、南宮、北宮和信宮的宮人，宮人以為奸細真已上當，個個雀躍不已；守衛聽了這個消息，也不再認真執行巡守任務。

董飛回到黑松鄉，見了琉璃之後，便把剛剛盜取來的和氏璧放在掌心，把玩再三，覺得此璧圓潤皎潔，不像贗品，便懷疑李斯的情報是否正確。於是對孔吹氣，一試真假。然而，他吹了八、九次，那枚和氏璧並未發出半點音樂。這時他才明白李斯給他的情報是正確無誤的，東宮那枚和氏璧的確是以假亂真的贗品。

「董大哥！這枚和氏璧應該是假的吧！」琉璃見狀，便問道。

「我再試試看！」董飛還是不死心，又從懷中將天蠶絲取出，擦拭圓璧，看看是否會冒青煙。拭了半個時辰，手已酸麻，而圓璧非但不冒青煙，而且光澤也未增加。於是他便嘆息道：「軍師情報無誤，看樣子，我只有再往信宮冒一次險了。」

「董大哥！別氣餒！我相信你一定會拿到真和氏璧的！你快走吧！我在這等待你的好消息！」琉璃一面安慰，一面督促董飛把握盜璧的良機。

「好的！琉璃姑娘！我即刻動身，再闖信宮石牛陣奪取真和氏璧！妳等著我的好消息就是了！」董飛說完，立刻出門跨馬，向信宮奔馳而去。

信宮前有龍堂，後有虎室；堂的左右有廂，室的左右有房，廂淨房明，曲欄幽靜。東西牆下還有龍鳳石階，造型富麗，蔚為奇觀。

趙王身在宮中時，宮殿四周都有侍衛巡邏。然而，一旦趙王出宮未歸，則警戒自然鬆懈，再加上東宮的膺璧被竊，奸細仍被蒙在鼓裡，所以信宮的警衛也變得懶散不堪了。

到了信宮附近，董飛將馬栓好，把膺璧放入懷中。

月黑風高，冬意闌珊，在信宮四周巡邏的警衛莫不瑟縮戰慄，步履拖沓，他們絕未料想到會有敵人潛入信宮盜取和氏璧。

按照地圖上的說明，和氏璧藏在西廂內，董飛於是躡足向西廂附近走去。

西廂窗色朱紅，窗前有碧松一株，樹高三丈，徑寬三尺，枝葉茂盛，是藏身最佳之處。董飛輕舉雙足，躍上樹幹，然後定神觀察四方警戒情形。

離西廂二十步之遠，正有一名衛兵在附近巡邏，董飛為了避免開窗時驚動衛兵，於是從樹上跳下，檢起一塊小石頭朝東廂丟去，只聽得「咚！」的一聲，在西廂巡邏的衛兵立即朝東廂趕去，而且大呼道：「是誰？還不敢快出來？」

董飛見衛兵中計，便輕輕將四尺寬、六尺長的木窗打開，躍入西廂，然後又將窗戶關妥，藏匿在柱子後，伺機而動。

西廂寂靜無聲，在五步之外有一個石刻的巨大圓盤，九隻栩栩如生的石雕水牛則頭向外圍繞著盤中心站立著，而每隻石牛的體型與田間的水牛體型相當。董飛見狀，心中暗想：「這一隻石牛少說也有五百斤，九隻就有四千五百斤之重。還不包括石刻的圓盤呢！這能推得動嗎？」想完，隨即用盡全身力氣想推開這九隻石牛，但卻絲毫動不了它們半吋。

「看樣子，非借用白玉琥不可了！」連續試了幾次都失敗之後，董飛嘴中自言自語說道。於是，他趕忙從懷中掏出一對白玉琥，用雙手緊握片刻。這一握，突然間他感覺全身力大無窮，便順手將石牛陣一推。說也奇怪，這大石盤輕輕移動後，地下居然出現了一個飾滿龍紋的大鐵蓋。

正當董飛想掀蓋一探究竟時，突然感覺臀部有點刺痛，他回頭一看，原來是一隻石牛正用牛角在頂他的臀部。幸虧董飛內力深厚，否則換了一般人，臀部早已被刺穿成血流如注的兩個大洞了。

「原來這石牛陣是座活動的機關！」董飛大吃一驚之後，立即站立起來。這時，其他八隻石牛也紛紛奔出大圓盤，從四面八方向他衝刺而來。

他本想用雙手將九隻石牛的牛角一個個折斷，但回頭一想：「萬一有人發現牛角折斷，呈報趙王，趙王勢必加強馬棚之防守。那我盜取黑寶馬的機會就變得渺茫多了！」於是他改變主意，立即翻身在空中飛耀不已。

說也奇怪，九隻石牛空刺了一陣子之後，竟然轉身回到大圓盤上的原來位置屹立不動了。

董飛見狀，便自言自語說：「這樣也好！免得誤了我的大事！」說完，又蹲下觀察大鐵蓋。

他本想向前掀蓋，又怕蓋中藏有致命機關，於是猶豫不決，躲在柱後發楞不已。半晌，他又自語道：「時辰不多，萬一守衛或宮女進入西廂，那我豈不前功盡棄了？」語畢，便咬緊牙根，走到鐵蓋前，用雙手掀開鐵蓋，鐵蓋下果然有圓形玉器三件。

「怎麼會有三枚和氏璧呢？」董飛乍看之下，心中慌亂不已，待稍稍定神之後，才發覺此三枚圓形玉器並不相同。雖然三枚都色白形圓，中間有孔。但孔有大有小：大的像拳頭，小的像手指，也有大小適中的圓孔。

董飛見狀，立即從懷中把盜來的贗璧取出對照一番，這才知道小孔的玉器才是真正的和氏璧。於是他將真品拿走，放入贗品，並準備用天蠶絲擦拭璧面，一試真假。

正當他從懷中取出天蠶絲時，忽然聽到遠處傳來一陣腳步聲，於是趕忙鐵蓋蓋好，把石牛陣歸位之後，潛至窗口，然後推窗躍出西廂，再輕輕將窗戶掩好。見四周無人，便繞著林木，騎馬回到黑松鄉。

石牛陣是趙王為防止奸細盜取和氏璧而新設的機關。機關下的鐵蓋十分沉重，非常人所能掀開，因此安全性甚高。趙王為了混淆奸細的耳目，又在鐵蓋下放置大孔的瑗和中孔的環各一枚，如果盜寶之徒從未見過和氏璧或不熟悉玉器的形狀，則自然容易上當。

4・真假琉璃

董飛返回黑松鄉後，見到琉璃，便把盜來的和氏璧從懷中取出，用天蠶絲擦拭。只擦了四、五下，和氏璧便冒出一縷青煙，而且皎潔無比，董飛見狀大喜，

於是對琉璃說道：「琉璃姑娘！這和氏璧是真的！」

「是真的和氏璧？董大哥！可不可以讓我看看！我從未見過這塊稀世之寶呢！」琉璃興奮地說道。

「當然可以啦！」說完，就把手上的和氏璧遞給琉璃。

琉璃一拿到手，便對著璧孔吹了一下。剎那間，一陣仙樂飄揚在屋中。董飛正想詢問琉璃是如何知道和氏璧的神奇力量時，忽然間，琉璃搖身一變，瞬間變成了一個濃眉大眼，長滿鬍鬚的中年男子。

「琉璃姑娘！你又在玩易容術的把戲啦！」董飛嚇了一跳後，笑著問道。

「我可不是什麼琉璃姑娘！」中年男子愀然變色，粗聲粗氣地說道。

「你不是琉璃姑娘？那，你是何人？為何要冒充她？」董飛定睛一看之後，隨即用詫異的眼神問道。

「好吧！告訴你也沒關係，反正死人是不會洩密的！」中年男子狂笑道：「我叫雲無心，是楚王御前的第一劍士。如今奉楚王密令，前來取回和氏璧！」

「取回？明明是搶奪趙國的國寶嘛！」董飛駁斥道。

「呸！什麼趙國的國寶！簡直豈有此理！你奉命出關，難道不也在幹巧取豪奪的事情嗎？你有什麼資格說我在搶奪趙國的國寶？要知道，這和氏璧產自楚山，是我楚國玉匠和氏親自找到的稀世美玉，它本來就是我們楚國的至寶！是趙惠文王用卑劣的手段才把它據為己有的！」雲無心對著董飛慷慨陳詞道。

「趙惠文王會幹這種勾當嗎？」董飛半信半疑的問道。

「怎麼不會？你以為趙惠文王是堯舜聖君嗎？」雲無心痛罵道。

「那，他是怎樣的國君？」董飛好奇地問道。

「他是一位喜愛劍術的君王！」雲無心回答道。

「喜愛劍術？那不是很好嗎？可以強兵護國啊！」董飛說道。

「問題是，他在宮中豢養了三千名劍士，從早到晚都在他面前做擊劍比賽，一年下來，死傷的劍士將近千人之多，國力反而越來越弱了啊！」雲無心答道。

「原來是這樣！那，趙惠文王是怎麼將和氏璧弄到自己手裡的？」董飛又追問道。

「聽說他是在他即位第十六年的時候，密派趙國第一飛簷高手『彤小蝶』潛入我們楚宮藏璧軒盜走和氏璧的！」雲無心答道。

「難道楚王沒有設置防盜機關嗎？」董飛心中仍然充滿疑惑。

「當然有啊！他在藏璧軒四周設置了千矛陣，任何人只要接近藏璧軒半步，千支尖矛就會從地下竄出來將盜匪刺得遍體鱗傷！」雲無心進一步回答道。

「那，『彤小蝶』是如何脫身的？」董飛好奇地問道。

「不知道！至今仍然是個謎！」雲無心皺著雙眉回答道。

「聽說趙國的藺大夫也曾以性命保護過和氏璧，是嗎？」董飛話鋒一轉，又問道。

「沒錯！那趙國藺相如誓死保護和氏璧，不讓你們秦國奪去，他倒成了趙國的大功臣！可是，他明明知道，這和氏璧本來就不屬於趙王所有，他知道這個實情，早就應該勇敢建議趙王將和氏璧歸還我們楚國才對啊！可惜，他並沒有這麼做，和氏璧也就一直留在趙王宮殿內。我們楚王對此事耿耿於懷，早想將和氏璧從趙王手中奪回。」

「楚王是可以這麼做啊！那他為何遲遲不肯下手呢？」董飛急著問道。

「因為趙宮機關重重，我們一直苦無機會下手。正好秦王派你出關奪寶，我們才有機會借助你的力量取回失去的國家至寶！我再強調一次，是『取回』而不是你所謂的『搶奪』！」雲無心拉高嗓門說道。

董飛一聽之下，簡直啞口無言。

「怎麼？你無話可說了吧？」雲無心見狀，於是譏笑道。

稍後，董飛厲聲問道：「你是如何知道我出關奪寶的機密的！」

「那還不簡單！李斯原是我們楚國的謀士，他背叛楚國投效秦王擔任軍師後，楚王就擔心他會處心積慮地派人盜取和氏璧，獻給秦王做為冠劍大禮的上好禮物，以換取秦王對他的寵信，達成他個人飛黃騰達的野心。所以，我們楚王早就計畫搶先一步奪回和氏璧，以免落到你們秦王手中。我是楚王御前第一劍士，別號『劍無雙』，楚王自然派我擔負重任。而你是秦王跟前第一武士，又豈會少得了你的使命？李斯在趙國佈下層層諜網，難道我們楚王就不會派出密探來刺探李斯的動靜嗎？琉璃姑娘那點易容術算什麼，我的易容術才稱得上是天下第一呢！」雲無心呵呵大笑道。

董飛聽了，大吃一驚，心中暗想：「想不到軍師的計畫也有百密一疏的時候！這該怎麼辦？」想完，他隨即拔劍指著雲無心說道：「雲無心！快將和氏璧交還給我！否則休怪我劍下無情！」

「董飛！你手上拿的又不是太阿劍，我會怕你不成？我練『無心劍法』已經苦練了三十年之久！你根本就不是我的對手！就連李斯那叛徒也曾經是我手下敗將啊！再說，琉璃姑娘的性命還捏在我手上呢！你要是敢輕舉妄動，她馬上就會命喪黃泉！」雲無心帶著自信與威脅的口吻說道。

「快說！你把琉璃姑娘怎麼啦？」董飛急著問道。

「她已被我擊昏，綁在後院的柴房裡。三個時辰之內都不會醒來！等我解決你之後，我會帶她回楚國做我的小妾，誰叫她長得那麼標致迷人呢！」雲無心眉飛色舞地回答道。

董飛聞言，大怒道：「無恥狂徒！你休想！有種就跟我到外頭一較高下！」

「正合我意！」雲無心也爽快回答道。

於是兩人各自提劍來到了門外。此時，月光十分皎潔，劍光也閃爍不已。

董飛提劍站立，雲無心則握劍對他說道：「只要你能破解我的『無心劍法』，我就將和氏璧雙手奉上！如何？」

「好！一言為定！」董飛回答得也乾脆。

雲無心一聽，立刻將劍舞動起來，剎那間，劍光將整個人包了起來，董飛眼裡只見一團閃耀的銀光，根本就看不到對方的影子。而他想刺破對方劍網，簡直就無從下手。

原來，這「無心劍法」是一種魔幻障眼法，它會令對方視覺錯亂，心緒不穩，然後再來個乘虛而入，給對方致命一擊。練此劍法的人必須心無雜念，心無牽掛。若有一絲雜念、一絲牽掛的話，劍光就無法護住全身，更無法形成一層滴水不漏的劍網。這樣就給了對方反擊的機會了。

雲無心自從打敗李斯，破解李斯的「鳳韜劍法」之後，更是目中無人，視自己為天下第一劍客了。因此，面對董飛這位敵手時，他毫無畏懼，同時也鬆懈了戒心。

「怎麼樣！我的『無心劍法』厲害吧？」雲無心一面說著，一面停下身來。

還未等董飛開腔，他突然縱身躍起，舉劍向董飛咽喉刺去。

正在此時，他身後突然出現兩條細長的黑影朝他的脖子快速伸去，只聽得一聲慘叫，雲無心已經斷氣撲倒於地，緊接著化成一攤血水。

董飛一看之下，震驚不已！原來，立在門口出手相救的不是別人，而是被雲無心擊昏的琉璃。

5・長臂攻心

「琉璃姑娘？妳不是被他擊昏，綁在後院的柴房裡了嗎？這究竟是怎麼一回事？我快被弄糊塗了！」董飛指著地下的一攤血水詫異地問道。

「董大哥！別著急！聽我慢慢解釋！事情是這樣的：你騎馬朝趙宮走了之後，我正低頭準備鋪棉被時，突然間有人從我背後重擊我的頭部，我還沒來得及看清楚是誰時，人已昏迷了過去。也不知過了多久時間，我聽到一陣仙樂飄來，人馬上就甦醒了。甦醒之後，我立刻施展縮骨功，掙脫了繩索，然後輕輕走到屋內來觀察動靜。當我就聽到你和雲無心的對話後，我才知道雲無心用易容術冒充我，騙取到你手上的和氏璧。而那陣悅耳的仙樂聲，便是由和氏璧發出來的音樂。沒想到和氏璧還有使人甦醒的神效！我想，雲無心大概也不知道和氏璧會有這樣的神效，否則他也不會用嘴去吹璧孔了！」琉璃解釋道。

「原來如此！那，兩條細長的黑影又是怎麼一回事？」董飛又問道。

「那是我施展的長臂功！」琉璃也答道。

「長臂功？」董飛露出十分驚訝的表情。

「不錯！就是可以將兩隻手臂伸長的神技。我六歲拜師練縮骨功，十歲就練成了！但是，只能縮小，不能伸長的神技是不能滿足我的。有一天，我在仙猿峰上看到一隻通靈長臂猿，

他能把手臂伸到三丈之遠，而且還能伸縮自如。於是我就上前拜牠為師，學習長臂功，牠點頭答應之後，就傳授我此門絕學。我在仙猿峰苦練了五年，終於練會了這套本事！」琉璃仔細說道。

「琉璃姑娘真是身懷絕技，深藏不露啊！」董飛聽了，禁不住驚嘆道。

「哪裡！哪裡！只不過是些雕蟲小技罷了！」琉璃謙虛地說道。

「對了！琉璃姑娘！你的長臂功能立刻致人於死地，化成血水。那表示妳的內功一定十分強勁囉？」董飛又問道。

「其實，長臂功只能將手臂伸長縮回，並無致命的神力！」琉璃回答道。

「那，雲無心是如何猝死的？」董飛瞪大了雙眼問道。

「就靠我手指甲上塗的半步斷魂膏！」琉璃笑答道。

「半步斷魂膏？」董飛又是一驚。

「沒錯！這半步斷魂膏是將牡丹花粉混合毒蜘蛛唾液調成的赤色指甲油膏。只要輕輕碰觸到人的耳後跟，半步之內立刻就可令人魂飛魄散，化成血水！」琉璃解釋道。

「可是……」董飛支支吾吾說道。

「可是什麼？董大哥但說無妨！」琉璃依舊笑容可掬。

「可是，琉璃姑娘！妳把半步斷魂膏塗在指甲上，難道不怕自己毒發而死，甚至化成血水嗎？」董飛隨即問道。

「當然不會！」琉璃口氣堅定地回答道。

「為什麼？」董飛又問道。

「因為，這半步斷魂膏必須滲入皮膚內才會致命，塗在指甲上，只要不超過一年的時間，就對人體毫無損傷！所以我才

敢塗上去的！要不然我早就香銷玉殞啦！」琉璃半開玩笑地說道。

「那，一年之後怎麼辦？」董飛一臉焦急的樣子。

「董大哥！放心好了！用不著一年的時間，等新指甲長出來，舊指甲不就可以剪掉了嗎？」琉璃笑答道。

「原來如此！」董飛終於明白其中的道理了。

稍後，琉璃忽然提醒董飛道：「董大哥！根據我的研判，這雲無心知道的機密，似乎只限於盜取和氏璧這一環節，其他的環節他應該並不知情才對！」

「我也是這麼想的！」董飛答道。

「那，董大哥！你可以安心了！不如今晚早點休息一下，明天我們再商量下一步的計畫吧！」琉璃親切地說道。

「謝謝琉璃姑娘！」董飛則微笑道。

於是，董飛把和氏璧藏好，臥榻而眠。琉璃則返回隔壁的房間就寢。

琉璃就寢時，心頭感到特別甜美。因為她在柴房裡偷聽到了董飛與雲無心的談話。從董飛焦急的語氣中，可以感受到董飛對她的安危十分在意，這表示董飛很在乎她。於是當晚她做了一個美夢。在夢中，她與董飛攜手賞花，相依相偎，董飛特別摘了一朵忘憂花插在她頭上，她臉上則堆滿了幸福的笑容。

6・換裝出發

第二天清晨，朝陽冉冉上升，董飛吃完琉璃準備好的早餐之後，便問琉璃道：「琉璃姑娘！和氏璧我已拿到手！那，我該什麼時候去盜取趙王的黑寶馬才好呢？」

「等趙王回宮時！」琉璃隨即回答道。

「為什麼？」董飛問道。

「因為趙王出宮打獵，必然騎他的黑寶馬！只有等他回宮之後，黑寶馬才會拴在王家的馬棚中！」琉璃解釋道。

「說得有道理！那，趙王何時會回宮呢？」董飛又問道。

「根據我所獲得的可靠情報，趙王會在今天上午回宮！」琉璃答道。

「什麼？上午回宮！事不宜遲，我得趕緊走了！要不然就錯失良機了！」董飛一聽之下，就準備上馬離去。

「等一等！董大哥」琉璃忽然對董飛說道。

「什麼事？」董飛急著問道。

「你忘了換裝啦！」琉璃笑說道。

「換裝？」董飛一頭霧水。

「就是換上趙王騎衛營的軍裝啊！董大哥！你是大白天去盜馬，這跟夜晚去盜和氏璧是不同的。萬一遇到緊急狀況時，你可以蒙騙趙王馬棚的警衛啊！」琉璃解釋道。

「對了！我差點忘了此事！琉璃姑娘，謝謝妳的提醒！」董飛帶著感謝的笑容說道。

換好服裝之後，董飛笑著問琉璃：「琉璃姑娘，妳看我這身打扮，像不像趙國的騎衛？」

「像極了！不過，你剛才換下來的便服，還得放在馬背上！」琉璃嘴角也泛起了一絲笑意。

「為什麼？」董飛露出不解的表情。

「難道董大哥要穿著趙國軍裝趕往下一個國家去嗎？」琉璃揚眉笑道。

「嗯！還是琉璃姑娘心細！」董飛點了點頭說道。

「謝謝董大哥的誇獎！」琉璃臉上露出愉悅的笑容。

「好！我這就騎往趙宮去了！」董飛一說完話立即跨上了馬背。

「那，董大哥！我就不耽擱你的時間了！我相信你一定能順利找到黑寶馬，繼續完成你的任務的！我們後會有期！」琉璃知道董飛盜馬的急迫性，因此笑著對他說道。

「謝謝妳的鼎力相助！琉璃姑娘！」董飛做了禮貌式的回應之後，便向趙王馬棚方向疾馳而去。此時，琉璃依依不捨地望著他的背影，臉上流露出早日再相逢的期待眼神。

7・馬棚驚魂

趙王打了三天的獵，身心疲憊，果然在早上返回王宮。

董飛在城牆外彷彿聽到「大王駕到！」的聲音，他心想：「趙王返宮，黑寶馬必然栓在馬棚，此時不盜待何時？」於是，他腦海中不斷思索琉璃交給的地圖，仔細回想馬棚的位置之後，便著裝向馬棚走去。

趙王馬棚是仿照周朝制度而設置的，它分為龍騰、鳳翔、奔霄、馳電、飛騎、神鞍六座馬棚。每棚二槽，每槽百匹，由掌馬官掌管馬政。

龍騰棚左槽飼黑馬百匹，右槽飼白馬百匹。黑則烏黑，白則雪白，全身無半根雜毛。所謂馬高八尺曰龍，高六尺曰驕，因此，龍騰棚的戎馬都高達八尺以上，驃悍碩大，矯健雄駿，不愧為天子之馬。

董飛潛入馬棚，想要盜走黑寶馬，但馬棚有六座，共十二槽，地圖上只標明馬棚的大略位置，並無各槽的詳盡指標，因此只得一棚一棚，一槽一槽的去找。

　　趙王為了防止奸細盜馬，特別在龍騰、鳳翔、奔霄、馳電、飛騎、神鞍六棚各派警衛兩名，一守左槽，一守右槽，都手執長矛，身披鐵甲。凡是沒有經過趙王許可，而擅入馬棚的人，可以直接逮捕送交司法官審訊。

　　董飛見一槽一衛，巡邏甚嚴，便暗思道：「此地防守嚴密，如果被衛兵發現，必然上前盤問，到時候若不能用謊話瞞過衛兵，必定格鬥起來，萬一驚動宮廷，那麼，黑寶馬還未到手而人卻先行被捕，豈不壞了大事？」

　　搔搔眉頭後，董飛又想：「此地只有十二名警衛，警衛武藝應該不及宮廷侍衛吧！我若能將十二名警衛全部刺殺，再奪馬而逃，趙王就莫奈我何了。」想到這裏，董飛的膽子又壯了起來。於是，他躡足匿身向飼養黑馬的龍騰棚走過去。

　　龍騰棚左槽長三百尺，寬三十尺，兩側各栓黑馬五十匹。棚高三丈，木質堅實，的確是上等的馬棚。董飛見龍騰棚左槽黑馬林立，每匹馬無論毛色、體型、高度均極相似，於是嘆息道：「秦國黑馬沒有高過八尺的，而趙國竟有百匹高大駿逸的黑馬，趙國騎兵之強盛自有它的道理在！」說完，他趁警衛不注意之時，凌空飛入馬棚。誰知馬性靈通，見有生人竄入，便齊聲狂嘶，聲震六棚，左槽警衛聽到馬的鳴叫聲，又見馬陣騷亂，立即執矛入內探查。

　　董飛見警衛進來，想要閃躲，但警衛眼明腳快，發現馬棚中有人影幌動，於是大聲喝叱道：「站住！」

　　董飛聽了，只得打消逃逸念頭。

　　「你是何人？竟敢私自闖入龍騰馬棚！」警衛用手指著董飛大叱道。

　　董飛見警衛只來一人，便欺騙警衛道：「我奉大王之命，前來餵食御馬水龍吟。」

「可有烏龍草？」警衛朝董飛全身上下仔細打量了一番後，發現他身穿騎衛軍服，未起疑心，便開口問道。

「有！有！」董飛見警衛要索看烏龍草，便從懷中把三根烏龍草取出遞給警衛。

警衛不知是計，於是用雙手握著烏龍草仔細觀看，並且用鼻孔不斷地嗅聞。

董飛趁警衛注意力分散之際，以迅雷不及掩耳之勢，用右手搗他的嘴，左手勒住他的脖子。警衛想掙脫董飛的雙手，無奈董飛力大無窮，頃間，警衛便昏倒過去。

董飛見警衛昏倒於地，趕緊向棚外張望，看看有無別的警衛聞聲過來，等到發覺無人知曉時，便手持烏龍草，在每一匹黑馬鼻前搖晃，想找出黑寶馬水龍吟來。

試完前側的五十匹黑馬之後，竟無一匹黑馬低頭嚼食。董飛心想：「趙王會不會故意誤導我前來盜取黑寶馬？說不定龍騰棚裡左槽的黑馬沒有一匹是黑寶馬，真正的黑寶馬已栓妥在趙王的另一間密槽中了！」這麼一想之後，董飛著實有點心急。

其實，董飛的心急是不必要的！趙王並沒有將黑寶馬栓妥在另一間密槽中。因為趙王深知：一般人無法分辨出黑寶馬與普通黑馬之間的差異性。他把黑寶馬與其他九十九匹黑馬栓在同一座馬棚中，除了他本人之外，任誰也辨別不出真假黑寶馬來。而就算有人能認出黑寶馬，也未必能將牠輕易騎走。

過去三年，曾經有三次的盜馬事件，讓趙王對黑寶馬的認生與抵抗能力都深具信心：第一次是三年前他在獵場打獵休息時，有藍衣蒙面客前來盜馬，誰知才走到馬後邊，就被黑寶馬的後蹄給踢飛十丈之遠，當場活活摔死；第二次是兩年前，也是在獵場打獵休息時，有黃衣蒙面客前來盜馬。當黃衣蒙面客奮力躍上黑寶馬馬背時，黑寶馬突然騰空十丈之高，將黃衣蒙面客從馬背上摔下來，當場摔成了肉餅。第三次則是一年前，

就在龍騰棚裡，有位紫衣蒙面客前來盜馬，當他走到黑寶馬跟前時，黑寶馬突然背毛豎起，張嘴狂嘶。黃衣蒙面客當場被趙王侍衛逮捕。

董飛不知趙王的想法，自然會心急不已。而在心急之餘，他只好到後側尋找另五十匹黑馬試吃烏龍草。

一匹、二匹、三匹、四匹、五匹……這樣不停地試下去，到了第廿五匹黑馬前，董飛突然呆住了。因為，這匹黑馬一聞到烏龍草的根香，兩眼便閃爍著亮光，唾液也從口中流出。董飛驚喜之餘，便撫摸牠的鬣毛，並拿一根烏龍草餵牠。牠一面咀嚼烏龍草，一面猛踢後足，大有舉蹄狂奔之勢。

董飛見牠舌形方薄，色澤如朱；上齒如鉤，下齒如鋸；而且胸肌挺直而出，馬頭高揚，腹大脊平，四肢強勁；雕鞍又華麗精巧，便暗想道：「這一定是趙王的黑寶馬水龍吟了！」於是，他從懷中將天蠶絲取出，代替原先的馬韁，並以和氏璧在馬頭晃了幾晃，希望這兩件寶物能使水龍吟溫馴可騎。

說也奇怪，黑寶馬經董飛這麼一試之後，突然伸出舌頭在董飛的左手背上舔了幾下，雙眼也留露出溫順的表情。董飛深通馬性，知道這是一種「善意」的表現，於是他也伸出右手在馬背上撫摸了幾下。

正當董飛想牽黑寶馬走出馬棚時，原先被他勒昏的那名警衛卻甦醒了過來。他見董飛想盜走黑寶馬水龍吟，於是大聲呼喊道：「有人盜馬！有人盜馬！」

其他警衛聽到「有人盜馬！」的叫聲，趕緊向龍騰棚左槽奔跑過來。董飛見大勢不妙，立刻跨上馬背，準備逃逸。但防守左槽的那名警衛卻執矛站在馬前，擋住他的去路。

「大膽奸細，快放下大王的黑寶馬，否則休怪我手下無情！」說完，便舉起長矛向董飛刺來。

董飛策馬轉身，不想與對方交戰；然而，不一會兒工夫，他的四周已被十二名馬棚警衛團團圍住了。

董飛見狀，想下馬與警衛火拼，但又怕黑寶馬水龍吟會在刀光劍影下驚慌而逃，於是一手勒住韁繩，一手執仿造的太阿寶劍，迎戰十二名警衛。

事實上，趙王的十二名馬棚警衛都是精通騎術和矛法的高手，董飛如果下馬與他們相鬥，未必能將他們一一擊敗。然而，董飛現在騎上了趙王的御馬水龍吟，十二名警衛擔心在交戰中不小心將水龍吟刺傷或刺死，所以攻勢並不凌厲，董飛自然佔了上風。

董飛見十二名警衛欲戰還休，遲遲不敢以矛刺他，便恍然大悟道：「原來他們怕刺到水龍吟，所以才那麼優柔寡斷，裹足不前啊！」

洞悉他們的弱點後，董飛便將仿造的太阿寶劍收回鞘中，然後雙手緊握韁繩，雙腿用力在黑寶馬腹上一夾，只聽得幾聲長鳴，黑寶馬水龍吟飛也似地凌空而去了。

當黑寶馬水龍吟大聲鳴叫之時，忽然驚動了龍騰棚中的近二百匹御馬，他們匹匹衝出馬棚，集體狂追黑寶馬水龍吟。原來，黑寶馬水龍吟乃是馬中「帝王」，他的一舉一動，都會牽連到棚內眾馬的反應。

十二名警衛見董飛竟能馴服黑寶馬水龍吟，而且奔騰自如，再加上眾馬出棚的狂奔現象，一個個都驚得目瞪口呆，不知所措。

片刻之後，龍騰棚左槽的一名警衛才脫口說道：「我們馬上通知城門守衛，迅速將鐵門關閉，並且在城門上派神箭手射死這名奸細！」

話剛說完，右槽一名警衛卻搖頭嘆道：「來不及了，水龍吟是大王的御馬，日行三萬里，快若狂飈，我們的坐騎沒有一匹

能追得上牠。即使城門關住了，牠也能飛越城牆而去！我看，我們還是趕緊向大王稟報，聽從發落了！」

其他十名警衛聽了，也都低頭不語，任董飛凌空而去。

「那，其餘的黑馬和白馬呢？要不要派人去把牠們都追回來？」另一名年輕的警衛忽然問道。

「放心好了！牠們是大王千挑萬選出來的駿馬，牠們追不上水龍吟，自然會乖乖回到龍騰柵的，用不著浪費人力去把牠們追回來！」右槽那名警衛又說道。

半個時辰之後，狂追水龍吟的眾馬，果然奔騰回來，魚貫進入馬棚。

第六章
劍樓風雲乍起

1‧杏花小鎮

　　韓王祭劍樓是董飛的下一個奪寶目標。他要接頭的是鄭城外杏花鎮上的紅衣姑娘璇璣。

　　杏花鎮以杏花馳名全國。每當春天來臨時，十里路上右邊開滿白色杏花，左邊開滿粉色杏花，粉白相間，蔚為奇觀。然而，現在是十二月的寒冬，花苞還未綻放，景致顯得十分蕭條。

　　只不過正當董飛接近杏花鎮不到百步之遠時，剎那間，道路兩旁的枯樹上突然冒出一朵朵白色與粉色的杏花來，看得他驚喜莫名。望著眼前這一片花海，他心中十分納悶：「奇怪！剛剛明明是枯枝一片，為何一下子就開得花團錦簇了呢？難道杏花也有花神不成？」他越想越覺得詭異，警覺性也跟著提高了。

　　其實，董飛的顧慮是多餘的，杏花樹林裡根本沒有埋伏任何刺客。杏花之所以會在凜冽的寒冬怒放，那是因為白玉琥與和氏璧放在一起產生神奇異象的緣故。而這種神奇的異象，卻是李斯未曾告知董飛的一個奇幻秘密。

　　董飛騎馬來到杏花鎮，他一雙凌厲的眼睛不停地在找尋身穿紅衣的少女。奇怪的是，杏花鎮上的婦女穿的都是青衣，而且都聚精會神地在觀賞杏花，這使得他懊惱不已。騎到鎮尾時，忽然間一位身穿紅衣，雲鬢花顏的少女站在大樹前，引起了董飛的注意。於是他下馬上前試探道：「祭劍樓！」

　　紅衣姑娘一聽，也趕緊回答道：「太阿劍！」

　　董飛見少女生得風姿綽約，楚楚可人，隨即問道：「妳是璇璣姑娘？」

　　「你是董飛，董大哥？」璇璣也問道。

　　於是，兩人都發出了會心的一笑。

　　稍後，璇璣用眼神暗示了一下董飛：「董大哥！請隨我來！」於是，董飛便牽著馬跟在璇璣後頭。

　　大約走了五十步左右的路程，眼前突然出現一間粉紅色的小屋，兩人進屋後便閒聊了起來。

　　「璇璣姑娘！據我所知，杏花要到春暖時節才會開花，為何現在就開得如此燦爛呢？」董飛打破僵局，首先開口問道

　　「沒錯！董大哥！我們杏花鎮的杏花往年都是是春天才開花的！我們杏花鎮的杏花樹總共有百萬株，開的時候，東一片紅豔豔，西一片雪茫茫，說多美就有多美！可是，今年卻很奇怪，還不到春天就已開得滿山滿谷了！鎮上的人也覺得不可思議，大家不畏寒冷，紛紛走出家門跑來觀賞這個奇景呢！」璇璣回答道。

　　「怪不得我來時看到人山人海，想找到妳的倩影都很難啊！」董飛半開玩笑地說道。

　　璇璣一聽，嘴角逐浮現出一絲笑意。

　　「那，璇璣姑娘！妳們杏花鎮可有祭拜花神的儀式？」董飛想起紅梅村的情景，於是隨口問道。

　　「當然有啦！」璇璣淺淺一笑。

　　「是什麼時候？」董飛追問道。

　　「就是三月三杏花花神誕辰日那一天！」璇璣笑答道。

　　「那，今年杏花提前開花，要如何祭拜呢？」董飛又問道。

　　「這，我也不知道！往年從未有過這種情形，我想，鎮長會招集鎮民商討此事吧！說不定過兩天就要舉辦祭花大典呢！」璇璣回答道。

　　「那，璇璣姑娘！妳們鎮上也有『杏花仙子』嗎？」董飛繼續問道。

「當然有啦！」璇璣笑盈盈地答道。

「需要什麼條件嗎？」董飛順口問道。

「需要具備三個條件！」璇璣隨即答道。

「哪三個條件？」董飛好奇地問道。

「第一、年齡不能超過十六歲，第二、要長得美貌如花，第三、要會武功。」璇璣笑答道。

「什麼？『杏花仙子』還要會武功？」董飛聽了，大吃一驚道。

「聽說這是花神的要求！」璇璣解釋道。

閒聊了片刻之後，董飛終於切入了正題。他問璇璣道：「璇璣姑娘！據我所獲知的情報，韓國國力十分衰弱，它到底有什麼值得傲人之處呢？」

璇璣聽了之後，隨即駁斥道：「董大哥有所不知！韓國雖然是個小國，但是，天下的強弓勁弩都出自韓國。太公神弩射程遠達六百步，而神機府所製造的飆風、流星兩座勁弩，射程竟長達一千步之遠。箭手以足踏機，可以連射百發而機身不損！」

「沒想到韓國的弓弩這麼先進？」董飛一臉都是驚訝。

2・寶劍之秘

璇璣淺淺一笑後，又說：「除了強弓勁弩之外，韓國歷代以來還有冥山、堂溪、墨陽、合傅、鄧師、宛馮、龍淵、太阿八把寶劍，就算再堅硬的盔甲，再厚重的鐵衣，遇到它們，也都會被摧毀殆盡。放眼天下，能擁有八把寶劍的國家確實少見！」

「哦？一個小國竟能擁有這麼多的稀世寶劍！簡直令人不敢置信！不知璇璣姑娘能否把這八把寶劍的來歷介紹一下，也

好讓我增廣增廣見聞？」董飛好奇地問道。因為，李斯在咸陽時並未向他提及過龍淵、太阿以外的六把寶劍。他很想知道這些寶劍的神奇之處，甚至跟他奪寶之間有無密切關係。

「那有什麼問題！冥山劍劍鞘鑲玉，玉身如豹，因此又名天豹劍，堂溪則又名天狼劍，墨陽又名天鹿劍，合傅又名天鷹劍，鄧師又名天獅劍，宛馮又名天鸞劍、龍淵又名天龍劍，太阿又名天馬劍。這八把寶劍各有神奇的傳說。」璇璣娓娓回答道。

「都是什麼樣的傳說？可否告訴我？」董飛隨即追問道。

璇璣笑著說道：「好的！董大哥！其實，這些傳說也都是我從家父嘴裡聽來的罷了！家父是一位鑄劍師，知道不少寶劍方面的傳聞！我先講冥山劍好了！冥山位於朔州以北五十里之處，山色蒼冥，盛產五金。五金中尤以鐵質最佳。劍師韓偉久聞冥山鐵英的盛名，便遠離故鄉，隻身奔往冥山採鐵，費時三年，終於煉得一把柔韌的寶劍。這把寶劍彎曲後能放置在方匣中，取出後又變得筆直，把它捲於腰間，不易為人察覺。若持劍向五尺之外的杏花揮去，劍光微閃，花已繽紛一團。向十尺之外的山豹揮去，劍剛出鞘，山豹已喪膽驚逃。」

「這簡直太神奇了！劍身不但能彎曲，劍光還能摧花擊豹！我要是劍師韓偉，一定所向無敵了！」董飛一聽，興奮莫名地說道。

璇璣對董飛笑了一笑之後又說：「董大哥！且莫興奮！更厲害的寶劍還在後頭呢！」

「什麼寶劍？」董飛問道。

「就是堂溪劍！堂溪在豫州偃城縣八十里之處，是一座深險的山澗，澗湍急流，聲若雷霆，偃城縣民無人敢到澗中遊玩。有一天，劍師徐彪夢遊堂溪，但見百花怒放，林木蓊鬱，正當他悠悠然瀏覽溪谷的春景時，突然有一匹白狼，哀嚎數聲，想

朝他身上撲來，他準備以劍擊退白狼，可惜劍不在身，於是他在情急之下，立刻向山澗奔去，白狼則在後頭緊追不捨。眼看白狼就要追上他時，忽然間，一道白光從澗中飛出，落入徐彪手中。徐彪定睛一看，是把銀色的寶劍，於是順手向白狼左揮右斬。只聽得一聲慘叫，白狼已被劈成六段。而狼屍離他還有一丈之遠。」

「離一丈之遠就能將狼身劈成六段，這劍光也夠神奇的了！可惜只是一場夢罷了！」董飛帶著惋惜的口吻說道。

「別惋惜！董大哥！」璇璣笑說道。

「為什麼？」董飛又問。

「因為，徐彪見狀，大吃一驚。夢醒後，他一直在思索夢的含義，苦思半日，終於讓他想通了。『原來，』他心想道：『造劍除鐵質外，水質也很重要，若能把堂溪的水盛於缸中，再將鋼塊浸潤其間，必可鑄成鋒利無比的寶劍了。』於是，他立刻派人在清晨時赴堂溪汲取冷冽的溪水，運回家中。如此不斷的浸水，鋼塊久而久之就由烏黑色轉為銀色，燦爛得像是琉璃。一年之後，他終於造出了一把晶瑩奪目的名劍——堂溪劍。」璇璣解釋道。

「那，這把堂溪劍有比他夢到的銀劍厲害嗎？」董飛急著問道。

「那是當然啦！」璇璣回答道。

「如何個厲害法？」董飛隨即問道。

「劍光在二丈之外就可將野狼碎屍萬段！」璇璣神情嚴肅地回答道。

「那的確比他夢到的銀劍要厲害多了！」董飛讚嘆道。

「嗯！我也這麼認為的！」璇璣點點頭答道。

「那，墨陽劍又是什麼樣的一把寶劍？」董飛趁勢問道。

「墨陽是百年前吳國的劍師，他一直渴望能鑄出一把巧奪天工的寶劍。他曾用上好的焦煤和山中的晨露來淬鍛鋼塊，但由於火力不足，熔化困難，所以十年間，冶煉了十次，每次都是功敗垂成。他的心情十分沮喪，幾乎有與劍同亡的毀身念頭。一天，他遊白鹿峰時，遇到一位老者正在鼓吹箱管，便問老者說：『老先生，您這風箱好像有點與眾不同……』

老者撫鬚笑答道：『當然！我這箱管都不是泛泛之物！所以火勢猛烈，鋼鐵易熔，不信你試試看！』

墨陽一試，果然聲音呼呼作響，火色純青。於是，他將自身煉劍的困境告訴老者，並請老者將箱管借給他冶煉鋼塊。老者答應之後，他便在白鹿峰煉出了一把鋒利無比的寶劍，後人就稱它為墨陽劍。」璇璣不慌不忙解釋道。

「那，這墨陽劍的厲害之處在哪？」董飛聽完璇的解釋後隨即問道。

「它的厲害之處是在：劍一出鞘，百鹿就伏首不動，任憑指揮！」璇璣回答道。

「這也太不可思議了吧？」董飛搖搖頭說道。

「還有更不可思議的地方呢！」璇璣笑說道。

「璇璣姑娘指的是……」董飛問道。

「我指的是合傅、鄧師、宛馮這三把寶劍！」璇璣回答道。

「那就快告訴我吧！」董飛急說道。

「好！先說合傅劍。合傅又名合伯，是五十年前的一名鑄劍師，善造匕首卻拙於長劍。他聽說要造摧甲削鐵的長劍，必須用鷹血和匕首相熔，鋼汁才會淋漓而出。於是他攜帶了五把精製的匕首，前往天鷹嶺，見鷹即射，然後將五把染上鷹血的匕首放入爐中冶煉，匕首瞬間化為鋼汁。再將鋼汁灌進長劍的模槽，冷卻半個時辰，劍身便已卓然成形。他把劍身不停的鎚

打、琢磨、開鋒，終於打造成了一把精美鋒利的寶劍，名為合傳劍。」璇璣細說道。

「合傳劍的鋒利之處在哪？」董飛禁不住問道。

「它的劍鋒若指向空中飛鷹，鷹必落羽而下；指向麻雀，麻雀即刻燒焦！」璇璣回答道。

董飛聽了之後，臉上頓時露出驚奇的表情。

璇璣望著董飛的表情，繼續說道：「鄧師是鄧國的劍師，為人俠肝義膽，豪氣干雲。他曾捕到一頭金毛獅子，將獅毛拔下，投入火爐中，使金鐵融化，終於鑄成寶劍，名為鄧師劍。舉劍揮舞，宛如雄獅叫嘯山谷，百獸全都臣伏；若是以劍擊石，則巨石截然劃分為二，的確是上上之劍。

宛馮是宛人在馮池所鑄的寶劍，劍身有五種色彩，美麗得像是彩鳳一般，把劍拋入空中，則如同瑞霞祥雲，美不勝收。敵人尚未遭到劍刺，早已被劍光弄得眼花撩亂，不知所措了。」

「原來鄧師與宛馮這兩把寶劍也有其神奇之處，真是讓我大開眼界了！對了！璇璣姑娘！龍淵劍與太阿劍是不是也有它們與眾不同的地方！」董飛興致勃勃地問道。

「那是當然啦！龍淵、太阿是楚昭王時下令干將，歐冶子二位名劍師所打鑄造的兩把可穿石斷鐵的寶劍。龍淵劍在楚昭王即位第八年被一陣怪風將它捲走，沉入東海之後，楚昭王心疼萬分，便又暗派劍師風胡子再造一把龍淵劍。風胡子遵旨行事，在半年之內終於造出了一把與原先一模一樣的龍淵劍，但威力卻仍然不如前者。」

「璇璣姑娘！韓王既然擁有八把寶劍，為何咸陽只派我來盜取太阿劍這一把寶劍呢？」董飛發現璇璣講的與李斯講的頗有相同之處，便接著問道。

「董大哥！那是因為，韓昭侯登基時曾經獲得這八把寶劍，但傳到宣惠王時，宣惠王為了要試出八把寶劍中哪一把才

是名副其實的天子之劍，特令八名寵將各持一劍，相互比武。八人持劍交鋒，劍花如雨，擊聲清脆，戰了半個時辰，宣惠王喝令比賽終止，各人將寶劍繳回，留待劍師驗查。」璇璣回答道。

「那，劍師檢查結果如何？」董飛急著追問下去。

「劍師趙鏞將八把寶劍逐一審視後，向宣惠王叩首道：『啟奏陛下，八把寶劍經臣細查結果，除太阿劍之外，其餘七把的劍身都有裂痕，足證太阿劍乃天子之劍，冥山、堂溪、墨陽、合傅、鄧師、宛馮、龍淵這些劍器，名過於實，那些傳說都有誇張之處，不值得天子佩用，請立即將此七劍銷燬！』」璇璣繼續說道。

「那，宣惠王他答應了嗎？」董飛仍然好奇地問道。

「他當然答應了！」璇璣笑答道。

「為什麼？」董飛緊接著問道。

「因為，宣惠王早想除掉七劍，以免留下後患，所以聽了趙鏞的建言後十分高興，於是說道：『趙愛卿說得很有道理。今後天下只有一把寶劍，那便是寡人所佩帶的太阿劍。其餘七劍既然無法戰勝太阿劍，那麼為了防止它們有僭越太阿的美名，如今當場用烈火銷燬，皇天后土，實所共鑒！』」璇璣解釋道。

「想不到宣惠王也是個想獨霸寶劍的君王啊！」董飛搖了搖頭說道。

璇璣苦笑了一下後說道：「宣惠王為了珍藏太阿劍，特地在韓宮附近興建了一棟十丈高的祭劍樓。樓的四周，惡水環繞；水深十丈，寬五丈，倘若不幸落入水中，那麼身體必定被惡水侵蝕，溶成漿液。」

「宣惠王未免太小心翼翼了吧！那，他自己要拿取太阿劍時，該怎麼辦？」董飛搖搖頭之後又追問道。

「他自有他的辦法！」璇璣露出神秘的笑容。

「什麼辦法？」董飛問道。

「祭劍樓有木橋一座，平時吊於樓前，等宣惠王想來樓中拿取太阿寶劍時，木橋便垂於水面，可使宣惠王及侍衛安然往返，而知道木橋機關的人只有宣惠王一人！」璇璣回答道。

「沒想到宣惠王的保防措施這麼嚴密啊！那，我奪劍的機會不是很渺茫了嗎？」董飛大嘆一聲後繼續問道。

「那到不至於！」璇璣又淺笑了一下。

「為什麼？」董飛眼睛閃了一下。

「因為，宣惠王嗜劍如命，每年春冬兩季，他都要親率文武百官，在祭劍樓前焚香祭劍。據傳，劍有英靈，如果用六牲祭拜，那麼劍光會更寒亮，劍刃會更銳利，甚至可以脫鞘而出，直沖星斗。這就是你奪取太阿劍的大好機會！」璇璣停頓了一下，緊接著又把祭劍典禮的一些細節也順便告訴了董飛。

「原來如此！」董飛點了點頭說道。接著又問：「那，璇璣姑娘！妳可知道韓王的祭劍典禮在什麼時候舉行？」

「據我所獲得的可靠情報，應該就在今天上午舉行！」璇璣隨即回答道。

「那，我得趕緊出發了！」董飛還未等璇璣回答，就獨自跨馬奔馳而去。

璇璣望了望董飛的背影，禁不住搖了搖頭。

3・名劍現踪

董飛離開杏花鎮，一直向南急馳，轉瞬間便到了韓國的首都鄭城。

　　當他騎在黑寶馬水龍吟身上時，宛若風馳電掣，整個人飄飄然，有如仙人御風一般，這是他騎追風馬所從未有過的感覺。

　　鄭城旌旗飄揚，守城的衛兵都全副武裝，不停地在城垣和城門附近加緊巡邏，以防敵兵或敵間混入其中。董飛離鄭城城門尚有一箭之遙，他藏匿在高及人身的黃草叢中，由草莖的空隙向城門瞻望，因而不易為韓兵發覺。

　　窺視片刻後，董飛於是進入草叢，橫臥其間，開始思索對策。黑寶馬水龍吟不愧是通靈神駒，牠也匐伏在草叢間，寂然不動。

　　雖是嚴冬，但未飄雪，鄭城四周，黃草萋萋，加上北風冽冽，仍顯得冬意闌珊，古城肅殺。

　　董飛在草堆中想出了三個計策：

　　其一，偽裝趙兵，混入鄭城。

　　其二，快馬加鞭，強行闖關。

　　其三，乘馬凌空飛入鄭城。

　　第一個計策必須先了解韓趙之間的恩怨，如果韓國與趙國有世仇，豈不自投羅網？況且韓都正處於備戰狀態，對通往城門的軍民定將嚴密搜查，他未携帶關符，豈能瞞過韓國守衛的耳目？於是他放棄了第一個計策。

　　第二個計策也很冒險，城內如埋伏弓箭手，則強行闖關，豈不死在亂箭之下？若不幸被俘，也將暴露自身的身分，等於死路一條。

　　於是，他又放棄了第二個計策。

　　現在，只剩下第三個計策了。

　　黑寶馬水龍吟是千載難逢的龍馬，不但快若閃電，而且飛躍自如，牠能凌空飛出高達十丈的邯鄲城，已使董飛驚嘆萬分。

而鄭城與邯鄲城一樣高聳，只有騎乘黑寶馬水龍吟凌空飛進城內，才能避開城門守衛的盤問和搜索。

正當董飛下定決心要採用第三個計策時，忽然聽到鄭城城門來傳一陣馬蹄聲，一隊人馬一面手持令牌，一面高喊道：「大王祭劍，快將城門關閉！」

董飛從草叢中望去，只見百餘人馬向城門四周分馳，每人間隔十步，都是右手持錘左手握盾的精良武士。他們站好崗位之後，城門守衛便將鐵門關閉。這時，遠處隱約傳來節奏分明的擊鼓聲，那是韓王祭劍前的奏樂典禮。

青煙嬝嬝，鼓聲鏊鏊，韓君桓惠王焚香完畢，便到祭劍樓前將機關放下，於是木橋緩緩垂於水面。

「護劍官！」桓惠王宣達了命令。

「末將在！」

「快到祭劍樓把太阿劍取來！」

「末將遵令！」一名身著黑盔墨甲，身高八尺的將領，聽到桓惠王的命令，立刻整肅儀容，登上木橋，向閣樓走去。

護劍官雖然可以進入樓中取出太阿劍。然而，劍在匣中，除非持有桓惠王特製的金鑰則無法將金匣啟開，況且，昇降木橋的機關也操縱在桓惠王手中。因此，即使護劍官能取出太阿劍，也無法逃出惡水環繞的祭劍樓。

護劍官雙手捧住藏置太阿劍的金匣，由樓前緩緩步上大橋，準備呈遞給桓惠王。此時，陽光普照，鼓聲密緊，連鄭城外的守衛都聽得清清楚楚。

4·天將圍困

董飛在草叢中聽到陣陣鼓聲，於是起身上馬，準備躍入城中，奪取寶劍。

　　正當他手勒韁繩，足夾馬腹時，黑寶馬水龍吟卻朝天長鳴了一聲，這一聲驚動了在城門四周擔任警戒工作的衛士。他們見到草叢中冒出一匹身高八尺的黑馬，馬背上還坐著一位白衣少年，便高聲喝叱道：「是誰？還不趕快下馬受檢！」

　　董飛本想躍馬入城，忽然聽到城門附近傳來韓兵的喝聲，才知道行藏已經敗露，便想策馬避開他們。

　　鄭城武士見董飛想要逃走，立即持劍上馬，向草叢奔馳過來。

　　董飛見八名武士朝他追來，便暗想道：「我若騎黑寶馬水龍吟飛奔而去，他們一定望塵莫及。可是，這樣豈不耽誤了奪劍的任務？不如將他們引誘到一里之外的荒地，與他們格鬥一場，順便套套他們的口風。」想完，董飛便將馬速放低，使他與八名武士的距離拉近至一百步左右。

　　八名武士不知是計，依舊在後頭緊追不捨。片刻之後，他們終於在一座荒煙蔓草的丘陵地追上了董飛。

　　董飛勒馬停足，八名武士則下馬將他團團圍住。

　　「你們是……」董飛向四周瞻望了一圈。

　　「我們是韓國的頂級騎衛隊，人稱『八天將』是也。」一名手牽黃馬，腰束紅繩的武士答道。

　　「『八天將』？」董飛似乎未曾聽過這一稱號。

　　「不錯！就是天豹、天狼、天鹿、天鷹、天獅、天鷥、天龍，和我天馬八位天將。」

　　董飛仔細一看，此人的護胸上果然繪有一匹天馬，其餘七位則各繪上豹、狼、鹿、鷹、獅、鷥和蛟龍七種動物，這使得他想起璇璣告訴他的韓國八把寶劍的傳說。他不免緊張了起來。後來心中猛然一想：「那八把寶劍有七把已經被烈火銷毀，而剩下的太阿劍卻掌握在韓王手中，這麼說來，我有什麼好畏懼的？」想到這裡，董飛的膽子又大了起來。

其實，董飛的想法是對的。這八位天將雖是桓惠王為紀念宣惠王時代的八把寶劍而設置的武官，他們是百位騎衛中精選出來的劍術高手，但手中確實並無可穿石斷鐵的寶劍。

「你們想幹什麼？」董飛見八名武士來勢洶洶，便假裝問道。

「狂徒，不是我們想幹什麼，是你想幹什麼？」八名武士也異口同聲反問道。

「我並不想幹什麼！只不過心情好，騎馬出來逛逛而已！」董飛仍舊面不改色地說道。

「一派胡言！在此嚴冬，誰人會有閒情出來閒逛？分明是在狡辯。快說，你是不是秦國派來的奸細！」一名護胸上繪有狼形圖案的武士怒目喝叱道。

「秦國的奸細？恐怕你們都弄錯了。我是趙國的武士，難道你們不認得趙馬嗎？」董飛用狡黠的眼神看了看四周的八名武士。

八天將聽了，便打量了水龍吟一番。果然，他們發現董飛的坐騎高達八尺，比他們的坐騎要高出許多。而他們也早已聽說趙馬比秦馬或韓馬都要高壯雄偉，如今映入眼簾的確實不是秦馬，他們便覺得自己未免太多疑了。

董飛見他們被瞞了過去，於是說道：「既然我不是秦國的奸細，那諸位是否能讓我先行一步？」

正當八天將猶豫不決時，突然其中一名武士向董飛說道：「慢著！你說你是趙人，那麼你把關符拿出來讓我們看看！」

其餘七人一聽，也都說道：「對！對！拿出關符來，我們才相信你是趙人。」

董飛一見情勢不妙，便又撒個謊說：「關符在路中遺失了，我也正在四處尋找呢。」

「此人十分狡猾，我們還是搜他身好了。」又有一名武士怒氣冲冲地說道。

董飛見八天將要搜他身，心頭一急，便伸手向背後取劍，準備迎戰八天將。

「大膽狂徒！竟想動武！有我們八天將在此，還不乖乖束手就擒！」八天將中的天狼，看出董飛有拔劍抵抗的意圖，便一面厲聲喝叱，一面手持鐵劍，騰空一躍，朝董飛的胸前刺了過去。

董飛畢竟是個眼明手快，訓練有素的騎衛，他也隨即騰空躍起，朝天鷹刺了過去。天鷹冷不防被他的劍刺到手臂，於是從空中摔了下來。

董飛矯健俐落的身手，讓其餘七名武士嚇了一跳，每人都楞在原地不動。

這時，天豹忽然用手指著董飛的身子，高喊道：「我認出來了，他是秦國的騎衛董飛！」

「董飛？」其餘七人聽了天豹之語，也都緊張了起來。因為他們早已風聞董飛的大名，知道他力能搏虎，武藝超羣。但是，他們卻從未見過董飛本人，根本不知道董飛的長像如何。只有天豹，他曾經潛入咸陽，觀賞過秦宮的摔角大賽，親眼見到董飛將十位武士一一擊倒於地，後來被少年秦始皇攬為御前騎衛。那只不過是一年多前的景象，董飛的輕功動作一直深印在他腦海中，如今他見到此一少年竟能從馬背上躍起一丈之高，便使他想起董飛的容貌來。

董飛正要從空中落於馬背之上，忽然聽到有人喊出他的姓名來，知道身分已經洩露，無法再瞞住八天將，心中甚為惶恐。因為，此事若影響到奪寶大計，那就不堪設想了。

八天將見董飛有落馬的意圖，便齊聲喝道：「不能放過他！」話剛說完，七隻鐵劍全朝董飛擲了過去。

　　董飛反應靈敏，又朝空中翻騰上去，七隻鐵劍沒擊中他，卻在三十步之外，兩丈高的空中撞擊在一塊，一時鏗鏘之聲大起，聲震山谷，七隻鐵劍全已折斷。

　　董飛見八天將都已成為手無寸鐵的武士，便拔劍落於地面。而黑寶馬水龍吟與其它八匹駿馬則走到十步之外的大樹下各自嬉戲。

　　「好！既然你們已經知道我的身分，那我也絕不能放過你們，今天就要你們統統死在我的劍下！」董飛按劍厲聲喝道。

　　八天將聽了此話，個個愀然變色，不知如何是好。此時，其中一位較機伶的武士天鹿說道：「快解下『赤蟒紅繩』當武器！」

　　於是八天將都將繫於腰間的赤蟒紅繩解下，握於手中。每條紅繩粗若拇指，長達十二尺，揮動起來，虎虎生風，像一條赤紅色的巨蟒一般。若是劍身被紅繩捆住，只要對方用力一拉，劍器就會脫手而飛。若是手腕被紅繩捆住，那麼劍器便無法施展，等於徒手在與人格鬥，自然要居下風。

　　董飛本以為八天將手無寸兵，他可從容將他們一一除盡。可是萬萬沒想到，他們手上又多了一條紅繩。於是，他執劍立於中央，凝神定氣察看情勢。

　　過了一會兒，八將中的天獅忽然向其餘七名武士開口道：「還有半個時辰，大王祭劍儀式就要結束了，我們得趕快將他除掉，好回宮覆命！」

　　其餘七名武士聽到此話，一面頻頻點頭，一面將紅繩握在手中快速轉動。

　　董飛聽完天獅的話，也暗想道：「還有半個時辰，祭劍儀式就要結束，我得趁儀式結束前，乘馬躍入城中，奪取韓王的太阿寶劍，事不宜遲，得趕快將他們一一解決掉！」

正當董飛臉上泛出殺機時，八天將手中的紅繩卻如赤蛇般的由手中飛出，齊朝董飛身上擲去。董飛閃躲不及，脖子與腹部被二條紅繩捆住，左右手腳也各被一條紅繩捆住。

「哈！哈！這回你就是輕功再了得！劍術再高超！也插翅難飛了吧？」八天將同聲大笑道。

董飛想用力掙脫縛住他的八條紅繩子，然而，這赤蟒紅繩的特性卻是越用力掙脫就收得越緊，弄得他都快要窒息了。

5・璇璣飛鏢

正在這千鈞一髮之際，一位身穿紅衣的姑娘突然出現了，只見她一面大叫「住手！」，一面從馬背上凌空射出八支飛鏢，鏢鏢射中八天將的咽喉，八天將還來不及吭一聲，就這樣橫屍於野外了。

八天將一倒，手上的紅繩一鬆，董飛也就喘過氣來。

「董大哥！你還好吧？」璇璣焦急地跑到董飛跟前問道。

「原來是璇璣姑娘！謝謝妳趕來搭救！要不然我可被他們活活勒死了！」董飛見到身穿紅衣的璇璣出現在眼前，便摸摸脖子，感謝地說道。

「別客氣！董大哥！」璇璣說道。

「璇璣姑娘！你可曾聽過這八天將用的『赤蟒紅繩』嗎？」董飛隨即問道。

「董大哥！我只知道八天將個個都是厲害無比的劍術高手，卻從未聽過什麼『赤蟒紅繩』這種兵器！或許，這是韓王秘密訓練的新武藝，目的在遇到強手偷盜太阿寶劍時，能出其不意地奪取對方的性命，讓對方無法得逞！我是因為擔心董大哥的安全，所以才一路尾隨過來的！沒想到竟讓我親眼見到了

『赤蟒紅繩』的狠毒之處！剛才如果我再不及時出手的話，恐怕就來不及了！」璇璣面帶愁容地回答道。

「謝謝妳！璇璣姑娘！對了！妳是用什麼兵器一下子就解決了這八名武士的？」董飛心中感到十分的好奇，於是又問道。

「董大哥！我用的是追風鏢！」璇璣回答道。

「追風鏢？」董飛一聽，臉上禁不住露出驚訝的表情。

「對！就是我手上這種快如飆風的飛鏢！」說完，璇璣就從懷中拿出一支像繡花針般的兵器給董飛過目。

「想不到這細如金針的飛鏢，竟是令人防不勝防的致命武器！而且連發八支，支支刺穿敵人咽喉，這可不是簡單的事！」董飛邊看邊讚嘆道。

「不瞞你說！董大哥！家父素有『飛鏢神匠』之稱。他製造的飛鏢不下百餘種，每種都能致人於死地！我在家父的嚴格教導下苦練這追風鏢，練了十年才有這般功力！只可惜，我一次只能連發十支飛鏢，家父卻能在一瞬間連發百支飛鏢！而且百發百中，絕無失誤。我要想達到家父那種至高境界，恐怕還得再練二十年才行！雖然我已當選為今年的『杏花仙子』，但我還是覺得自己有加倍努力的必要！」璇璣解釋道。

「璇璣姑娘！原來妳就是杏花鎮的『杏花仙子』！我內心原先也是這麼猜想的！可是，我還是沒敢說出來！我相信以妳目前的功力，不出十年，就可以達到令尊那樣的至高境界的！」董飛聽了之後，由衷地說道。

「多謝董大哥的誇獎！我會盡全力去達成這個目標的！」璇璣臉上終於露出了似陽光般的燦爛表情。因為，能得到心儀之人的當面讚賞，畢竟是一件令人心花怒放的好事情。

董飛本想追問璇璣她父親是否也是與咸陽有聯絡的人時，但，話到嘴邊，還是吞了回去。因為，出關前李斯「無須多問！」的叮嚀，言猶在耳。

「董大哥！我的任務已經達成！現在，馬上就要看你的英勇表現了！不耽誤你的重大任務！我們後會有期！」璇璣提醒董飛後，立即乘馬離去。

「謝謝璇璣姑娘！我們……後會有期！」董飛也順口說道。

6・莊嚴祭劍

與璇璣姑娘分手之後，董飛收劍入鞘，抬頭仰望雲天，太陽已近中天，心想：「快到正午時分了，我得趕緊躍馬入城，否則會壞了奪寶大計！」想完，便在腦海仔細思索祭劍樓的位置。

「嗯！祭劍樓在城東，我必須由東邊飛躍而入。」說完，於是朝林間連聲高呼道：「水龍吟！」

黑寶馬水龍吟聽到董飛的叫聲，立即奔馳到他跟前。於是，董飛跨馬，向鄭城東邊的角落飛奔而去。此時，在他身後隱隱約約有一隊人馬正在注視他的行動，而他一點也未察覺出來。

鄭城內的祭劍儀式仍在進行中。董飛一邊騎馬，一邊卻想起他先前與璇璣的對話。

璇璣告訴他，位於祭劍樓前的祭壇是露天的，壇的四周並無遮棚；因此，宣惠王在冬天祭劍時，必須選定晴朗的日子；如果大雪紛飛，或大雨滂沱，就不適合祭劍。桓惠王即位後，仍保留此一傳統，因此，他才有機會躬逢祭劍盛典。

於是他問璇璣：「璇璣姑娘，參加祭劍典禮的有那些人？」

璇璣回答道：「董大哥！除文武百官之外，參加祭劍的還有劍士百人，童男童女各五十人。

他再追問劍士與童男童女的身分時，璇璣告訴他，劍士百人是韓宮擊劍比賽中，三戰三勝的百位執劍武士。他們平日擔任宮廷侍衛工作，若逢祭劍大典，則身著盔甲，腰配鐵劍，站立在祭壇左右兩旁，以壯軍容。

　　童男童女則是由文武百官家中所遴選出的幼童稚女。他們的年齡在三歲至六歲之間，個個聰慧可愛，天真無邪。據說，春秋時代楚國的劍師都愛用童男童女的頭髮和指甲，混合鋼汁煉劍；他們相信，這樣煉出來的寶劍才能光芒四射，收發自如。

　　「什麼！要用童男童女的頭髮和指甲混合鋼汁才能煉出神奇的寶劍？難道韓王也相信這個偏方？」他聽了之後，頓時大吃一驚。

　　璇璣則回答道：「沒錯！桓惠王也深信，用雪白的六牲再加上素衣白裳的童男童女各五十人，共同祭劍，則上蒼必會保佑韓國國運昌隆，太阿劍更會大顯神威，鼓舞士氣。但在宣惠王時代，除六牲外，並未選派童男童女參加祭典。」

　　「那，參加祭典的童男童女會得到什麼好處？」他繼續追問下去。

　　「好處就是：凡參加桓惠王祭劍典禮的童男童女，每人除了可獲得一對精緻的玉龍和玉鳳之外，還可與桓惠王共享盛宴三天。」璇璣也說道。

　　「這還差不多！我原以為這些童男童女會被拘禁甚至被砍頭呢！」他用玩笑的語氣說道。

　　「董大哥！你別把韓王想的那麼殘暴，好不好？」璇璣隨即笑著說道。說完，她繼續告訴他：「當護劍官把藏置太阿劍的金匣呈遞給桓惠王之後，便會恭敬站在旁邊，等桓惠王祭完太阿寶劍，將盛劍的金匣鎖好，再由他登上祭劍樓，把寶劍歸於原位。

　　按照祭劍傳統，桓惠王必須在正午時分，日正當中之際，才可開匣取劍，吸收太陽精氣，如果遇到浮雲蔽日，就算有六牲及童男童女，也將前功盡棄。」

「璇璣姑娘！幸好今天是個艷陽高照的大晴天，沒被我錯過，否則還不知道要等多久才有機會奪取寶劍呢！」他想著想著，終於回神過來。

典禮莊嚴，鼓聲肅穆，眼看就要接近正午了。

7・不祥之兆

桓惠王由懷中取出一枚魚形金鑰，準備打開放在壇上的盛劍金匣。

在宣惠王時代，太阿劍只有劍鞘，並無金匣。桓惠王即位後，為了防止太阿劍落入奸細或叛臣手中，便下令金工打造了一個長四尺、寬一尺的金匣，作為盛劍之用。這個金匣由純金製成，匣面雕龍刻鳳，十分珍貴。

在金匣的上方，也就是靠近劍鋒之處，有許多小孔，如果有人不熟悉金匣機關，想伸手貿然取劍的話，從小孔中就會射出細如牛毛一樣的無數金針來；手若被金針射中，必成殘廢。因此，沒有人敢以身嘗試。

日懸藍天，陽光和煦。桓惠王打開金匣，由匣中取出太阿寶劍。只見劍鞘上鑲有一匹展翅而飛，精巧玲瓏的烏玉天馬。劍穗雪白，劍鞘則呈銀色。單就外形而言，太阿寶劍也不愧為一把高貴的天子之劍。

當桓惠王屏氣凝神，從劍鞘中取出太阿寶劍，直握手中時，鼓聲雷動，百官仰頭，一道金色的陽光照射在雪亮的劍身上，剎那間，劍光閃爍，逼人雙目，鼓聲忽然停止。

桓惠王仰望蒼天，恭敬地說道：「以心祭劍，以劍祭天，天佑吾國，天佑吾民！」說完，鼓聲又響起了，聲音由緩入急。

祭壇上的六牲，包括白馬兩匹、白牛、白羊、白豬、白犬、白雞各兩隻，每樣犧牲背上都插上了一雙特製的匕首，等祭劍

儀式結束之後，由祭劍官再將匕首拔去，犧牲交由御廚烹調，作為晚宴之用。

依照宣惠王所留下來的舊規，主祭人在唸完祭語之後，應該持劍在每樣犧牲之前，揮舞十下，將馬首、牛首、羊首、豬首、犬首、雞首，依次斬落。桓惠王遵守舊規，揮劍大斬，只聽得「咚、咚、咚」的幾聲，六牲首級紛紛落在壇前的石槽中。

由於太阿劍是經過千錘百鍊而成的一把寶劍，它既不沾土，也不沾血，所以斬完六牲首級之後，劍身依舊雪亮如銀，未留半點血跡，的確神奇。斬完六牲，灑畢祭酒，桓惠王又持劍肅立，準備取鞘封劍。

樂聲悠揚，祭典堂皇；儀式進行到最後，也是最重要的一關：主祭人將寶劍拋入二丈高的空中，然後右手執鞘，等候寶劍由空中落下，進入鞘中。如果落下來的寶劍是劍鋒朝上，則表示國運衰微，十天後要重祭一次。如果是劍鋒朝下，又能安然入鞘，則象徵國富兵強，無內憂外患。宣惠王在位時，每次祭劍都是劍鋒朝下，安然入鞘，所以威震六國，敵不敢犯。

桓惠王的武藝不及宣惠王，宣惠王可一箭射死雙鵰，而且射程在三百步之外。但桓惠王只能在百步之內射殺一雁。至於劍術，宣惠王也遠在桓惠王之上。不過，將劍拋入空中，使劍鋒朝下，安然入鞘，其實桓惠王也曾達到此種高妙的境界。只是，此番冬祭，不知何故，他總覺得心頭有一種不祥的預兆，以致手握寶劍時，手心顫抖，不像往日那麼鎮定。

原來，昨晚桓惠王作了一場奇夢，在夢裡，他獨自騎著白馬來到一座山頭，山上杳無人煙。他正想下馬觀察四周環境時，忽然間，一匹五丈高的黑馬出現在他的眼前，讓他不寒而慄。於是他快速下馬，抽出太阿寶劍立於黑馬前，想讓黑馬見到寶劍能知難而退。

誰知，大黑馬不但沒有後退的意思，反而狂嘶一聲，張開大口，剎那之間，他手上的三尺寶劍卻忽然從他手中迅速飛出，

被馬嘴一口氣吸入馬腹中，看得他心驚膽寒，於是拔腿就跑。跑著跑著，噩夢就驚醒了。

　　夢醒後，他不敢把此一噩夢告訴身邊的王后，隔天早晨更不敢告訴大臣們。因為，他擔心此一不祥之兆會影響軍心士氣。

8・黯然祭典

　　文武百官、御前劍士和童男童女都不知道桓惠王做的噩夢，他們依舊在期待這緊張神聖的一刻。鼓聲咚咚，氣勢如萬馬奔騰；彩旗飄飄，優美若八鳳起舞。

　　桓惠王默禱片刻，於是用力將手中寶劍拋入空中，寶劍翻騰不停，恰似白龍躍空，在場的官吏莫不仰首蒼天，靜觀其變。

　　就在此電光石火之間，一匹黑馬從城東上空飛越而來。那正是董飛和他所盜來的黑寶馬水龍吟。

　　董飛左手拉韁，右手緊握太阿劍的仿造品，當他遠遠望見桓惠王將手中的太阿寶劍拋入空中時，立即奔馳過來，將仿造品扔下，同時接住太阿劍的劍柄。

　　桓惠王正在期待寶劍入鞘，突然見一匹黑馬凌空而來，上面還坐著一位白衣武士，一時心慌意亂，不知所措。而正當此時，一把劍鋒朝下的寶劍卻突然自空而下，插進六牲之一的馬背上。桓惠王嚇得面色發青，直冒冷汗。

　　護劍官見狀，立即高喊道：「百劍齊發！」

　　百名身穿紫色戎裝的劍士聽了之後，立即從背上拔出三尺鐵劍，一塊向空中拋去。一時劍花如雨，光芒萬丈，看得在場的人士個個目瞪口呆。這要是換了一般人，必然連人帶馬被百劍刺的體無完膚，從空中墜下。

　　然而，董飛卻不同，他胯下騎的是可以飛凌高空的黑寶馬，手裏頭握的是剛剛奪取的太阿寶劍。因此，他一聽到「百劍齊發！」的號令，知道自己與黑寶馬面臨了生死存亡關頭。於是他靈機一動，站立在馬背上，使出一招「光折百鐵」的絕招。

　　只見那太阿劍的劍尖忽然發出一道藍光，將董飛與黑寶馬緊緊護住。而由百名劍士所擲出的百支長劍，一遇到藍光就立即被削斷劍鋒，同時落在六牲背上。董飛見狀，高興萬分，心想：「太阿寶劍的神威真是名不虛傳！」想完，於是重新坐上馬背，凌空揚長而去。

　　本來，宮廷侍衛長曾建議桓惠王在祭劍時應該下令弓箭手在旁護衛，但桓惠王認為祭劍應派劍士守護才名正言順，豈有派弓箭手之理？何況，劍為兵器之尊，劍士參加祭劍儀式，最可顯示帝王威嚴。所以，他未採納宮廷侍衛長的建議，要是他加派弓箭手在四周防護，董飛也許就難逃箭網了。

　　桓惠王手握劍鞘，兩眼凝視著六牲背上的長劍，許久才向護劍官說道：「護劍官！把祭壇上那把長劍遞給寡人！」

　　「末將遵命！」

　　護劍官從六牲之一的馬背上將長劍拔出，呈遞給桓惠王。

　　桓惠王接過來一看，此劍與他的太阿寶劍簡直一模一樣，他拿起劍向祭壇左側的銅柱斜刺過去，「鏘！」的一聲，鋒斷刃折，才知道那是一把假的太阿劍。

　　「這究竟是何人的陰謀？會不會是趙王……」桓惠王握劍自語道。隨後他把宮廷侍衛長傳到跟前，嚴令宮廷侍衛長立即清查可疑份子，並派密探分別向秦、趙兩國探聽實情。

　　太阿劍被劫走乃是國之大恥，若是傳揚出去，對民心有很大的影響。所以桓惠王下令封鎖被劫消息，在場的人如果有誰把這個消息洩漏出去，都會遭到秘密斬首的嚴厲處分。

　　一場莊嚴的祭典，就這樣黯然地結束了。

第七章

小築・山莊・明月池

1・彈鴉小築

董飛奪取太阿劍之後，立即策馬朝東北方向飛馳而去。他要去的地點是燕國的彈鴉小築，他要接觸的對象則是玲瓏。

玲瓏的父親曾經作過玉師，對珍珠美玉瞭若指掌，玲瓏承受家學，自然也是行家。

當董飛離彈鴉小築只有百步之遠時，忽然看見一群黃鴉從樹林飛出來，而且一面飛一面發出聒噪的叫聲。董飛一聽就知道這是烏鴉的叫聲，而令他大惑不解的是：為何烏鴉卻變成了黃鴉？

等董飛到了黃澄澄的彈鴉小築時，乍見一位身穿鵝黃色衣裳，臉蛋甜美，婀娜多姿的少女正在拿珠子準備彈射樹上的烏鴉。他還沒來得及說出暗碼，一枚珠子便從他的左耳邊掠過；他正想開口時，一枚珠子又從他的右耳邊掠過。他心中暗想：「這位姑娘的確好身手！莫非她就是我要聯絡的對象！」想完之後，便高聲說道：「明月池！」。

黃衣姑娘聽到「明月池！」三個字，趕緊回頭答道：「夜明珠！」。互相表明身分之後，兩人便進入小築室內交談了起來。

「玲瓏姑娘！妳的住處叫『彈鴉小築』，難道妳平日喜歡用珠子彈射烏鴉嗎？」董飛面對著眼前這位眸如晨星，齒如編貝的少女，首先開了口。

「嗯！」玲瓏瞇了一下眼睛，然後點了點頭。

「那，玲瓏姑娘！妳為何不射麻雀而偏要射烏鴉呢？」董飛心中起了好奇心，忍不住問道。

「董大哥！這是因為，此地沒有半隻麻雀，而烏鴉卻多達萬隻的緣故！長輩都說烏鴉叫聲難聽，是不吉祥的飛禽，因此，我不得不把牠們一一射跑！」玲瓏笑意盎然地解釋道。

「射跑？難道不是射死嗎？」董飛一聽，隨即愣了一下。

「射死未免太殘忍！嚇嚇牠們就夠了！」玲瓏笑了一笑。

「那牠們飛走之後又不斷飛回來鳴叫，不是讓人防不勝防了嗎？」董飛搖搖頭問道。

「絕對不會的！」玲瓏語氣堅定地回答道。

「為什麼？」董飛又是一驚。

「因為，烏鴉的膽子很小，一旦被珠子輕輕射中之後，當天就再也不敢飛回原處了！」玲瓏又加以解釋道。

「這麼說來，玲瓏姑娘的內功一定十分了得囉！要不然妳只要稍微用力一點，烏鴉豈不全死光了嗎？」董飛笑著說道。

「哪裡！哪裡！我只是稍微控制好射擊的力道罷了！並沒有董大哥說得那麼厲害！」玲瓏用溫柔的眼神回答道。

「玲瓏姑娘太謙虛了！方才我兩耳旁邊有東西掠過，應該是妳發射的吧？」董飛笑問道。

「沒錯！董大哥！是我發射的！我只是想測試一下你的反應，看看你是不是別人冒充的！」玲瓏解釋道。

「玲瓏姑娘！你如何判斷我是別人冒充的呢？」董飛好奇地問道。

「很簡單！如果你不是咸陽派來的董大哥的話，你的兩耳早就被我的珠子給刺穿了！」玲瓏回答道。

「為什麼？」董飛吃驚地問道。

「因為，剛剛我用的力氣非常大，比彈射烏鴉要大個百倍以上。幸虧你身上有攜帶太阿寶劍，它的劍氣會護住你的身軀，使珠子觸碰不到耳朵！」玲瓏進一步解釋道。

董飛一聽之下，著實震驚不已。一來是因為玲瓏何以知道他已盜走韓王的太阿寶劍，二來是因為李斯在他出關前為何未

將此事告訴他。他本想詢問玲瓏，但還是覺得不問為好。於是他話鋒一轉，問道：

「原來是這樣啊！對了，玲瓏姑娘！妳是用什麼珠子來彈射烏鴉的？」

「用鵝黃珠！」玲瓏順口答道。

「鵝黃珠？」董飛再度用驚奇的眼神望著玲瓏問道。

「嗯！就是這種顏色的小珠子！」玲瓏邊說邊伸出左手掌心來。

董飛走近一看，這鵝黃珠比他在咸陽練習射鳳的琉璃珠要小一些，但顏色卻十分鮮艷。於是他又追問道：「玲瓏姑娘！這鵝黃珠貴不貴？」

「一點也不貴！要不然拿來彈射烏鴉，豈不太浪費了嗎？」玲瓏回答道。

「說得有道理！玲瓏姑娘！妳想，要是有人拿天下至寶明月珠去射擊稀鬆平常的小麻雀，那不也是糟蹋寶物嗎？」董飛隨即說道。

「董大哥滿會比喻的！」玲瓏笑說道。

「對了！玲瓏姑娘！這鵝黃珠只有燕國才有嗎？」董飛接著又問道。

「那當然！而且它還有一個最神奇的地方！」玲瓏嫣然一笑道。

「最神奇的地方？」董飛詫異地問道。

「沒錯！烏鴉只要被鵝黃珠輕輕擊中，全身馬上就會由黑變黃，成了黃鴉。這就叫做『寒鴉變色』！」玲瓏笑說道。

「『寒鴉變色』？這真是太不可思議了！」董飛聽了之後，禁不住嘖嘖稱奇；而玲瓏的這句話也等於解答了他初見黃鴉時的困惑。

2‧雪蚌圓珠

閒談了一會兒，董飛於是正襟危坐地問玲瓏：「玲瓏姑娘！聽說燕昭王從齊國臨淄城奪得明月珠之時，明月珠還有遇夜則明的神奇力量。可是，到了燕王喜手裡時，明月珠卻黯然無光了，此事果真屬實？」

「董大哥說得一點也沒錯！」玲瓏也神情嚴肅地點了點頭。

「那，玲瓏姑娘！你可知這是什麼原因呢？」董飛又追問道。

「據我所知，珍珠這種寶物最怕兩樣東西：一是汗、一是粉。汗會侵蝕珍珠，使珠色泛黃；粉則會附在粉面上，使珍珠逐漸失去光澤。」玲瓏隨即回答道。

「這跟燕昭王有關係嗎？」董飛仍然不解其中的道理，於是再問道。

「當然有關係啊！昭王攻破齊國都城之後，把明月珠攜回宮中，而且特別闢了一間明月軒，任姬妾把玩。姬妾在軒中追逐嬉戲，時日一久，香汗與脂粉都使明月珠受到極大的損害，所以傳到燕王喜手裡時，明月珠已經毫無亮澤了！」玲瓏不厭其詳地解釋道。

「難道燕王喜就想讓明月珠永遠蒙塵無光嗎？」董飛緊接著問道。

「那當然不是！他也想盡了許多辦法，要使明月珠重現昔日的光采。起先，他聽從一位自稱修過仙術的周姓術士的建議，在皇家花園開鑿了一座明月池。」玲瓏趕忙回答道。

「明月池？」董飛愣了一下，他腦海中隨即浮現出一座風來萍皺，雨到荷喧的雅緻池塘。於是，他又問道：「玲瓏姑娘！明月池應該是一座有荷花浮萍的池塘吧？」

「喔！不是的！董大哥！明月池只是育養珍珠的純水池，水中沒有種植任何花卉。在這座水池中，燕王喜育養了百隻雪蚌，隻隻瑩白如玉，殼泛寒光。這些雪蚌都是從易水中捕撈上來的。」玲瓏回答道。

「雪蚌？雪蚌真能生明珠嗎？」董飛好奇地問道。

「根據周姓術士的說法，雪蚌即使在千丈水底，只要一遇到月圓，便會開殼仰照，攝取月光，如此經過一年的不斷吸收，自然可以生出明亮的珍珠了。」玲瓏解釋道。

「玲瓏姑娘！照妳這麼說，明月池豈不有了百顆明月珠了嗎？」董飛聽了之後，又提出了他的疑問。

「沒錯！董大哥！明月池是可以產生百顆珍珠，但卻沒一顆能在夜間發光亮！所以，燕王喜仍舊悶悶不樂。」玲瓏進一步解釋道。

「後來呢？」董飛又追問道。

「後來，又有一位孫姓術士告訴燕王喜說：『明月珠是水中蟒蛇所吐的珍珠，而水蟒便是蛟龍的化身。所以，明月珠在本質上屬於龍珠。龍珠無光，只有吸取鳳血之後，才能恢復亮澤。』燕王喜聽了，十分高興，便問術士何處可找到鳳血，術士回答道：『齊國百鳥山可找到鳳血。然而，百鳥山山高萬丈，險象環生，無人敢登。』燕王喜無奈，只好先將明月珠鎖在銀匣之中，暗藏在明月軒內，再謀良策。」玲瓏回答道。

「玲瓏姑娘！這明月軒位在何處？」董飛隨即問道。

「在太子丹東宮右側！」玲瓏答道。

「可有機關？」董飛神情嚴肅地問道。

「據說燕昭王所設的明月軒機關重重，除燕王昭本人及寵姜四人之外，任何人都不得擅自進入。即使擅自進入，也將死於軒中，無所遁逃。」玲瓏也肅然回答道。

「哦？有這麼厲害？」董飛聽了，有點半信半疑。

「那當然！不過，不只明月軒有裝設機關，就連明月池內也有機關！」玲瓏又補充道。

「玲瓏姑娘！明月池只不過是育養珍珠的水池，它不在室內，如何會有機關？」董飛又是一陣疑惑。

「董大哥！那明月池的機關並不在池水之中，而是藏在蚌殼之內。」玲瓏趕緊解釋道

「蚌殼中有會有機關？」董飛真覺得玄之又玄。

「董大哥有所不知！那雪蚌可不比一般蛤蜊，它長達一尺，殼硬如鋼，在孕育珍珠其間，任何人要是想用手指或者用其它器物具來拔取珍珠的話，都會被硬殼夾斷。去年已有三位宮女被雪蚌夾斷手指了。」玲瓏表情嚴肅地回答道。

「那，燕王喜要如何取得珍珠呢？」董飛急著問道。

「彈瑟！從前，楚國音樂大家瓠巴，只要他一彈瑟，原先沉在水底的魚兒，都會紛紛浮出水面來聆聽他動人的瑟樂；古代第一神琴家伯牙，只要他一奏琴，原先低頭吃草的馬兒，都會紛紛仰頭張嘴來靜聽他美妙的琴音。雪蚌是有靈性的生物，只有美妙的瑟樂，才能使牠張開甲殼，自動吐出珍珠，又不會傷人手指！」玲瓏回答道。

「會彈瑟的樂師很多，如果樂師暗中彈瑟，雪蚌聽了張開甲殼，豈不輕而易舉就將珍珠偷走了嗎？」董飛質疑道。

「沒那麼容易！用二十三弦的清風瑟或二十五弦的明月瑟都無效用，只有三十六弦的伏羲瑟才可順利取得珍珠。」玲瓏笑著說道。

「伏羲瑟？」董飛又是一楞。

「嗯，就是太昊帝伏羲氏所作的大瑟。長十尺二寸，廣二尺四寸，以桐木為身，以碧玉為柱，以蠶絲為弦，音聲絕妙，舉世無雙。燕宮中只有一人會彈此瑟。」玲瓏解釋道。

「是何人？」董飛趕緊問道。

「就是燕王喜的寵妾嬋娟。」玲瓏笑答道。

「原來是這樣的！對了！玲瓏姑娘是珍珠世家。那我請問妳，珍珠都是圓形的嗎？」董飛點頭後又忽然問道。

「那可不一定，圓珠是百年難得一見的珍珠，明月珠之所以為稀世之寶，一方面是因為它亮如月光，一方面則是因為它形狀渾圓的緣故。一般珍珠就不同了，它們多半呈梨形、蛋形或扣形，而且珠面上會有裂紋，其價值當然不可與明月珠同日而語。」玲瓏不厭其詳地解釋給董飛聽。

「那，珍珠的顏色是否都是白色呢？」董飛又問道。

「珍珠和玉一樣，也有五顏六色。其中，最珍貴的就是白色珠。黑珠、赤珠、紫珠、藍珠和綠珠都無法成為夜明珠！」玲瓏回答道。

「這麼說來，雪蚌所生的珍珠，應該是白色的珠囉！」董飛若有所悟地問道。

「當然！」玲瓏點了點頭。

「玲瓏姑娘！雪蚌既是有靈性的生物，所生珍珠又是雪白色，那為何無法在夜間發光呢？」董飛想到一事，忽然問道。

「董大哥！這……我也不太清楚。據說，百隻雪蚌只有一隻會生夜明珠，而且是在月圓之夜。如今，離月圓之日還有五天，說不定五天之後，燕王喜就有機會得到夜明珠了。」玲瓏回答道。

3‧斬匣取令

董飛聞言，驚訝不已。稍坐片刻後，他起身向玲瓏說道：「玲瓏姑娘！不打攪妳了，我準備立刻到薊城走一趟！」

「董大哥！薊城戒備森嚴，你身上可有通行證？」玲瓏急切地問道。

「沒有啊！」董飛也憂心忡忡地回答道。

「那你如何進入薊城呢？難道咸陽方面未交代董大哥……」玲瓏反問董飛。

「我未接到備妥通行證的指示！」董飛如實地回答道。

「我也未曾接到備妥通行證的指示啊！」玲瓏也說道。

「那該怎麼辦？」董飛面色倉惶地問道。

「這……」玲瓏托腮沉思，忽然間，她對董飛說道：「我差點誤了大事！董大哥！三天前咸陽託人攜來一個鐵匣，吩咐我務必當面交給你。說不定這裏面就有你所需要的通行證呢。」

「那請玲瓏姑娘快拿出來給我看看！」董飛聽完玲瓏之言，頓時轉憂為喜。

「好，董大哥！你在這裏等一會兒，我馬上將鐵匣取出來給你！」玲瓏語罷，便自行轉入隔壁房間。

片刻之後，玲瓏手捧鐵匣來到董飛跟前。

董飛放眼一看，這隻鐵匣形方色黯，約有半尺寬廣，開口處並加上鐵鎖，縱是力大如牛的人也無法將此鐵鎖打開。

玲瓏將鐵匣擱置於地之後，便問董飛道：「董大哥！你身上可備有鑰匙？」

「沒有！」董飛搖了搖頭。

「那要如何啟開鐵匣呢？」玲瓏聽了，心中也焦急不已。

「我自有辦法！」說完，立即從背上將奪來的太阿劍取下，對準鐵鎖，輕輕一擊……。

只聽得「鏘！」的一聲，鐵鎖立即斷裂為二，散落於地。玲瓏見狀，大吃一驚道：「董大哥！莫非你手上握的就是名聞天下的太阿寶劍？」

董飛聽了之後，只是朝玲瓏笑了一笑，並未搭話。玲瓏知道自己是不能多問的，也朝董飛淺淺一笑。

董飛見鐵鎖已毀，便將鐵匣打開。匣中除四片竹簡外，別無他物。

董飛將竹簡翻轉過來，只見上面赫然刻著「赴白鷹莊，借鷹奪珠」八個黑字及「問碼：玉蘊山輝」、「答碼：珠涵水媚」十二個紅字。

於是，他問玲瓏：「玲瓏姑娘！妳可知道白鷹莊離這兒還有多遠？」

玲瓏一聽，連忙答道：「白鷹莊離這還有二十里路，你從這向東邊騎去，不用半個時辰就可到達了。」說完，玲瓏忽然又問：「董大哥！你去白鷹莊作啥？你認識莊主嗎？」

「我去白鷹莊自有要事要辦，這玲瓏姑娘就不必多問了。方才聽玲瓏姑娘的口氣，好像妳認得白鷹莊莊主似的？」董飛問道。

玲瓏聽了，忽然噗哧一笑道：「我當然認得莊主，她就是大我一歲的表姊瑾璜，燕國頂尖的馴禽師啊！」

「原來莊主就是妳的表姊！失敬失敬！」董飛一聽，趕忙賠禮道。隨後他又以半開玩笑的口吻說道：「玲瓏姑娘！我相信妳的表姊必定是個大美人！」

「董大哥為什麼要這麼說？難道你見過我表姊本人嗎？」玲瓏驚訝地問道。

「我當然沒見過她本人啦？」董飛笑答道。

「那，董大哥何以知道我表姊是個大美人？」玲瓏又問道。

「這還不簡單！看表妹的長相就知道表姊的出眾容貌啦！」董飛微微一笑道。

玲瓏一聽此話，嘴角遂綻開了笑容。而她也以半開玩笑的口吻說對董飛說道：「董大哥！你可千萬別被我表姊迷住，耽誤了奪寶任務喔！」

董飛一聽，笑而不語。

停頓了一會兒，玲瓏帶著神祕的笑容說道：「表姊瑾璜與我分別聽命於咸陽，暗中打探燕宮的消息！我們彼此之間是不能交換情報的！所以，究竟誰的情報才正確，那就要看董大哥你睿智的判斷力了！我們後會有期！」

董飛聽了之後，臉上也發出了會心的一笑。告別了玲瓏，他便向白鷹莊急馳而去。玲瓏則含情脈脈地望著他的背影發呆……

4‧銀盾金戈

董飛騎了快十里路程的時候，突然間在他眼簾裡彷彿出現了一片閃爍銀光的樹林，令他感到十分好奇，於是下馬前來觀看。誰知，才走了五步，從樹林裡就竄出了一大群身穿銀袍，手持銀盾的武士將他團團圍住。

「你們是……」董飛隨即問道。

「我們是誰？對吧？告訴你也無妨！我們是魏王身邊的銀盾武士！」為首的中年武士回答道。

「魏王身邊的銀盾武士？」董飛一聽，露出了驚訝的表情。因為，李斯從未在他跟前提及魏王銀盾武士的事情。

「沒錯！我們是魏王在最近一個月才秘密組成的頂級侍衛隊。其實，我們魏王早已獲得情報，知道秦王要派遣你來魏宮盜取我們的國寶昆山白玉琥，所以特別在火龍機關之外，加設了一道能噴毒氣的猴煙陣。沒想到你小子命大，連逃兩道致命機關，順利將寶物盜走。為了此事，我們魏王恨得咬牙切齒，密令我們『銀盾武士』一定要將國寶奪回！」

「既然如此，為何你們不在趙、韓兩國攔截我，而卻跑到偏遠的燕國來？」董飛質疑道。

「那是因為：我們魏王與燕王曾有一段恩怨，我們魏王自知不是燕國的對手，於是想藉助你們秦王的力量來打擊燕王！」為首的中年武士回答道。

「這跟我有什麼關係？」董飛面露疑惑之色。

「關係可大了！你不想想看！你要是陳屍在燕過境內，你們秦王自然認為是燕王派人下的毒手，那他不出兵攻打燕國才怪？」

「好一個借刀殺人之計！只是，你們怎能斷定那陳屍的人一定會是我？」董飛不以為然地問道。

「因為，我們有『銀盾奇陣』可以對抗你偷來的太阿寶劍！」中年武士竊笑道。

「『銀盾奇陣』？」董飛眉角一揚。

「沒錯！只要你能躲過他們一百八十面銀盾的圍攻，我就心甘情願地任憑你宰割！」中年武士狂笑道。

「哼！別說是一百八十面銀盾，就算是一千八百面銀盾，也不是太阿寶劍的對手！」董飛則冷笑道。

「各位聽聽！好大的口氣！再不給這小子一點顏色瞧瞧，他是不知天高地厚的！」為首的中年武士轉頭對著其餘武士說道。說完即大聲喊道：「擺陣！」

其餘武士一聽此言，立即舉起銀盾朝董飛圍攻。

董飛見狀，隨即抽出太阿寶劍，縱身一躍，迅速朝第一位武士的銀盾刺去。這名武士立即舉盾阻擋，結果銀盾被太阿寶劍刺穿後劍尖直接貫穿他的心臟，使他當場倒地而亡。

緊接著第二位至第一百八十位武士也一一如法泡製。

當董飛正在百思不解之時，為首的中年武士突然哈哈大笑道：「怎麼樣？覺得奇怪吧？盾牌本是防身的武器，為何他們卻舉盾主動攻擊你，是吧？你先看看你手中的太阿寶劍再說！」

董飛低頭一看，一把閃亮晶瑩的寶劍竟然已經變成了一把黯然無光、沾滿鐵繡的劍器，令他震驚不已。

「這就是我們『銀盾奇陣』的神奇之處！我們的盾牌雖然表面上塗了一層銀漆，但是，隱藏在銀漆之下的卻是一面生鏽的鐵盾。而這面生鏽的鐵盾是特別採用我們魏國鐵繡山繡鐵砂煉製而成的。普通寶劍只要觸碰到這種繡鐵，再接觸到人血，必然成為廢劍一把。但根據我們魏王打探到的秘密，由於太阿寶劍並非普通寶劍，它是經過名劍師干將苦心打造一百八十天，才打造而成的神劍。因此，必須觸碰一百八十次鐵盾，接觸一百八十次人血，才會完全成為廢鐵！這也就是我們不得不犧牲一百八十名武士性命的真正原因！」中年武士傲然解釋道。

董飛一聽之下，方知上了燕王武士的大當，心中懊悔不已。不過，他回頭一想：「我的太阿寶劍雖然已成為廢鐵，但是銀盾武士也傷亡慘重。眼前這名中年武士，手上縱有一面銀盾，也無甚好懼怕的。」因此，他又昂然高喊道：「就算太阿寶劍已成為廢鐵，我也要赤手空拳與你格鬥！」

中年武士一聽此話，又呵呵大笑道：「董飛！你也太天真了！就憑你的赤手空拳，要如何與我們格鬥？」說完，立即拍拍手，從樹林裡忽又竄出一百八十名手持金戈的金袍武士來。

「這是……」董飛見狀，臉上又是一楞。

「這是銀盾武士的兄弟隊伍，叫做『金戈武士』！我們魏宮有兩支秘密衛隊，由胞兄組成的稱作『銀盾武士』，由胞弟組成的則稱作『金戈武士』。他們都是視死如歸的勇士！方才，他們的兄長已經被你活活刺死；現在，這些當弟弟的就要你來替他們償命了！」中年武士回答道。

「原來如此！但，有一件事，我還未弄明白！」董飛說道。

「什麼事？你說！」中年武士問道。

「就是：你們魏王想奪回昆山白玉琥，卻為何要毀掉太阿寶劍，讓它成為廢鐵，這豈不太可惜了嗎？」董飛皺眉問道。

「告訴你也無妨！因為，韓王曾經有八把寶劍，但他卻銷毀了另外七把，獨留一把太阿。我們魏王則想將太阿也一併毀掉，以報韓王半年前的一箭之仇！」中年武士勃然變色說道。

「半年前的一箭之仇？」董飛露出訝異的表情問道。

「沒錯！要不是半年前韓王暗派箭手在獵場射中我們魏王的左腿，他至今走路也不會一拐一拐的了！」中年武士憤然說道。

董飛聽了，一語不發。

「好了！你知道的祕密太多了，留不得你了！」中年武士說完話，隨即對著一百八十名手持一丈八尺長金戈的金袍武士大聲喊道：「『金戈陣伺候』！」。

金袍武士聞言，立即手持金戈，圍成十圈，每圈十八人，將董飛圍得水泄不通，然後奮力朝董飛鈎擊，目的在用十八支金戈的戈頭勾住太阿寶劍，讓太阿寶劍動彈不得。但此一招數被董飛識破，他趕緊採取「夸父九逐」中的「雁叫雲天」招數，沖出金戈陣，躲過了金戈武士的襲擊。

金袍武士見狀，火冒三丈，也隨即施展輕功，往高空圍刺董飛。董飛則迅速採用另一招「飛龍在天」的姿勢，才又躲過了他們的圍攻。

　　雖然太阿寶劍已成廢鐵，但董飛並未將它擲於地面，依舊握於手中。因為，他內心懷疑魏國中年武士可能在欺騙他，一旦太阿寶劍被對方拾走，又恢復成原狀的話，那他就後悔莫及了。於是他一面翻騰，一面思索對策……

　　正在此時，黑寶馬忽然鳴叫了兩聲。董飛一聽馬鳴，立即從懷中取出和氏璧，朝太阿寶劍劍身掃描了一下。沒想到奇蹟突然出現了，生鏽的劍身再度變得晶瑩亮麗，光彩奪目。

　　董飛見狀，欣喜若狂，隨即揮劍朝金袍武士砍去，結果，一陣藍光把一百八十支金戈一一折斷，一百八十名武士也紛紛被他刺死。中年武士一看大事不妙，隨即拔腿開溜，沒想到董飛早已舉起太阿寶劍迅速朝他背後擲去，劍身由背後貫穿前胸，令他當場倒地而亡。

　　「哼！還想再去找救兵支援？沒有機會了！」董飛收劍之後，朝屍體吐了一口口水，便立刻上馬，繼續向白鷹莊馳去。

5‧黃衣少女

　　白鷹莊位於白鷹山坡之上，古木蒼蒼，庭院深深。由於瑾璜暗地裡為咸陽工作，為了怕人發覺她的身分，因此平日深居簡出，形蹤頗為飄忽。

　　董飛來到白鷹莊前，只見朱門深鎖，四周無人，便下馬叩門道：「請問莊主在家嗎？」

　　連喊三聲之後，董飛聽到院中傳來疏落的腳步聲。

　　「誰呀？」隨著嬌滴滴的人聲，朱門開啟了。出現在董飛眼前的是一位年輕貌美的少女，她穿著與玲瓏一模一樣的鵝黃色衣裳，長得也與玲瓏一樣動人。如果不是她的髮如堆雲，簪似玉鳳，還真讓董飛難以辨認了。

　　「我是由彈鴉小築乘馬而來的。玉蘊山輝，真是難得一見的好山！」董飛用新的暗碼試探瑾璜的反應。

　　「可不是嗎？珠涵水媚，易水又將起浪啦。」瑾璜一聽董飛說的是暗碼，也趕忙用暗碼回答。話畢，她不放心，又問董飛道：「竹簡帶來了嗎？」

　　「帶來了。」董飛邊說邊從懷中取出四片竹簡來，遞給瑾璜過目。

　　瑾璜仔細查看四片竹簡之後，趕忙對董飛說：「董大哥披星戴月，一路辛苦，快請裏邊坐坐！」

　　「那就叨擾瑾璜姑娘了。」董飛行完禮，便牽馬入莊。

　　莊內石徑清冷，不聞人聲。在正廳之右側有一間馬棚，棚內有黃色駿馬一匹，那是莊主瑾璜的坐騎。

　　「董大哥！你將馬栓在馬棚內即可。」瑾璜走到馬棚前，轉身對董飛說道。

　　「好的！」董飛也點頭應話。

　　栓好黑寶馬，董飛便隨瑾璜進入正廳。二人面對面而坐，飲酒寒喧。

　　飲了兩口酒之後，董飛突然低聲問瑾璜：「瑾璜姑娘！這白鷹莊附近可有陌生人在徘徊刺探？」

　　「沒有啊！董大哥為何要這麼問？」瑾璜閃爍著眸子問道。

　　於是，董飛將方才在路上遭遇魏王武士圍攻的事情一五一十地告訴了瑾璜。

　　瑾璜聽了之後，搖頭說道：「沒想到魏王也是個心機深沉的國君，幸好董大哥躲過了這一劫。對了！董大哥何以知道和氏璧能破除鐵鏽山的繡鐵，而非白玉琥？」

　　董飛笑答道：「有兩個原因！」

「哪兩個原因？」瑾璜也笑問道。

「第一個原因是：黑寶馬與和氏璧同屬趙國國寶。黑寶馬鳴叫兩聲似乎暗示我：同屬一國的和氏璧可以讓太阿寶劍恢復原狀。」董飛解釋道。

「那，第二個原因呢？」瑾璜又笑問道。

「第二個原因就是：我雙手已握過白玉琥。若是白玉琥能剋住銀盾奇陣的話，太阿寶劍也不會生鏽了！」

「沒想到董大哥臨機應變的本事滿厲害的！」瑾璜誇獎道。

「哪裡！哪裡！瑾璜姑娘過獎了！我只是運氣好，碰巧被我猜對罷了！」董飛說完話，心中不免暗想：「糟糕！我把白玉琥、和氏璧、太阿寶劍的一些秘密都告訴了瑾璜姑娘，萬一她是敵人冒充的，那就不妙了！」一想到這，他似乎有點後悔自己的多言了。

瑾璜似乎看出董飛的疑慮，於是笑著對他說道：「董大哥！我知道你已經從魏、趙、韓三國奪得了四件寶物，要是再加上燕國明月珠的話，你就擁有五件寶物了。咸陽交付你的任務，眼看就快完成了。對不對？」

董飛自知瞞不過瑾璜，便笑著說道：「那還得瑾璜姑娘助我一臂之力才行啊！」

「放心好了！董大哥！我有預感，你一定會如期達成任務的！」瑾璜帶著神祕的笑容說道。

「那就謝謝妳啦！」董飛笑著說道。

「別客氣！」瑾璜也嫣然一笑道。

寒暄一陣之後，瑾璜突然表情肅然地對董飛說道：「董大哥！我在三天前接獲咸陽密牒，要我準備好白鷹待命，我就知道會有大事發生。現在見到竹簡，更證實了我的預感。」

「瑾璜姑娘！咸陽方面本來命令我潛入燕宮，將藏匿明月珠的銀匣劈開，好盜走明月珠，現在忽然又命令我借助白鷹盜珠，不知是何緣故？」董飛提出一疑。

「噢！我想，這可能是情況有所變化，才會變更原先計劃的。」瑾璜答道。

「可是，明月珠既然鎖在銀匣中，就算有白鷹，又有何用？」董飛質問道。

「這，董大哥就有所不知了！五天之後，也就是月圓之夜，燕王喜自然會將銀匣打開。」瑾璜笑答道。

「不是說燕王喜養了雪蚌百隻，其中一隻會生出夜明珠嗎？那又何必把久無亮澤的明月珠從匣中取出呢？這不是多此一舉嗎？」董飛不以為然地問道。

「此一情報未必正確！」瑾璜語氣堅定地答道。

「這情報怎會不正確呢？我是從你表妹玲瓏那得來的消息啊！」董飛神情嚴肅地反駁道。

「表妹玲瓏打探到的消息，有些早已是十天前的舊聞了！她哪有我消息靈通呢？三天前我派蜂鸚鵡前去偵查燕宮情況，我由蜂鸚鵡那兒獲得不少珍貴的新情報。」瑾璜半開玩笑地說道。

6·蜂鸚唸詩

「蜂鸚鵡？」董飛從未聽過這種飛禽，所以大吃一驚問道。

「沒錯！蜂鸚鵡就是體型像蜜蜂一樣小的鸚鵡。牠的記憶力很強，可以記住一百多個字，而且不易被人察覺。我聽說紂王在位時就曾秘密飼養、訓練過百隻蜂鸚鵡，派牠們去打探臣子和妃子的動靜，藉以掌握臣子和妃子的忠誠。後來被妲己知道了，就施法將這些蜂鸚鵡變成了啞吧！」瑾璜解釋道。

「那，紂王要是知道了，豈不勃然大怒，將妲己活活燒死嗎？」董飛問道。

「不可能！」瑾璜回答的語氣十分果斷。

「為什麼？」董飛閃了一下目光。

「因為，妲己是千年狐狸的化身，她暗中施展法術，紂王怎會知道呢？只要她隨便撒個嬌，扯個謊，紂王就深信不疑了！」瑾璜笑答道。

「原來如此！那，瑾璜姑娘！蜂鸚鵡在哪？能讓我見識見識嗎？」董飛好奇地問道。

「當然可以！董大哥！」瑾璜說完，就從髮簪上拿出一個東西放在左手手心上給董飛過目。

董飛定睛一看，這隻白色的鸚鵡體型果然小的像常見的蜜蜂一般。於是便讚嘆道：「瑾璜姑娘！這是我生平第一次見到的最小鸚鵡！真是不可思議啊！不曉得這種蜂鸚鵡，妳是怎麼弄到手的？」

「說來也奇怪！我養白鸚鵡養了十年，牠們的體型都有一尺之高，而牠們生下來的鸚鵡長大了也都有一尺多高。可是，就在今年三月，這對白鸚鵡卻生下了一隻像蜜蜂般的小鸚鵡，直到現在還是長不大。本來我想，這隻鸚鵡既然體型這麼小，大概也不會學人說話了。沒想到，牠比大型鸚鵡更會學人說話，而且能說到一百多字，真是神奇啊！於是我靈機一動，就訓練牠去燕宮打探消息，把聽來的消息一字不漏地轉述給我聽！」瑾璜回答道。

「哦？真有這麼神奇？」董飛睜大了眼睛問道。

「那當然啦！董大哥若是不相信的話，我現在就可以試給你看看！」瑾璜微微一笑道。

「如何個試法？」董飛隨即問道。

「唸一小段《詩經》中的第一首詩〈關雎〉！」瑾璜揚著雙眉說道。

還沒等董飛開口，瑾璜就對著左手手心上的蜂鸚鵡說：「關關雎鳩，在河之洲；窈窕淑女，君子好逑。」

詩剛念完，蜂鸚鵡也立刻重複道：「關關雎鳩，在河之洲；窈窕淑女，君子好逑。」口齒之清晰，幾乎不亞於瑾璜。

聽了這首情詩，董飛耳邊似乎聽見了兩隻水鳥在河中乾灘上相互合唱的婉轉叫聲，腦海裡更浮現了一對熱戀中的情侶：少女文靜賢淑，少男高貴優雅，真是天生的一對佳偶啊！

看著董飛的入神表情，瑾璜心裡頭就明白：這首詩對任何少男少女來說，都是十分嚮往的情境。她自己如此，董大哥也應該如此。

就在瑾璜心有所思時，蜂鸚鵡突然從瑾璜左手手心飛到董飛右手手心上，不停地叫著：「窈窕淑女，君子好逑。」叫完，又飛回瑾璜的左手手心。

董飛一下子愣住了，瑾璜則一臉難為情的樣子。

於是，她緊接著又對蜂鸚鵡下達指令道：「〈桃夭〉、〈蒹葭〉、〈伐木〉三首詩各唸一小段！」

蜂鸚鵡接獲瑾璜指令之後，隨即又唸道：

「桃之夭夭，灼灼其華；之子于歸，宜其室家。」

「蒹葭蒼蒼，白露為霜；所謂伊人，在水一方。」

「伐木丁丁，鳥鳴嚶嚶；出自幽谷，遷於喬木。」

董飛一聽之下，禁不住嘖嘖稱奇道：「真沒想到，這隻小小的蜂鸚鵡竟能如此流利地背誦《詩經》中的四首名詩。真是叫人難以置信啊！」

「這就是牠聰慧過人的地方！要不然我也不會訓練牠去打探燕宮的消息啊！」瑾璜得意地說道。

「可是……」董飛停頓了一下。

「可是什麼？董大哥有話儘管說就是了！」瑾璜笑著問道。

「可是！萬一燕王知道此事之後，故意放出假消息讓蜂鸚鵡帶回給妳。那，我們不是上了燕王的大當了嗎？」董飛急著問道。

「絕無可能！」瑾璜仍然帶著果斷的語氣回答。

「瑾璜姑娘就這麼有把握？」董飛笑了一笑。

「那當然！燕王根本不知道有蜂鸚鵡這種慧鳥！在燕王眼裡，鸚鵡至少都有手掌般大的體型，哪會小得跟蜜蜂一樣！因此，以蜂鸚鵡的體型，是絕對不會引起燕王注意的！不瞞你說，近日以來，燕王在寢宮與人商談大事時，都會先派人檢查四周的環境，特別是有無鸚鵡的出沒。所幸，蜂鸚鵡體型小又機靈，就成了『漏網之魚』啦！」瑾璜也笑著解釋道。

「對了！瑾璜姑娘！蜂鸚鵡要是進入燕宮之後，不返回白鷹莊覆命時，妳該怎麼辦？」董飛又想到一個重要的問題，於是開口問道。

「這個嘛，就請董大哥放一百個心好了！」瑾璜又笑了一笑。

「為什麼？」董飛也愣了一下。

「因為，蜂鸚鵡是隨我騎馬到燕宮之外的樹林守候的！我放牠飛入燕宮差不多一個時辰之後，就會以一種特殊哨音命令牠返回樹林，再隨我返回白鷹莊！」瑾璜解釋道。

「特殊哨音？」董飛問道。

「對！就是用嘴唇發出一種細微得只有蜂鸚鵡能聽得到的聲音！」瑾璜說完後便噘了一下嘴唇，而蜂鸚鵡立即從她的手掌心上飛到她的鼻樑上站立不動。

「這……」董飛見狀大吃一驚。

「這是我嘴唇發出的特殊哨音，意思是『飛到鼻樑上！』，不知董大哥剛才可曾聽見這哨音？」瑾璜笑問道。

「完全聽不到半點哨音！」董飛神情嚴肅地說道。

「好！我再吹一次哨音！」瑾璜講完後又噘了一下嘴唇，而蜂鸚鵡馬上從她的鼻樑飛到她的手掌心上站立不動。

「太神奇了！這蜂鸚鵡竟能聽到如此細微的哨音！而我人近在咫尺，卻完全聽不到！簡直令人不敢置信！」董飛邊說邊讚嘆道。

「所以啦！我一點都不擔心牠會一去不回呢！」瑾璜又笑了一下。

7・探聽消息

「嗯！的確令人放心！那，蜂鸚鵡最近有探聽到什麼重大消息嗎？」董飛緊接著問道。

「當然有啦！根據蜂鸚鵡的轉述，五天前有一位張姓術士進宮謁見燕王，他告訴燕王：『百隻雪蚌中必有一隻是蚌后，若是能在月圓之夜，將黯然無光的明月珠投入蚌后甲殼內，使牠開殼孕育一個時辰再取出來，那麼，明月珠必可如月亮般的光芒四射了。』」瑾璜回答道。

「雪蚌中真有蚌后嗎？」董飛問道。

「當然有！鷹有鷹王，蜂有蜂后，所有動物都有主子，雪蚌也不例外。」瑾璜回答道。

「那，如何知道誰是蚌后，誰又不是蚌后呢？」董飛又問。

「術士也將辨別蚌后的秘訣稟告了燕王喜。」瑾璜答道。

「是什麼秘訣？」董飛急著問道。

「彈瑟！」瑾璜用力吐出「彈瑟」兩字。

「我知道了，是彈三十六弦的伏羲瑟，對不對？」董飛自以為是地說道。

「這也是訛傳！」瑾璜搖搖頭說道。

「又是訛傳？」董飛眼睛一亮。

「嗯！雪蚌是母的，需要用雌瑟才能打開殼甲。伏羲瑟乃是雄瑟，蚌后自然不會有感應。何況，伏羲瑟早已失傳，燕王手中怎會有伏羲瑟呢？」瑾璜解釋道。

「不彈伏羲瑟，那該彈什麼瑟呢？」董飛又問。

「彈女媧瑟！」瑾璜答道。

「什麼是女媧瑟？」董飛好奇地問道。

「就是伏羲賢妻女媧所製造的錦瑟。此瑟有五十張弦，音色婉柔，不像伏羲瑟那麼雄勁，所以能使蚌后開殼起舞。」瑾璜解釋道。

「如果其它雪蚌也開殼起舞，豈不難分真假蚌后了嗎？」董飛忽又問道。

「絕無可能！因為女媧是古代神女中的帝王，人面蛇身，一日中有七十變，所以她製造的錦瑟也是一種神妙的帝瑟，其音律只有雪蚌中的王后，才能通曉。一般雪蚌離此境界尚遠，怎能開殼起舞？」瑾璜又加以解釋。

董飛聽了，頻頻點頭。稍後，他又問道：「那，誰人會彈女媧瑟？」

「燕王喜的寵妾柳絮飛。」瑾璜笑了一笑。

「柳絮飛？不是嬋娟嗎？」董飛一陣錯愕。

「嬋娟早已失寵！如今最獲燕王喜寵愛的乃是今年十月才剛剛進宮的傾城美女柳絮飛。」瑾璜依舊莞爾說道。

「想不到燕宮的變化也如此迅速！」董飛嘆息道。

「若非我派蜂鸚鵡前去偵查燕宮情況，我也難知燕王身邊瑣事。宮廷人事之所以會以訛傳訛，大都起因於情報失靈。我所掌握的乃是最新情報，所以董大哥儘管放心便是！」瑾璜娓娓說道。

「我還有一問題想請教莊主。」董飛答謝之後又問。

「什麼事？董大哥不妨直言！」瑾璜嘴角泛起了一絲笑意。

「聽說明月池既深且廣，蚌甲又鋒利如斧鐵一般，那麼，誰人敢將明月珠放入蚌后的甲殼中？」董飛心中仍有一團疑問。

「這……」瑾璜神秘地笑了笑說道：「這恐怕就是咸陽要密令董大哥前來敝莊的原因。」

「此話怎說？」董飛如墜五里霧中。

「董大哥可能萬萬想不到，燕王是利用白鶴銜珠入池的！」瑾璜回答道。

「白鶴也能銜珠？」董飛又是一驚。

「當然能！從前齊桓公稱霸中原時，衛國的君主懿公就曾飼養千隻白鶴，這些白鶴不但會聞歌起舞，而且還會嘴銜珠玉，傳遞給懿公的寵妾。不過，由於懿公喜歡養鶴，不理國事，漸失民心，最後終於亡國了。」瑾璜回答道。

「那，燕王是用何種方法訓練白鶴銜珠的？」董飛聽了之後，趕緊問道。

「據蜂鸚鵡供給我的情報，燕王寵妾柳絮飛一面彈瑟，一面高唱〈白鶴吟〉，白鶴自會明白歌意，起而銜珠。」瑾璜回答道。

「有這麼玄嗎？」董飛面露疑色。

「據蜂鸚鵡表示，牠親眼見到柳絮飛在玉兔亭彈瑟，而白鶴則在亭外展翅起舞。等瑟聲一停止，白鶴便會飛到柳絮飛身前，馴服得就像獵鷹一般。」瑾璜趕緊回答道。

「這麼說來，白鶴只聽命於柳絮飛一人囉？」董飛又問道。

「的確如此！就連燕王喜也指揮不動白鶴。所以，要取明月珠，就得在白鶴身上動腦筋！」瑾璜說完，又端杯飲了一口酒。

8‧白鷹靈兒

「可是，白鶴只受燕王寵妾柳絮飛的指揮，那，我們要如何在牠身上動腦筋呢？」董飛說完，也飲了一口酒。

「那就得看靈兒的本事了。」瑾璜揚起雙眉說道。

「誰是靈兒？」董飛睜大眼睛問道。

「就是敝莊的傳家之寶白鷹！」瑾璜說完，接著就擊掌道：「靈兒，桌前待命！」

董飛正在注視瑾璜的舉動時，突聞一聲怪叫，一隻羽白似雪的二尺獵鷹從正門飛了進來，停在桌案之前，收翅不動。

「這就是靈兒，我們白鷹莊的通靈神鷹！」瑾璜一面指著桌前的白鷹，一面告訴董飛。

董飛本身也訓練過獵鷹，但他所訓練的都是羽毛褐黯的蒼鷹，從未見過如此瑩白似雪的獵鷹，心中十分好奇，便問瑾璜道：「瑾璜姑娘！恕我孤陋寡聞，百禽當中一向以鷹最為兇猛，但鷹身從未有白色的，而這隻獵鷹……」

「不錯！董大哥！在一般人的眼裡，鷹身是無白色的。然而，鷹身並非真無白色，只是一般人不容易見到罷了。敝莊這隻白鷹是先父在白鶴峰所捕獲的獵鷹，牠與白猿、白鹿、白牛一樣，都是難得一見的珍禽異獸。經過十年的訓練，牠早已通曉人意，宛若神鷹了。」瑾璜解釋道。

「據說鷹以蒼色最為兇猛，靈兒周身雪白，性必溫和，如何能降伏白鶴？」董飛又提出了一個問題。

「董大哥可曾訓練過飛鷹？」瑾璜問道。

「只訓練過黑鷹一隻罷了。」董飛回答道。

「難怪董大哥會有這種看法。要知，在所有飛鷹中，最兇殘暴虐的就是白鷹。牠的羽毛雖然雪白，但牠的性情則十分陰毒；而白鶴卻相反，羽毛越雪白，性情就越溫柔。先父在白鶴峰上，曾親眼見到靈兒連續擊斃十隻白鶴。所以，白鶴豈是靈兒的對手？」瑾璜解釋道。

「那，依瑾璜姑娘之計，我應該如何潛入燕宮呢？」董飛問道。

「潛入燕宮並不難，通往薊城的關符和混入燕宮的信符，我都替你準備好了。難的是靈兒會不會聽命於你。如果五天之內你能指揮得了靈兒，那，月圓之夜你就可以放鷹取珠了！」瑾璜回答道。

「莊主是說我要在此居住五天？」董飛心頭一驚。

「當然！在這五天之內，我要讓靈兒把你當成主人，一切聽命於你。等你和靈兒處熟後，你就可以潛入燕宮了。」瑾璜答道。

「在此長住五天，會不會打攪……」董飛問道。

「噢！這個請董大哥放心好了，這裏門深人靜，十分安全；再說，我也會天天來此協助你的。」瑾璜莞爾一笑道。

「難道莊主不在此地過夜？」董飛驚訝地問道。

「我家離此尚有一里路程，這裏只是鷹園，家人未經我許可，都不得擅入。所以，訓練靈兒盜珠一事，只有你我二人知曉，別人是不會前來干擾的。」瑾璜妮妮解釋道。

這番話終於消除了董飛心中的疑忌，於是他笑著說：「那就偏勞莊主了。」

「不敢！不敢！這一切都是咸陽方面的安排！」瑾璜又露出神秘的笑容。

董飛一聽，自然明白其中的意思，於是說道：「那，瑾璜姑娘！明天起我就開始訓練靈兒囉！」。

「好的！董大哥！」瑾璜點了點頭。

9・染色障眼

董飛身上還有琉璃珠數枚，他便運用這些琉璃珠來訓練白鷹靈兒。起初，靈兒任憑董飛如何指揮，都不聽從命令。讓董飛十分懊惱。瑾璜則站在一旁觀看，不出手相助，目的是希望靈兒能主動把董飛當成主人。

「用和氏璧試試看如何？」董飛靈機一動，便取出和氏璧用嘴對孔一吹，靈兒馬上就變得溫順服從了。要牠去銜琉璃珠，牠就立刻去銜，一點也不敢怠慢。所以不到五天的時間，靈兒已能完全聽從董飛的指令了。董飛見了很高興，瑾璜也十分欣喜。

月圓前夕，瑾璜對董飛說道：「我要把白鷹染成黑鷹！」

「為什麼要染黑呢？」董飛大惑不解。

「道理很簡單！在燕國，只有白鷹莊中才有白鷹，燕宮警衛若是見到白鷹，必會查到白鷹莊來，那我豈不是死路一條？再說，靈兒染成黑色後，不就我暗敵明，佔盡上風了嗎？」瑾璜解釋道。

「說得極有道理。」董飛連連點頭。

「所以我要將靈兒染成黑色，才能逃過燕王的耳目！」瑾璜又說道。

「白羽毛如何可以染成黑色？」董飛從未聽過此說，因此又問道。

「當然可以！我有最好的顏料，不須片刻就可變白為黑。等靈兒飛回莊中，我再用藥水將黑色褪去，牠的羽毛又可潔白如雪了。」瑾璜用信心十足的語氣回答道。

「瑾璜姑娘此計甚妙，明晚我一定可以伏鶴得珠了。只不過⋯⋯」董飛欲言又止。

「只不過什麼？董大哥請明講便是！」瑾璜笑問道。

「只不過為了預防萬一，瑾璜姑娘最好明天傍晚前就撤離白鷹莊！我想，這也應該是咸陽方面的意思吧！」董飛也笑著解釋道。事實上，李斯並沒有下達過這樣的指令，這只是他擔心瑾璜安危所提的個人建議罷了。

聽了董飛的解釋之後，瑾璜笑著點了點頭；欣慰之情，不言而喻。當然，她心裡明白，白鶴身上可能有劇毒，萬一靈兒恢復潔白之色，她勢必難逃燕王手下之追緝。

10・雪蚌開甲

次日傍晚，瑾璜含情脈脈地對著董飛說：「董大哥！我們後會有期！別忘了可愛的蜂鸚鵡喔！」其實，她心裡頭真正要講的是：「別忘了可愛的瑾璜喔！」只是，像這樣露骨的話，她卻難以啟齒罷了。

董飛一聽，也隨口說道：「後會有期！」而他是自然不會懂得瑾璜的言外之意的。

董飛備妥乾糧，攜帶靈兒，持通行證進入薊城。此時離月圓尚有一個時辰，足夠他潛入燕宮的了。

董飛冒充燕國鷹師，混入燕宮。他已將素衣白裳換下，穿上了瑾璜為他準備的黑衣墨裳，好在夜裡秘密行動。

燕宮燈火朦朧，但只要月懸中天，清輝皓皓，燕宮的景緻依舊歷歷可見。

天未下雪，風也轉弱，冬月恰似秋月一般渾圓皎潔。

玉兔亭內已經飄出清柔婉約的音樂聲，那是燕王寵妾柳絮飛正用玉指在輕撫瑟弦。

玉兔亭離明月池還有二十步，白鶴將在此二十步之內翩然起舞，銜珠入池。

柳絮飛在彈瑟高歌時，身旁有三名武藝高強的女侍衛在保護著她。這三名女侍衛原先是護守明月軒的，只因今夜要將明月軒中所藏置的盛珠銀匣取來玉兔亭，所以她們便被燕王調到玉兔亭四周擔任警戒工作。

玉兔亭左側是虎嘯亭，右側是飛龍亭。燕王坐在飛龍亭觀舞，王后則坐在虎嘯亭中。二人身旁各有四名貼身侍衛。其餘人等則奉命不得在場，因此，今夜明月池前總共只有十四人。

董飛早已從瑾璜那獲得東宮附近的詳盡地圖，於是便避開警哨，按圖來到東宮附近。

明月軒距明月池只有十步之近，軒下則有長青樹一棵。董飛將黑寶馬栓好，便縱身一躍到明月軒上察看地形。這時，靈兒也由馬背上飛到董飛身邊。

由於靈兒已染成黑色，董飛也換上黑衣黑裳，因此藏匿在屋簷上，不容易被燕宮守衛發覺。

柳絮飛身穿狐皮白裘，雪貌玉膚，婷婷孃孃，柳眉鳳眼，風姿過人。董飛雖然人在屋簷上，但是他的眼力極佳，看柳絮飛彷彿就近在身邊一般。當他看清柳絮飛的神貌時，不禁使他想起了紅梅村的琨瑤來。

正當董飛有點魂不守舍時，一陣柔和的瑟聲把他拉回了現實。原來是柳絮飛在彈奏女媧錦瑟。瑟聲，剛開始時如乳燕呢喃，接著像是鳳鳴高崗，一會兒又如泣如訴，忽高忽低，宛如林蟬悲鳴，山猿哀啼；又像落英繽紛，流螢飛舞。彈到月圓中天時，突然一隻三尺餘長的丹頂白鶴飛到了玉兔亭前。

　　董飛見狀，為了怕靈兒發出狂鳴，便輕聲對靈兒說：「靈兒，沒有我的命令，不許亂動！」靈兒似乎能解人語，果然低伏不動。

　　白鶴亭亭玉立，神儀清曠，霜毛雪羽，與月爭輝，不愧是人間仙禽。只見牠一面伸長細頸，一面展開玉翅，準備翩然起舞。開始時步趨有節，姿態輕盈；片刻之後，忽而蹁躚，忽而徐緩，有嫦娥一般的婀娜，更有西施一般的矜持。迴旋曲折，動人心弦；千姿萬態，難以形容。

　　柳絮飛見白鶴已經翩然起舞，便轉調彈唱〈白鶴吟〉道：

　　　　皎皎白鶴兮

　　　　聲震九天，

　　　　彩雲燦爛兮

　　　　月照花間。

　　　　明珠在匣兮

　　　　蒙塵多年；

　　　　一朝入池兮

　　　　光必重現。

　　這時池中也傳出潑刺的響聲，原來，百隻雪蚌中有一隻已受瑟聲感應，也在池中開甲起舞。

　　董飛居高臨下，明月池中的一動一靜都在他的視野之內。他聽到池中發出響聲，便放眼望去。只見水池中央有隻一尺餘長的雪蚌正對著明月開甲仰照，蚌甲映月，光澤瑩瑩，不愧是蚌中的王后。

　　瞻望片刻後，董飛於是暗想道：「白鶴銜珠入殼，要到半夜才能發光，若再苦等一個時辰，事情恐怕會產生變化。再說，明珠泛光時，我與靈兒在屋簷上便會無所遁形。何況，即使拿

到發光的明月珠，射擊翠鳳又將成一大問題！如此看來，只有在白鶴還未將明月珠銜入蚌殼前動手了。」

董飛正在思索對策時，玉兔亭內又傳來燕王寵妾柳絮飛的歌聲瑟韻：

　　　　鶴兮鶴兮聽我言，起舞銜珠影翩翩。

　　　　蚌兮蚌兮開玉甲，對月孕珠水漣漣。

白鶴聽到歌聲，立即翱翔於空，準備飛到玉兔亭前將銀匣中的明月珠銜出，再投入雪蚌的甲殼之中。

盛珠銀匣長二尺，寬一尺，匣面雕有雙鳳，匣底則墊上丹帛。匣中並無機關，因此任何人只要能將銀匣打開，就可得到明月珠。

11・鷹鶴相搏

柳絮飛在彈瑟之前，已經下令護從將銀匣打開並放置在玉兔亭前的石桌中央。石桌高一尺半，造形清雅，桌面可容納四個銀匣。它與玉兔亭僅僅隔了八步。

正當白鶴要飛到石桌之前的一剎那，天空突然飄下雪來。那雪，一會兒如飛絮、如散花，一會兒如玉線、如銀沙，一會兒又如蝶粉、如鵝毛。董飛見狀，立即對靈兒下令道：「靈兒，擊鶴奪珠！」

於是，從明月軒的屋簷上閃出一個黑影，快若流星般的朝石桌撲下。

鷹的速度比鶴要快了許多。白鶴冷不防被靈兒一擊，隨即仆倒於地。靈兒趁機以嘴銜珠，盤旋而上，將明月珠放入董飛手中。董飛得到明月珠後，立刻跳下屋簷，跨上馬背……。

由於靈兒突然由空而下，再加上鷹暗鶴明，使得燕王等十五人都措手不及，靜然無聲。

　　白鶴見明月珠被黑鷹奪去，立即翻身向明月軒冲去。這時，靈兒兇性大發，對鶴狂鳴。一時聲震宮廷，眾人皆驚。

　　若照瑾璜的說法，白鶴自不是白鷹對手。然而，燕王喜所養的這隻白鶴，丹頂內含有劇毒，倘若遭到鷹咬，鷹也會同歸於盡。鶴鷹相搏，鶴處下風。片刻之後，鶴身便被鷹琢得傷痕纍纍，羽毛四飄。

　　鶴從空中落下，白羽紅血，慘不忍睹。柳絮飛見狀，驚得花容失色，燕王喜也面露驚悚之情。

　　不到一會兒，靈兒也落於地面，羽毛的顏色由黑轉白。原來，靈兒身中丹頂劇毒，黑色頓時褪去，又恢復了先前的雪白色。

　　「白鷹莊！」燕王喜終於下達了搜捕令。

第八章
詭譎的山峰

1・流螢飛逝

董飛奪取明月珠之後，以為神鷹靈兒會直接飛回白鷹莊，於是躍馬出城，向齊國的百鳥山馳去。

齊國南有泰山，東有琅琊，西有清河，北有渤海，地方二千餘里，是個四塞之國。百鳥山便在琅琊山的西面，高達萬丈，遍佈山精。

相傳齊桓公在位時，曾在百鳥山麓發現一隻鹿身牛尾，五趾一角的吉獸麒麟；齊莊公出獵時，則有一隻巨大如象的金色螳螂，從林間躍出，並用前腳將皇車的車輪鋸斷；齊威王聽了良臣鄒忌的建言，廣納諍諫之後，也曾在百鳥山附近捕獲白虎一隻。所以，在齊人的眼中，百鳥山一直是個神秘而又令人心驚膽寒的峻峰。

董飛出了燕境，經過濟水、臨淄，一個時辰之後，終於到了百鳥山麓。本來董飛從李斯那獲得的情報顯示：由於百鳥山高聳入雲，而且齊王深信無人能傷害得了神聖的鳳凰，所以山麓四週一直都未派兵巡守。如此一來，董飛自可直奔山頭，張弓射鳳了。

然而，事情往往出人意料之外。當齊國潛伏在秦國上林獵苑擔任馴禽師的密探，發現李斯正在秘密訓練董飛以琉璃珠射殺大紫鷹時，覺得事有蹊蹺，便暗中將此一情報託人告訴了齊王軍師姜遠韜，姜遠韜則將此事秘密稟告齊王。誰知齊王不以為意，認為這只是一種獵鷹的訓練，無須大驚小怪。

但姜遠韜卻直覺認為，這可能是射殺翠鳳的一種模擬訓練。一旦訓練成功，翠鳳就岌岌可危；翠鳳身亡，齊國的國運也將隨之衰微。因此，為了齊國的命運，他只好瞞著齊王，派出一位外號叫「孟流螢」的刀手秘密跟監董飛的行蹤，並且隨時向他彙報。

　　孟流螢從董飛一出函谷關就暗地尾隨在他身後，而董飛卻一直未察覺出來，他還以為是白梅仙子在暗中跟蹤他呢。從紅梅村、黑松鄉、祭劍樓到彈鴉小築，孟流螢接收的都是「只可『旁觀』，不可『介入』。」的指示。直到董飛奪走黑寶馬與明月珠的消息相繼傳到姜遠韜的耳裡之後，姜遠韜才發覺事態嚴重，於是立即下令孟流螢快馬加鞭前去阻止董飛奔上百鳥山頭，必要時可將董飛殺死。這樣，一方面可拿回被燕國奪去的明月珠，一方面也可護住聖鳥翠鳳的性命，可說是一舉兩得的好事。

　　孟流螢一接獲指示，隨即騎上齊國千里馬「紫雷霆」趕往百鳥山麓⋯⋯

　　董飛到達百鳥山麓時，發現四周並無齊軍看守，心想：「軍師給我的情報無誤，此地確實沒有齊軍鎮守。那我可以馬上飛越山頭，尋找翠鳳了！」

　　正當董飛高興萬分之際，忽然間，一位手持大刀的壯漢從馬背上跳下來，對他高喊道：「董飛！快將明月珠交出來！否則休怪我刀出頭落！」

　　董飛仔細一看，那壯漢滿臉鬍鬚，眼如銅鈴，身長八尺有餘，看上去約有四十歲左右的樣子。他手上拿的三尺大刀雪亮無比，寒光四射，但刀身卻薄如蟬翼，這樣的大刀確實罕見。

　　「你是⋯⋯」董飛見狀，吃驚地問道。

　　「我乃是人稱齊國第一刀手的『孟流螢』！」孟流螢傲然回答道。

　　「好！孟壯士，你是如何知道我的姓名，又是如何知道我身上攜帶明月珠的？」董飛神情鎮定地問道。其實，他在秦國從未聽聞過齊國第一刀手『孟流螢』這三個字，而李斯也未曾告訴過他有這號人物存在。

「告訴你也無妨！這明月珠本是我們齊國的國寶，是燕昭王那暴君用武力洗劫齊都後把它強行奪走的！我們齊國潛伏在你們秦國的密探，發現李斯正在秘密訓練你用珠子射擊紫鷹時，就已將此一消息轉告給我們的姜軍師！現在，我就代表我們齊王向你要回我們齊國的國寶！你答應也好！不答應也好！反正明月珠一定要回到我的手上就是了！」孟流螢態度蠻橫地解釋道。

「原來是馴禽師周御鵰那叛賊洩漏的機密！回去我非得呈報李軍師將他碎屍萬段不可！」董飛一聽，恍然大悟，於是咬牙切齒說道。

「碎屍萬段？哼！你已經沒這個機會了！」孟流螢說道。

「為什麼？」董飛不以為然地說道。

「因為，他在你出關第二天就接獲密令服毒自盡了！哪還會乖乖等你們來將他治罪！」孟流螢則露齒譏笑道。

董飛一聽，臉上遂露出遺憾之色。

孟流螢見狀，於是呵呵大笑說：「我們姜軍師早已料到李斯會派你用明月珠去射殺我們齊國的聖鳥翠鳳，所以特別調派我孟流螢來阻止你的魯莽行動！你大概還不知道吧？你一出函谷關，我就尾隨在你後頭！所以，你的一舉一動全在我的掌控中！」

董飛一聽之下，心中震驚不已。隨後強顏笑說道：「孟壯士，我想你應該知道，這枚明月珠在燕國已黯然無光多年，即便你拿回齊國，充其量也是廢物一件！不如交由我來保管，說不定我還可讓它重現光明，成為天下至寶呢！到時再交還你們齊國也不遲！你說是不是？」

孟流螢一聽，勃然大怒道：「好一個狡詐的董飛！別以為我不知道你玩的陰謀詭計！我們姜軍師早已買通燕國的術士，從

他那裏得知明月珠唯有吸收鳳血才會再度發光，而鳳血被吸光之後，翠鳳自然性命難保。這樣一來，你們秦王既可獲得明月珠這件天下至寶，使燕國逐漸衰亡，又可藉機重挫我們齊國的國力！我說得對不對？」

董飛聽了之後，簡直啞口無言。

「怎麼樣？無話可說了吧？現在，你只要將明月珠乖乖交還給我，我可以饒你一命！否則我的『流螢滿刀』一使，你就死無葬身之地了！」孟流螢則仰頭狂笑道。因為，他心裡明白：沒有了明月珠，董飛即使登上了百鳥山頭，尋找到翠鳳，也傷不了翠鳳半根羽毛。

「大膽狂徒，竟敢口出狂言！不讓你嚐嚐太阿寶劍的厲害，你是不知道天高地厚的！」董飛說完，即刻下馬，從背上取出三尺太阿劍來。

「太阿寶劍？想必又是你從韓王手上搶奪過來的兵器吧？正好，我又可以乘機增加一項戰利品來孝敬我們齊王了！」孟流螢依舊手持大刀狂笑道。

「哼！那就要看我手上這把寶劍同不同意了！」董飛一說完話，便擺出準備決戰的姿勢。

孟流螢見狀，立刻將「流螢刀」往左右揮了幾下。剎那間，山麓頓時變得陰暗起來，此時有幾隻流螢正繞著刀邊飛舞，慢慢地流螢愈聚愈多，總數不下百隻。牠們散發的強烈光芒，讓董飛雙眼無法張開來，他即使手握太阿寶劍，也發揮不了作用。

「哈！哈！你知道『流螢滿刀』的厲害了吧！現在不過百隻流螢就讓你張不開眼睛。要是流螢數目達到千隻的時候，你的雙目馬上就要失明了！而被這種螢光照射雙目的人，是無解藥可治癒的！」孟流螢得意洋洋地說道。

董飛一聽之下，著實恐慌不已。他心中暗想：「沒想到流螢刀法這麼詭異，明明是寒冬，卻出現盛夏的流螢。真是令人不

解！」，而且連太阿劍、和氏璧與白玉琥都破解不了它！萬一我雙眼真的被照瞎了，那要如何去完成軍師交代的任務呢？」想到這，他忽然靈機一動，從懷中拿出黯然無光的明月珠來，試試看它能否破解流螢刀法。

說也奇怪，當董飛將明月珠緊緊握在手中之後，百餘隻流螢立刻消失無蹤，山麓也恢復成原來的明朗之色。

孟流螢見此情景，簡直大吃一驚。心想：「糟糕！我的『流螢滿刀』竟然被董飛給破解了。沒有了『流螢滿刀』，我的大刀豈是太阿寶劍的對手？制伏不了董飛，就拿不回明月珠，更保護不了聖鳥翠鳳！就算董飛能饒我一命，我還有何面目回齊國去見姜軍師呢？」想罷，便用力將流螢刀一掰為二，當著董飛的面用刀鋒割頸自盡了。

董飛被這突如其來的動作給嚇住了，一時間竟說不出話來。稍後才警覺到山麓非久留之地，若是再生事端就大事不妙了。於是，他顧不得孟流螢鮮血汨汨的屍體，立刻上馬，準備飛登山頭。因為，他心裡明白：只要能登上百鳥山，武功再高強的人也拿他莫可奈何了。

2・別有洞天

雲封煙鎖，山形朦朧。董飛一聲「上！」黑寶馬便衝破雲層，向山中直奔而去。

一轉入半山腰，董飛的眼睛頓時閃現出驚喜的光芒。原來，百鳥山自從翠鳳降臨以後，便四季如春，鳥語花香，即使是在十二月的寒冬裏，百鳥山中也是另一番世界。齊都臨淄雖然寒冷逼人，可是，離臨淄只有三十里之近的百鳥山卻暖和得恰似三月的春天。

董飛勒馬停在一棵結滿珠玉的大樹下，準備瀏覽四周景緻。

正當他翻身下馬時，忽然聽到背後傳來「吱！吱！吱！」的怪叫聲。他轉頭一看，幾隻人面猴身的藍色小怪物，正在對面的一棵大樹上張牙裂嘴，亂蹦亂跳。他不理會這些身長半尺的小猴，依舊牽馬而行。

十步之外，有一顆靈芝，像岩石一樣大，董飛正想往前看個仔細，從靈芝背後，忽然鑽出全身雪白，碧眼狡黠的十隻九尾狐來；相傳九尾狐九條尾巴一擺動，就會散發出一種薰人的臭氣，讓人聞了會立刻昏厥過去。因此董飛見狀，立即將太阿劍拔出。九尾狐群一看劍光閃爍，於是長叫一聲，向四處竄逃而去。

這時，他突然想起剛才在山麓與孟流螢對峙的情形。令他覺得奇怪的是：為何九尾狐一看到太阿劍的劍光，就急忙逃走，而孟流螢面對太阿劍的劍光卻毫無畏懼之色？太阿劍能削斷百支鐵劍，為何卻抵擋不住流螢刀的攻勢，難道流螢刀也是失傳已久的寶刀不成？在他出關前，李斯並未向他提及流螢刀一事。等他返回咸陽之後，一定要當面將此事問個一清二楚。

當董飛正想著此事時，黑寶馬卻奔跑到靈芝下低頭嚼食。董飛回神一看，原來靈芝底下長了許多烏龍草，草生異香，難怪黑寶馬要上前嚼食了。

董飛身邊原有黑松瘦婆給他的三根烏龍草，相傳龍馬吃一根烏龍草，可跑十天路程。因此，董飛在三十天內乘馬返回咸陽，是絕無問題的。但，為了多存一些飼料，以防萬一，董飛還是低身摘了三根烏龍草，放入囊中。

又走了幾步，從竹林中突然閃出一隻長著雙頭、全身碧綠的大熊，此熊身長二丈，嘯聲震天。

董飛握劍凝視大碧熊的舉動，只見大碧熊舉起身旁的石塊，想要向董飛身上扔過來。董飛高叫一聲：「水龍吟，閃開！」之後，立刻執劍騰空，朝雙首大碧熊刺去。

　　雙首大碧熊見董飛向他迎面刺來，隨即將三尺之長的石塊朝董飛拋去。董飛調整劍法，順勢一劈，一聲巨響，石塊分成兩半，剛巧砸在雙首大碧熊的雙腳上，大碧熊哀叫數聲後，便忍痛逃逸。

　　「奇怪？這百鳥山怎麼只見走獸，不見飛禽？」雙首大碧熊逃入竹林後，董飛心中起了一陣疑慮。

　　「或許，再往前走幾步，就可看見青鳥和朱雀了。」董飛想了一想，又牽馬漫步於山間。

　　百鳥山峰巒起伏，氣象萬千；清泉冷冽，蒼翠宜人。左峰削壁千丈，崢嶸直上；右峰雙石直立，峻偉詭譎；中峰則萬桐參天，鬱鬱一色。

　　中峰是鳳鳥棲息之地，比左峰高出八千丈，比右峰高出六千丈，走獸行走於左右兩峰，飛禽則翱翔於中峰。董飛人在左峰，當然不易見到飛禽。

　　走著，走著，前面彷彿傳來一陣悅耳的水聲。董飛抬頭一看，一條百丈高的瀑布自天而下，美若白色的絲綢。飛瀑擊石，水花四濺，遠聽則水聲琮琮，近聽則水聲隆隆。

　　「好壯觀的飛瀑！」董飛停下腳步聆聽瀑布聲響之後，終於發出讚嘆之聲。

3．怪鳥羽丘

　　董飛看完飛瀑，又向左側松林前進。此時山風浩蕩，松濤迭起；蒼枝翠葉，綿延似屏。

　　置身在此一羣峰競秀、萬壑爭幽的仙境裏，董飛似乎早已忘卻他飛登百鳥山的目的，只顧隨興四眺，陶然山中了。

　　遠山染紅，近峰呈碧，就在董飛心曠神怡之際，從青翠的松濤裏，忽然衝出一隻黑頭白身的六腳天狗。此狗巨大如象，張牙豎尾，神態十分猙獰。

　　「獒獒！」董飛見到這隻六腳天狗從松林中閃出，於是驚嚇地喊出此一怪獸的名稱。

　　原來，在董飛出關盜寶之前，李斯曾經將《山海經》裏的一些山精海怪，繪影繪聲地說給他聽。在他的記憶中，這些精怪有人面猴身，羊眼馬尾的猩猩；有牛尾猴身頭長四耳的猙猙；有狀如羚羊，頭長四角，性喜食人的獶獶；有狀如赤豹，五尾一角的猙猙；有九尾九頭，狀如狐狸，爪似猛虎的彪彪；有狀如犀牛，無角一足的㹇㹇；還有就是狀如天狗，腹生六腳，青面獠牙的的獒獒。

　　根據李斯的說法，獒獒是一種惡獸，行動快若飛豹，一般馬匹是追不上牠的，只有黑寶馬才可避開牠的追逐。

　　李斯還告訴董飛：遇上獒獒，萬萬不可拔劍刺牠，因為獒獒刀劍不入，而且牙若精鋼，可以咬斷任何兵器，即使太阿劍也不例外。所以，對付獒獒的最好法子，就是騎黑寶馬凌空而去，獒獒便莫可奈何。

　　董飛本想拔劍，但想到李斯所叮嚀他的一番話，因此不敢輕舉妄動。片刻之後，他聽到獒獒吠聲兇猛，山谷皆震，便立即跨馬，向百鳥山的中峰飛馳而去。獒獒撲了個空，只得對凌空的黑寶馬狂吠不已。

　　登上百鳥山頂之後，董飛下馬振衣，心情極佳。俯看黃海海面，只見白茫茫的一片。

　　「萬丈高山，的確不凡！」董飛一生中從未登過如此高峻險拔的山峰，心中自然興起崇敬之感。

山風習習，雲天渺渺，董飛向蒼天長嘯一聲之後，山巔卻傳來一陣鳥啼聲，有的婉囀嘹亮，有的淒厲懾人，有的鳴聲如羊，有的尖叫似鼠。

董飛正在聆聽百鳥齊鳴時，在他身後的黑寶馬卻高舉前腳，狂鳴不已。

董飛轉身一看，一隻雙翼長達四丈的三頭怪鳥，正從空中向他撲來。他來不及張開大弓，便立即從背上取下太阿寶劍，縱身朝怪鳥頭部一揮……

怪鳥閃過，頭未受傷，但身上有一半的紅色羽毛都被劍鋒削到，飄落下來。

怪鳥飛去後，董飛才想起怪鳥的名字叫鷙鵬，牠的形狀像雞，三頭三翼，六腳六眼，是一種會食人的兇禽。

「還好沒用明月珠射牠，萬一射丟了，要如何再射翠鳳呢？」想到這，董飛便鬆了一口氣。為了預防鳳鳥突然出現，他從箭袋中把天牛弓取出，並將明月珠握於掌心，隨時準備發射。

百鳥山中峰除了鷙鵬這種兇禽之外，還有百來種奇形怪狀的凶鳥以及見所未見的珍禽。

這些飛禽平日最怕的就是鷙鵬，因為鷙鵬體大力猛，喜歡吃禽肉，眾鳥若有不順從的，牠馬上就把對方吃掉。然而，一旦鳳凰出現在山頭，則眾鳥都會朝拜鳳凰，不再順從鷙鵬，即便是鷙鵬，見了鳳凰也得俯首稱臣。

董飛手握強弓，正等待鳳鳥降臨時，忽然覺得饑腸轆轆，便從馬背上將行囊中的麥餅取出嚼食。

嚼了兩塊麥餅，董飛覺得口乾舌燥，想找點涼水喝喝。於是，他又起身去尋找山泉。

「既然左邊峰巒有飛瀑，這中間的山頭也應該有飛瀑或清泉才對。」董飛一面走著，一面回憶左峰的飛瀑壯觀。

　　大約走了五十步的路程，他竟然未聽到一點水聲，未見到一絲水影，心中不免有點沮喪。

　　「沒有水也罷，難道連解渴的果子也沒有不成？」董飛在口渴之下，只希望眼前能出現果實纍纍的樹林就好了。

　　就在他千盼萬盼之際，樹林的左邊突然閃爍不停，彷彿像有什麼珠寶美玉似的。董飛見狀，於是不顧一切，向閃亮處奔了過去。

　　原來，那是一株結滿黃橘的大樹。由於橘皮金黃，色澤鮮潤，在陽光照耀之下，自然閃閃發光，美若珠玉了。

　　樹高五丈，最低之處的黃橘離地也有二丈之高。董飛伸手觸摸不到橘子，便縱身躍上樹梢，順手摘下了兩枚又大又黃的橘子。

　　他剝開一枚橘子，只見橘子肉上水珠滾滾，心想這橘子一定香甜可口，正想剝下一片往嘴裏送去，突然間，一個念頭又從他腦海中閃現而過：「這橘子會不會有毒？若真有毒，吃下去豈不一命嗚呼，前功盡棄了嗎？」

　　這麼一想，他又把剛送到嘴邊的橘子放了下來。可是嘴唇愈來愈乾，他有點支撐不住了。眼看這麼甘甜的水果握在手中，卻又不敢嚼食，心裏真是焦急萬分。

　　坐著，坐著，他突然靈機一動，興奮得跳了起來。

　　「有了！水龍吟既然能辨別烏龍草，一定也能夠辨別有毒的水果。我不妨拿這橘子給牠嚐嚐，牠若敢嚐，便表示此橘無毒，那我就可以放膽吃個痛快了！」想完，他便把手中的一片橘子肉拿到水龍吟的鼻前。

　　水龍吟嗅了一嗅後，長鳴一聲，立刻伸出舌頭在橘子肉上添了一舔。董飛見了，欣喜若狂，便立即狼吞虎嚥地把兩枚橘子吃了個乾淨。吃完橘子之後，他已不再口渴，便坐在草地上

回想鳳韜室的那隻翠鳳模型。這時，天邊突然出現一片黑壓壓的東西，由遠而近。

「原來是鷩鵰又來尋仇了！」董飛看見為首的是三頭六腳的巨鳥，後面則跟著百來隻奇形怪狀的飛禽，便知道是怎麼一回事了。

「剛才被我削落半身的羽毛，算牠命大，現在竟敢召集眾鳥前來復仇，真是找死！」董飛一怒之下，又拔起太阿寶劍來。

劍剛出鞘，董飛便想起和氏璧的功效來。

「軍師曾經告訴我，和氏璧遇風則能發生美妙的樂聲，而百鳥若聽到此聲，必定高興得起身跳舞。我不妨將和氏璧取出來試試便知！」想罷，董飛便趕忙從懷中將和氏璧取出，對著順風方向而立。剎那間，從璧的圓孔中發出陣陣悠揚悅耳的天籟，似琴似瑟，若簫若笙，宛如天上仙樂一般。鷩鵰及其身後的百隻凶禽本來殺氣騰騰，眼泛紅光，但一聽到和氏璧發出的美妙樂聲後，卻立即收翅而下，在山峰上圍成一圈，翩然起舞。

董飛從未見過百鳥起舞的壯麗場面，今日初次目睹此一盛況，內心自然驚喜莫名。

「沒想到和氏璧竟有威震百鳥的神力！嗯，這天下第一璧真是名不虛傳啊！

董飛眼見和氏璧大顯神威，臉上不禁流出一股驚歎之情。

董飛手握和氏璧，迎風站立，鷩鵰則與百禽和樂起舞。遠遠望去，只見彩翼飛動，華麗無比。彷彿萬紫千紅，羣花爭艷；又彷彿霓裳羽衣，宮娥競秀。直看得他眼花撩亂，目不暇給。

突然之間，風停了下來，音樂聲也跟著消失了，鷩鵰及其它眾鳥立即停止舞蹈，又凌空向董飛齊衝過來。董飛放下和氏璧，立刻拔劍出鞘，迎戰百禽。

由於百鳥山峰的眾鳥都是一種動作敏捷，飛速疾快的山精，所以劍鋒不易刺中或砍中牠們身體，但，太阿劍乃是神鐵

淬鍊而成的一把寶劍，即便董飛騰空也無法刺中牠們，可是，劍光卻能將百鳥羽毛輕輕削下。

苦戰將近半個時辰，鷙鵰及百禽身上的羽毛幾乎完全飄落殆盡，牠們一看情形不妙，便分別向林中逃逸。

董飛並未乘勢追擊，他只是望著眼前這座由百鳥羽毛所堆成的「羽丘」發呆。羽丘高達二丈，繽紛綺麗，色彩鮮明，真是難得一見的景觀。

「可惜，這不是翠鳳的羽毛，否則大王就會有百面迎風飄揚的翠鳳旗了。」董飛望著羽丘，喃喃自語道。

4‧天雞雙墜

山嵐縹緲，月色漸暗；到了黃昏之時，仍未見著翠鳳影子，董飛心中暗想道：「鳳鳥會不會雲遊四海或到琅琊山去棲息了？」沉思片刻後又自語道：「軍師的情報會不會有誤，鳳為百鳥之王，牠不降於壁立萬丈的百鳥山頭，難道會自貶身價，落於低下的瑯琊山嶺不成？」

「不管如何，今夜總得在山頭上度過，等到明日白天，再伺機射鳳也不遲！」這麼一想後，董飛便牽黑寶馬到一棵梧桐樹下休息。

桐葉茂盛，芳草萋萋；躺在樹幹下，還不到半個時辰，董飛已經入睡。他真的是身心疲累了。

這回他做了一場美夢。

夢中，他回到了咸陽城。少年秦始皇大開盛宴為他慶功，並調升他為宮廷侍衛長。他除獲得賞酬黃金萬兩之外，還得到了一位貌賽西施的姬妾。從此他便沉溺於酒色笙歌中，不再勤練武藝。

舞扇歌衫，釵光鬢影。他的夢境就像春花一般的瑰麗，使他沉睡到次日中午方才甦醒過來。

陽光由葉隙間穿射而下，照映在董飛的臉頰上。他揉了揉眼睛，打了個呵欠之後，便毅然起身。這時，在他身旁臥守多時的黑寶馬，也伸長脖子鳴叫了一聲。

山頭白雲繚繞，蒼空就在山峰之上，似乎用手一伸，便可觸及；然而，真用雙手去觸摸時，天依舊是無邊無際，可望而不可及。

董飛仰望藍天，似乎在期待著什麼。望著，望著，從琅琊山頭飛來了兩個紅點，點愈變大。董飛見天邊有異象，趕緊牽馬藏身在梧桐樹下，以觀動靜：那是兩隻身若鳳凰，丹羽赤冠的巨禽。牠們在空中盤旋了一陣，才收翅而下。

董飛起初以為來的就是鳳鳥，便拉弓取珠，準備將牠們射死。但仔細一想，又覺得疑竇重重。因為，李斯在他出關前曾告訴他，百鳥山只有雄鳳一隻，並無雌凰。如今，降於山峰的竟是一對珍禽，當然不會是鳳了。再說，根據鳳韜室的翠鳳模型看來，鳳鳥的長尾中應該有百隻碧翠如玉的羽眼才對，如今這一對珍禽雖然身高八尺，翼長五丈，尾長二丈，但羽中無眼，當然不會是真的鳳鳥了。

苦思之餘，董飛於是想起李斯所告訴他的另一個傳說來。相傳鳳為百鳥之王，自歌自舞，悠遊自在。牠經常遨遊於崑崙、懸圃、閬苑、丹丘之地。每次出遊或歸鄉，總有一對天雞在身旁守護著牠，這對天雞無論體形、外貌都與牠相仿。但牠們羽中無眼，也不會歌舞。牠們的特性是驍勇善戰，耳聰目明。因此，為了護衛鳳鳥的安全，牠們一向是先到目的地勘察一下地形，等一切安然無慮之後，便留在原地迎駕鳳鳥。

「原來是天雞，不是翠鳳！」董飛終於認出了這對巨禽的真貌。

兩隻天雞下了山峰，不見眾鳥，只見一座羽丘矗立在前端，牠們十分詫異，便走羽丘前一探究竟。當牠們發現這座羽丘是由百鳥的落羽堆積而成的時候，便發出鳴叫之聲，繼而張翅欲飛。

「好聰明的天雞！」董飛躲在樹後，見天雞認出山峰所潛伏的危機，便喃喃自語道。稍後，他又暗想：「萬一這兩隻天雞回去稟告鳳鳥，使鳳鳥不再返回百鳥山，那明月珠豈不等於廢物？翠鳳旗和神龍鼓也永遠到不了手了？」念頭一轉，他立即從箭袋中取出兩枚琉璃珠來，朝著天雞奔去。

天雞的警覺性很高，牠們瞧見有人手持彎弓從樹下跑出，便立即展翅分飛。

董飛對準其中一隻天雞，射出一枚琉璃珠，又迅速瞄準另一隻天雞，使勁射出第二枚琉璃珠。只聽到數聲慘叫，兩隻天雞像兩朵紅雲似的自天墜下。一隻落於左峰，一隻落於右峰。緊接著就聽到兩峰傳來的野獸咆哮聲。

「這兩隻天雞一定被山怪分屍而食了。」董飛持弓俯看下峰，臉上於是泛起了得意的笑容。

5・月娥神笛

射斃天雞，董飛便小心翼翼地等候鳳鳥降臨。半個時辰過去，天空依舊白雲悠悠，毫無異象。

「鳳鳥會不會未卜先知，不敢返回百鳥山了？果真如此，那該怎麼辦？」董飛心急如焚，兩眼直瞪著蒼空發呆。

又半個時辰過去了。不聞鳳鳴，也未見鳳影。董飛開始緊張起來，他握弓的那隻手已然冒出冷汗，臉色也轉為蒼青。就在他懊惱萬分之際，忽然想起了琬瑜姑娘來。

　　「對了！我怎麼忘了軍師的交代？我該先去梧桐嶺找琬瑜姑娘才對啊！說不定她有辦法把翠鳳引出來呢！」一想完，便立即上馬騰空，朝山下奔去。

　　梧桐嶺是一座長滿梧桐樹的小山嶺，它最奇特的地方就是梧桐葉與楓葉一樣，都是丹紅色的。每到秋天，整座山嶺就像著火似的光艷四射，即使是十二月的寒冬，也一樣。而在這座小山嶺裡，正住著幾十戶人家。

　　梧桐嶺離百鳥山雖然尚有五十里的路程，但董飛騎的是能日行三萬里的黑寶馬，因此不一會兒工夫，就抵達了目的地。

　　看著紅色的小山嶺，董飛有點疑惑了。他心想：「梧桐葉不是青色的嗎？怎麼在嚴冬不但不凋落枯萎，反而紅得跟楓葉似的？這到底是怎麼一回事？」

　　想著想著，遠遠就見到一位穿著青色衣裳，體態娉婷的少女，正在臨風高歌：「丹桐巍巍兮，翠鳳來棲；黑馬躍躍兮，玉人相依。」歌聲高亢，響遏行雲。於是，他下馬對著青衣少女大聲喊道：「百鳥山！」

　　青衣少女聽了之後，停止歌唱，趕緊回答道：「翠鳳旗！」

　　當兩人距離拉近之後，董飛才發現青衣少女雪面粉腮，蕙質蘭心，嘴角透露出一種說不出的似水柔情。

　　「妳是琬瑜姑娘？」董飛笑問道。

　　「你是董大哥？」琬瑜點點頭後也笑問道。

　　董飛「嗯！」了一聲之後，先打開了話題：「琬瑜姑娘！就我所知，梧桐葉向來都是青色的，可是，妳們梧桐嶺的梧桐葉卻在嚴冬開得跟楓葉一樣嫣紅。妳能告所原因嗎？」

　　「董大哥有所不知，本來我們梧桐嶺的梧桐葉一直是青色的，就像我身上穿的青衣一樣。聽說多年前一對赤色天雞飛過們梧桐嶺上空之後，一夜之間梧桐葉便開始變成丹紅色了。」琬瑜解釋道。

「赤色天雞？我在百鳥山上見過牠們！」董飛一聽，隨即說道。

「董大哥真的見過赤色天雞？」琬瑜驚訝地問道。

「當然見過啦！而且還把牠們給射死了！」董飛停頓了一下，便把他登上百鳥山頭尋找翠鳳的經過一五一十地告訴了琬瑜。

琬瑜一聽之下，對著董飛淡淡一笑說道：「董大哥！要引出翠鳳，靠和氏璧是不行的！」

「什麼？靠和氏璧還不行？琬瑜姑娘！那該靠什麼才行？」董飛急著問道。

「必須靠月娥笛！」琬瑜淺淺一笑道。

「月娥笛？什麼是月娥笛？」董飛好奇地追問道。

「月娥笛乃是嫦娥奔月之前留在人間的樂器，相傳它是后羿利用崑崙山上萬年長青的仙竹所製成的笛子，目的是要給他的妻子嫦娥當作生日禮物。而嫦娥則是一位喜歡吹笛子的少女，她閨房藏有百枝不同造型的笛子，每枝笛子吹出來的聲音都不相同。」琬瑜回答道。

「一人能擁有百隻不同造型的笛子，總應該滿足了吧？」董飛順口問道。

「可是，儘管如此，嫦娥還是不滿意她所珍藏的笛子。她聽說崑崙山有一種叫做『鳳仙竹』的竹子，用此種竹子製成笛子後所吹奏出來的笛聲，連鳳凰聽了都會喜而起舞。后羿為了討好他的妻子，只得隻身前往崑崙山尋找『鳳仙竹』來製成笛子。」琬瑜則搖搖頭說道。

「那，后羿找到了『鳳仙竹』嗎？」董飛問道。

「當然找到了！」琬瑜笑著說道。

「很快就找到了嗎？」董飛繼續追問下去。

「不！后羿花了一年的時間才在在崑崙山玉虛峰找到了『鳳仙竹』。嫦娥把它製成笛子之後，笛管輕巧，音色嘹亮，聲傳萬里。只要吹奏〈鳳舞九天〉，翠鳳自然聞樂而來。」琬瑜娓娓解釋道。

6 · 鳳舞九天

「〈鳳舞九天〉？」董飛聽到這四個字時，內心十分好奇，隨即問道。

「沒錯！就是嫦娥自創的九節樂曲，曲目長達一個時辰，樂聲高雅端莊，鳳凰聽了之後，必然會在九天隨樂起舞！」琬瑜回答道。

「難道珍禽都喜歡聆聽雅樂？」董飛半信半疑地問道。

「那當然啦！據說秦穆公在位時，有位叫做簫史的仙人，他擅長吹簫，簫聲一響，孔雀、白鶴都會從天空飛來庭中起舞。秦穆公的女兒弄玉也喜歡吹簫，而且簫聲就像鳳凰的鳴聲一樣清亮！簫史愛上了弄玉，弄玉也愛上了簫史，於是兩人結成鸞鳳之侶，一快騎著青鸞昇天而去！」琬瑜含情脈脈地說道。

「好美的故事！難道婉瑜姑娘也能吹奏〈鳳舞九天〉？」董飛笑問道。

「我家乃是雅樂世家！自然能吹奏上古雅樂！不過，我聽家父說〈鳳舞九天〉吹完第九節時，月娥笛就會自動斷裂！萬一翠鳳還不出現的話，那可就束手無策了！」琬瑜嘆了一口氣說道。

「為什麼會這樣？」」董飛也一臉愁容問道。

「家父也沒告訴我原因！但我自己猜想，可能是吹奏〈鳳舞九天〉引來遠在萬里之外的鳳凰，需要的音量要非常大的緣故。而吹奏第九節時要用的中氣更是數倍於前八節，笛管吹奏

到了第九節，已經經不起音波的震動，因此才會斷裂的吧！」琬瑜也耐心解釋道。

「這麼說來，婉瑜姑娘從未吹奏過〈鳳舞九天〉的第九節囉！」董飛睜大雙眼問道。

「董大哥說得一點也沒錯！其實，不只我從未吹奏過〈鳳舞九天〉的第九節，就連我的祖先也從未吹奏過！否則月娥笛就不會保存到現在了！」琬瑜微笑道。

「那，連嫦娥也未曾吹奏過〈鳳舞九天〉的第九節樂曲嗎？」董飛追問道。

「不！嫦娥不同！她是仙子之身，〈鳳舞九天〉是她苦思多年自創的九節雅樂。她怎會只吹完八節樂章就停下來不吹了呢？」琬瑜趕緊回答道。

「那，她吹奏完〈鳳舞九天〉的第九節樂曲之後，為什麼月娥笛還能完好如初呢？」董飛仍然不解其中的道理。

「那是因為嫦娥引來的鳳凰都在千里之內的緣故！如果鳳凰遠在萬里之外，恐怕月娥笛早就殘斷不堪了！」琬瑜又解釋道。

「嗯！說得頗有道理！」董飛終於點了點頭。

「這也就是令人擔心的原因！」琬瑜也皺著眉頭說道。說完之後，她便從玉匣中拿出一枝碧綠色的長笛出來。這時，黑寶馬突然昂首長嘶了九聲。

董飛以為黑寶馬給笛子嚇著了，便撫摸了一下黑寶馬，黑寶馬於是靜立一旁，不再作聲。

董飛仔細一看，這隻月娥笛共有九孔，笛身將近三尺之長，與太阿劍的長度不相上下。更奇的是，笛身首尾都雕成鳳頭的形狀，光澤就像碧玉一樣溫潤。

「婉瑜姑娘！這就是妳所說的『月娥笛』嗎？」董飛指著婉瑜手上的長笛問道。

婉瑜笑著點了點頭。

「這的確是一枝與眾不同的笛子！希望藉著它的神奇力量，能把翠鳳從萬里之外的地方引到百鳥山頭上！」董飛帶著指望的眼神說道。

「我也有著同樣的希望！」琬瑜嫣然說道。

「那，琬瑜姑娘！妳就開始吹奏吧！」董飛急著說道

「董大哥！這月娥笛要在百鳥山頭吹奏才有神效，在梧桐嶺吹奏是不管用的！」婉瑜笑著說道。

「為什麼？」董飛仰頭問道。

「因為，梧桐嶺太低，笛聲傳不遠，翠鳳自然聽不到〈鳳舞九天〉的曲子！再說，在我家附近吹奏，豈不引來一大群人圍觀嗎？」琬瑜噗哧一笑道。

「對！對！我差點給忘了！真是不好意思！」董飛一臉尷尬的表情。

「董大哥！那我們就快點出發吧！」琬瑜說道。

「對了！琬瑜姑娘！我還得問你一件事！」董飛突然側頭問道。

「什麼事？」琬瑜甜甜一笑道。

「就是：你怎麼知道我不是敵人冒充的？」董飛笑問道。

「因為，你有暗碼啊！」琬瑜回答道。

「萬一敵人也知道暗碼呢？」董飛不以為然道。

「那我還有一個絕招？」琬瑜用手指指了一下說道。

「什麼絕招？」董飛又問道。

「就是：憑馬辨人！」琬瑜神情嚴肅地回答道。

「憑馬辨人？」董飛愣了一下。

「沒錯！就是從黑寶馬來辨認你是不是真的董大哥！」琬瑜說道。

「那，妳要如何從黑寶馬來辨認呢？」董飛又問道。

「剛才董大哥是否聽到黑寶馬長嘶了九聲？」琬瑜反問道。

「是有聽到叫聲，但沒仔細注意到是叫了幾聲！」董飛隨即回答道。

「的確是叫了九聲！」琬瑜說道。

「叫了九聲又如何？」董飛一臉疑惑的表情。

「若是叫了九聲，這就表示牠是天下第一珍貴的黑寶馬！絕不是一般的趙馬！」琬瑜解釋道。

「為什麼？」董飛仍然不解。

「因為，只有黑寶馬見了月娥笛才會長嘶九聲。」琬瑜答道。

「怎麼會有這樣的奇事？」董飛有點半信半疑。

「當然有這樣的奇事啊！據說黑寶馬的祖先烏驪最喜愛聽笛子聲，只要笛聲清脆悅耳，牠就會仰頭鳴叫。由於牠曾經偷聽過嫦娥用月娥笛吹奏的〈鳳舞九天〉，因此，一見到月娥笛馬上就會長嘶九聲。黑寶馬是烏驪的後代，自然也會具備這樣的感應。而放眼天下，能駕馭黑寶馬的，除了趙王本人之外，就只有董大哥一人吧？」琬瑜面露神秘的笑容說道。

「原來是這樣啊！」董飛也笑著說道。因為，他心裡明白：琬瑜早已獲知他盜走趙王御馬水龍吟的相關情報。

「所以，只要與我接頭的人，他所騎的黑馬見到月娥笛沒有長嘶九聲的感應時，我就知道他是冒充者。我當然不會隨他

去引出翠鳳來啊！再說，對方若無黑寶馬，就登不了百鳥山，就算我用盡全身力氣吹奏〈鳳舞九天〉，也無濟於事啊！」琬瑜停頓了一下，繼續說道：「其實，董大哥！不瞞你說，我在梧桐嶺等候你已經將近一個月了。我每天都會仔細觀察過路的陌生人，因此，你放心！我是不會輕易受騙的！」

董飛聽了之後，不禁讚美道：「琬瑜姑娘真是機警過人啊！」說完，便示意琬瑜上馬。

沒想到琬瑜卻說：「董大哥！我雖然曾騎馬穿越原野，但從未坐過像黑寶馬這樣身高八尺的馬，而且還要飛登到萬丈高的百鳥山！一想到這，我心裡頭就有點害怕了！」

「琬瑜姑娘！別害怕！我才從百鳥山頭下來！其實，一路上都是飄渺的雲靄，你什麼也看不見！你只要抱緊我就行了！」董飛安慰道。

琬瑜一聽此話，羞得滿臉通紅，只好說：「那就偏勞董大哥了！」說完話，立即背上月娥笛，跨上黑寶馬的馬背，隨董飛直奔百鳥山峰。

到了山頭上，琬瑜開始觀察風向，然後手持月娥笛，面向東方開始吹奏〈鳳舞九天〉，笛聲清脆嘹亮，這是董飛從未聽過的極品仙樂。他聽得入了神，腦海中隨即浮現了一幕幕的景致：笛聲時而剪雨截煙，時而穿雲裂石；時而落梅折柳，時而摧楓飄菊；吹到急促時，宛如蛟龍吟水，鴻雁叫雲。其聲勢足以翻江倒海，劈山切嶺！

〈鳳舞九天〉吹完八節時，天空依然毫無動靜，而琬瑜卻已氣喘吁吁，汗珠直下。於是她勉強說道：「董大哥！看樣子，我非吹奏第九節樂章不可了！」

「婉瑜姑娘！我看妳臉色蒼白，是否需要休息一下再吹奏月娥笛？」董飛用不捨的眼神問道。

「謝謝董大哥的關心！我還撐得住！」琬瑜強顏作笑地回答之後，立即又以朱唇對孔吹奏。

當琬瑜用盡氣力吹完〈鳳舞九天〉第九節樂曲時，月娥笛果然斷裂成九段，掉落於地。她與董飛看了，同時大吃一驚。

7・巨鳥現身

而正在此時，天空突然起了異象，白如雪花的雲海逐漸變紅、變紫、變黃、變橙，宛若彩霞一般。從五色斑斕的雲海中，出現了一隻鳴聲啾啾的巨鳥。此鳥毛羽鮮艷，明麗照人；牠的翅膀像笙這種樂器，牠的頭冠像雞，牠的鳴叫聲則像洞簫聲。

「好漂亮的巨鳥！那果真是傳說中的翠鳳嗎？」董飛見巨鳥由天而降，一邊讚美，一邊問道。

「董大哥！那的確是鳳鳥，而且是翠鳳！鳳自古就有百鳥之王的美稱，相傳鳳有翠鳳、白鳳、赤鳳、黑鳳、黃鳳等五類，其中以翠鳳最為秀麗。因為翠鳳身高八尺、尾長二丈，羽中有眼，碧翠如玉，一根羽毛的價值抵得上黃金萬兩，的確是天下第一奇鳥。」琬瑜雖然全身無力，卻仍然帶著自信的口氣回答道。

事實上，鳳是不啄生蟲，也不食蔬菜的。牠只吃仙境的果實，只飲玉池的津露。是一種飢不妄食，遊必擇地的神鳥。百鳥山的翠鳳也不例外。牠最先居住在東方君子之國，可高飛九千丈，翱翔在天空之中。牠曾遊過丹穴之山、崑崙之頂、終南之峰，所到之處都是風調雨順，國泰民安。

兩年前，牠遊經齊國瑯琊山時，見到山的西邊有一座高達萬丈的山峰，山上百鳥羣集，桐木參天，便朝遊黃海、夕歸百鳥山，使該山成為齊國君民頂禮膜拜的聖山。

在百鳥山上，牠以德降伏了兩隻冥頑不靈的天雞。這兩隻天雞，日後便成為牠的左右護衛。牠雲遊到何處，牠們便跟隨到何處。

昨日因為遊到黃海海中時，見到一座島嶼赤雲繚繞，上有彩凰一隻，毛分五色，華麗奪目，便降到該島與彩凰同歌共舞，直到次日清晨，朝陽冉冉昇起，方才辭別彩凰，準備返回百鳥山。

按照鳳律，翠鳳在返駕之前，必由天雞先到百鳥山視探一番，再返回原地守候恭迎。翠鳳則在天雞返回護駕後，才振翼歸鄉。

今日，翠鳳因見兩隻天雞遲遲未返，心中感到不安，便留在島中等候，不任意獨行。而就在此時，牠忽然聽到一陣嘹亮清脆的笛聲從萬里之外的空中飄來，令牠心湖震盪不已，便不由自主地朝笛聲方向翱翔而來。牠當然不知董飛早已備妥天牛弓與明月珠，在桐樹下待機而動。

當彩雲飄飄，翠鳳降落山峰之際，董飛確實為牠的壯麗華美，嘖嘖稱賞，甚而有不忍傷牠之意，但一想到任務在身，便再也沒有惜鳳之情了。

翠鳳降落後，不見天雞，更不見百鳥前來朝拜，便朝天長鳴一聲，希望引起眾鳥的注意。但，山峰依然寂靜無聲，也無禽鳥的蹤跡，翠鳳才開始覺得情況有異……。

8・寶馬凌空

正當此時，黑寶馬忽然從林中竄出，直朝翠鳳奔去。只因黑寶馬本是龍馬之身，喜歡追逐鳳凰，因此，翠鳳見黑寶馬飛奔過來，驚慌之餘，便展翅奮飛。

董飛見狀，大叫一聲「看你往哪逃？」之後，立刻張弓瞄準翠鳳腹部，估計翠鳳上飛五百步之時，便使勁將明月珠射出，

只聽得「嗖！」的一聲，明月珠劃過長空，直達鳳腹，翠鳳哀鳴數聲，便從九霄垂直落下，正好落在萬丈之高的峰頭上。

鳳頭低垂，兩翼內斂，神情十分痛楚。原來，明月珠進入鳳腹後，開始吸收鳳的精血，翠鳳只覺腹中如火在焚，全身戰慄，口舌俱乾，體力漸漸不支而昏倒於山峰之上。

董飛見翠鳳已被擊中落地，而且毫無掙扎之意，知道明月珠已在鳳腹中吸收精血，便與婉瑜在距翠鳳十步之遠的地方，靜待明珠泛光。

由於翠鳳體大血豐，明月珠幾乎費了半個時辰，才將翠鳳全身精血吸收殆盡。精血耗畢，翠鳳便閉目而逝。

董飛見翠鳳已經身亡，便向前用太阿劍把鳳腹剖開，伸手向內探索。手入鳳腹，不覺濕潤，一會兒便摸到一枚圓乎乎的珍珠。董飛大為歡喜，立刻將瑩白的珍珠放在手中，跑到桐林幽暗之處試光，只見光芒萬丈，宛如月亮一般，的確是天下至寶，人間奇珍。

「明月珠已經跟從前一樣白亮，我該立即動手拔取鳳毛了。」董飛試完明月珠的威力之後，於是想起他的下一個任務。

這時，在他身邊的婉瑜則低聲問他道：「董大哥！需不需要我來幫忙？」

「不！婉瑜姑娘！我一個人就夠了！妳方才吹奏〈鳳舞九天〉，已經耗盡全身力氣，現在該好好休息才對！」董飛關懷備至地回答道。

「謝謝董大哥！」婉瑜帶著欣慰的眼神說道。

「百鳥山的翠鳳尾長二丈，上有碧眼百隻，若是用這百根帶眼的羽毛作為旌旗或儀仗，必然金碧輝煌，威震列國！」董飛望著翠鳳的屍體暗想道。想完，便著手拔毛。

董飛一面拔取鳳尾羽毛，一面觀察天象。當他正拔完第十根羽毛之時，突然風雲變色，彩霞消逝，隨之出現的是漫天翻動的烏雲。

雷擊電閃，天色昏暗，董飛以為即將會有傾盆大雨，於是趕緊將翠鳳羽毛一一拔下放入皮囊中。

這時，閃光頻現，宛如白龍騰躍；山，開始動搖了。左右兩峰的野獸羣起哀嚎，聲震九天。

忽然間，由左右兩峰各噴出一道長達十丈的火燄來，火光沖天，赤雲爛爛；董飛從未見過如此驚險的景觀，便大叫一聲：「水龍吟！快走！」然後與婉瑜同時跨馬凌空，朝梧桐嶺奔馳而去。

第九章
危機四伏的湖澤

1・柳溪驚豔

　　把琬瑜送回梧桐嶺之後，董飛就準備往楚國方向飛馳而去。本來，琬瑜很想將董飛留下多住幾天，但她心中明白，董飛還有任務在身，她是留不住董飛的，因此只能悵然說句「後會有期！」就目送董飛遠去。董飛於是快馬加鞭，穿過臨淄，進入楚境，向碧柳溪方向順利奔去。因為，他知道自己必須事先與珮珩姑娘接頭，靠著她的幫助，才能順利進入雲夢大湖刺殺蛟龍。這當然是從百鳥山那裡得來的教訓。

　　碧柳溪是一條垂柳依依的小溪，遠遠望去，溪邊似乎有五、六位正在洗衣的姑娘。她們看起來都很年輕，一面洗衣，一面嘆著氣，一副心灰意懶的樣子。而在她們每人身旁，都有一堆高達一丈的衣裳。

　　董飛見到一位背影是紫色衣裳的姑娘，於是上前低聲說道：「雲夢湖！」三個字，試探對方的反應。沒想到對方一轉身，竟是一位留著短鬍鬚的少年。少年瞪了董飛一眼後，用不耐煩的口吻說道：「離這還有十里路程！」

　　董飛知道這位「少年」絕非他要接頭的珮珩姑娘。於是又牽馬繼續向前尋找身穿紫色衣裳的姑娘。

　　找了半天，終於在一株柳樹下，見到另一位身穿紫衣，長得一雙杏眼，兩彎蛾眉，頭上有著雲鬢雀釵的妙齡少女。少女身旁有一匹紫色馬，馬背上則有一件二尺多長的紫色袋子。於是他就大聲說道：「雲夢湖！」，看看對方有何反應。誰知，對方竟毫不猶豫地答道：「神龍鼓！」

　　「妳是珮珩姑娘？」董飛驚奇地問道。

　　「你是董大哥？」珮珩也高興地問道。

　　董飛於是將剛才在碧柳溪畔見到的情景告訴了珮珩。

　　誰知珮珩一聽之後，笑著問道：「董大哥！你是不是覺得很納悶，為何在溪邊洗衣裳的是少年而不是少女？」

　　「的確如此！」董飛笑著回答道。

　　「好！董大哥！那我就告訴你好了！這是因為那些少年與我比賽輸給我之後的下場！」珮珩也笑著說道。

　　「比賽，比什麼賽？」董飛好奇地問道。

　　「就是比誰能在水中憋氣憋得最久！」珮珩回答道。

　　「結果呢？」董飛於是追問道。

　　「結果是：他們最多只能在水裡憋半個時辰，而我卻能憋上兩個時辰！」

　　珮珩笑著說道。

　　「想不到珮珩姑娘居然練就了這等功夫！」董飛由衷讚嘆道。因為，他自己最弱的一項技能就是湖中潛水。

　　「這也沒什麼！楚地湖澤多，潛水是我們經常玩的健身遊戲！更何況我出身於潛水世家，憋氣不過是最基本的功夫罷了！」珮珩解釋道。

　　「我明白了，珮珩姑娘！原來比賽輸的那些少年就被你罰他們在溪邊洗一大堆衣裳了！怪不得一個個都是哀聲嘆氣的樣子！」董飛點了點頭說道。

　　「董大哥說得一點也沒錯！」珮珩也笑著說道。

　　「可是，他們為何要男扮女裝呢？」董飛滿臉疑惑地問道。

　　「那是因為比賽事前的約定！」珮珩答道。

　　「事前的約定？」董飛揚眉問道。

　　「沒錯！我們事前的約定是：如果我輸了，我就得女扮男裝，罰砍一個月的柴！如果他們輸了，他們就得男扮女裝，罰洗全村男人的衣裳！」珮珩笑答道。

「原來如此！」董飛的臉上也綻開了笑容。

兩人寒暄了一陣子之後，董飛緊接著問說：「珮珩姑娘！你可知道雲夢大湖如何去法？」

珮珩回答道：「往壽春方向騎去，等靠近荊州江水，便是方圓九百里大的雲夢大湖澤。」

「楚人可以自由進出嗎？」董飛再問道。

「過去是可以！現在就不行了！」珮珩也答道。

「為什麼？」董飛露出不解的表情。

「因為，」珮珩解釋道：「雲夢大湖澤四周竹林茂密，荊棘叢生，每到夜晚，百獸齊吼，使人不寒而慄。楚莊王到楚威王時期，大力倡導漁農業，楚人還可進入湖澤獵犀捕魚，但楚懷王即位後，楚人卻只能在森林區狩獵，不可隨意進入湖澤區。」

「難道楚懷王有什麼特別的考量嗎？」董飛追問道。

「據說是，楚威王逝世之前，楚宮有侍衛二十人一塊前往雲夢大湖打獵，一去三天，杳無蹤影。於是，郢都流言紛起，有人說湖中藏有十丈長的白蛟，已將侍衛吞噬殆盡；也有人說湖中潛伏巨龜一隻，因為侍衛冒犯聖靈，因此被巨龜活活咬死。

而楚懷王即位後，聽信占卜官的建議，為了不觸怒神靈，影響國運，於是嚴禁國人到雲夢大湖打獵，違者將受到極刑的處分！」珮珩又說出了其中的原委。

「那該怎麼辦？」董飛一臉焦急的神情。

「董大哥！別著急！你有重任在身，還管它什麼處分不處分的！」珮珩望著董飛笑了一笑。

「嗯！珮珩姑娘說得有道理！那，我載妳一塊上雲夢大湖去，如何？」董飛也笑著問道。

「董大哥！你馬背上要載的東西很多，無法再坐人了！我看，還是我自己騎馬跟你一塊去吧！」

　　「這樣也好！」董飛看著馬背上的行囊，再想想等下要剝的神龍皮，覺得珮珩的考慮不無道理。

2·北岸水怪

　　於是董飛與珮珩雙雙乘馬連夜南下，次日清晨，終於抵達荊州江水北岸。

　　江岸遼闊，江水迢迢。蕙草蘭花，鬱鬱蒼蒼。雖是十二月的天氣，但楚地卻溫暖如春，不像趙、燕兩地一般寒冷。南楚北趙，氣候真有天壤之別。

　　董飛與珮珩下馬漫步於水邊，只見白沙赤石，波光燦爛，森林巨樹，頗為壯觀。而在遠處竹林附近，有一位白髮布衣的樵夫正在伐木。

　　董飛見狀，便使個眼色要珮珩止步，藏身樹後。他則獨自一人牽馬前行，問樵夫道：「請問老伯，此處便是雲夢大湖嗎？」

　　樵夫見有人問話，便停斧轉身道：「壯士可是外地人？」

　　「是的！晚輩是從壽春來的！」董飛誆稱自己是壽春人。

　　「難怪你弄不清雲夢的方向。住在我們鄖城附近的人，哪有不知雲夢大湖的！」樵夫說道。

　　「聽老伯的口氣，好像此地就是雲夢大湖了。」董飛說道。

　　「不錯，從這竹林往內走半里路，就是雲湖。」樵夫回答道。

　　「雲湖？」董飛一聽，楞了一下。

　　「是啊，雲湖在北，夢澤在南，雲夢大湖是兩座湖澤的合稱。難道你不曉得嗎？」樵夫詫異地問道。

　　「不瞞老伯說，晚輩一直以為雲夢只是一座湖澤，今日由老伯口中，才知道雲夢原來是兩座湖澤。」董飛靦腆地回答道。

「壯士前來雲夢，不知……」樵夫聽了之後，朝董飛全身上下打量了一下。

「噢，晚輩素聞雲夢有犀象麋鹿，所以特從壽春前來此地打獵。」董飛又撒了一個謊。

「打獵？」樵夫聽了，臉色隨即轉青，雙手顫抖，鐵斧竟從手中滑落於地。

「老伯，您怎麼了？」董飛見樵夫神色倉惶，便問道。

「大王在竹林前懸了一道禁令，說：『內有神龍，不得擅入。違者斬首示眾。』所以，我們只能在森林區伐木，萬萬不可進入湖澤區打獵，否則必遭殺身之禍。」樵夫趕緊回答道。

「神龍只是無稽傳說，老伯怎可輕信？」董飛故意試探樵夫的反應。

樵夫則大聲駁斥道：「湖澤中有神龍，是千真萬確之事！絕非我信口胡說！神龍叫聲如鼓，聲動江岸，我每天半夜都聽到鳴聲，這是第一個證據。再說，神龍善於吞雲吸霧，江上雲霧常被吸食一空，這是第二個證據。神龍是社稷的守護神，所以大王嚴禁官兵及百姓進入湖澤打獵，以免觸怒神靈！」

「老伯可知神龍如今藏身在雲湖或夢澤之中？」董飛借機又問樵夫道。

「這就很難說了。因為神龍行蹤變化莫測，牠一會兒潛入雲湖，一會兒又游過江水潛入夢澤之中，所以此地居民都是聽見牠的鳴聲，從未見過牠的身影。」樵夫微笑道。

董飛本以為可探出神龍的藏身處，但聽完樵夫之言，才知神龍來去無蹤。心中便暗想道：「看樣子，只有先進入雲湖一探了。」

拜別樵夫後，董飛轉身向大樹走去。樵夫嘴角則泛起一絲神秘的笑容。

這時，躲在大樹後頭的珮珩突然探頭輕聲問道：「董大哥！打聽得如何？」

「正如同妳所說的，雲夢大湖是嚴禁打獵的！因為，裡面藏著一條神龍！」董飛也輕聲答道。

離開荊州江水北岸後，董飛與珮珩策馬繞過竹林，向另一端快速馳去。

此端竹林深密，無徑可入，董飛於是掉頭轉身，離竹林有百步之遠，見四周無人，便快馬凌空飛入竹林內。

半里之外，便是雲湖。雲湖方圓四百里，水深百丈，湖中常有水怪出沒。

董飛與珮珩下馬，並行到湖畔凝望湖水動靜。

天晴之日，在湖畔行走，尚無不便之處；如果遇到下雨天，那麼四周盡是泥淖，人陷泥中，無法自拔，必然溺死無疑。

陽光璀璨，江風微涼，這時，湖心突然水泡冒起，好像有怪物從水中浮出。

董飛一面拔劍，一面暗想道：「神龍白晝潛臥水底，晚間才爬上岸來，水怪會是神龍嗎？」

正在懷疑不定時，水中怪物已經浮出水面，那是一隻頭如蛇，翅如鳳的黑色靈龜。

靈龜本想閒游上岸，但因太阿寶劍在陽光下閃閃發光，直逼雙目，於是又潛入湖中，不再浮現於水面。

董飛見靈龜沉入水底，於是收劍入鞘，站立在岸邊。

這時，遠處傳來一陣奔騰聲，董飛轉頭一看，原來是一隻通天犀，正從林間向他直衝而來。

「董大哥！小心通天犀！」珮珩見狀，隨口大叫道。

通天犀是楚國的獨角獸，相傳牠的犀角兩端有兩粒黃點，黃點之間連一白線，如果將犀角放在雞的飼料盆中，那麼眾雞便會驚退，不敢往盆中食米，所以又稱雞駭犀或靈犀。

董飛見通天犀向他衝來，心想：「通天犀是楚國的異獸，我若能用太阿劍將牠的犀角砍下，帶回咸陽，豈不又是一大功勞？」想完，便拔劍縱身一躍。黑寶馬見通天犀猛撞而來，也凌空躍起，避過犀身。

通天犀本想用犀角頂撞董飛或黑寶馬，沒想到董飛凌空執劍向下一揮，牠的犀角頓時被削下來，落於地面；而牠因用力過猛，撲了個空，於是四腳朝天，在岸邊摔了一大跤。

董飛見通天犀跟蹌倒地，犀角也掉落於湖畔，便執劍過去，準備將犀角拾起。

突然間，湖波大動，水花噴天，一條粗大的黑蛇從湖中探出頭來，一口便將通天犀吸入腹內。

「巴蛇！」董飛與珮珩見狀，同時驚聲尖叫了起來。

董飛在咸陽就聽過巴蛇的傳說，沒想到竟在雲夢大湖遇見了此種水怪。於是他轉身問珮珩：「珮珩姑娘！妳也知道巴蛇？」

「我當然知道啦！我聽說巴蛇是一種身黑頭青的巨蛇，粗約二丈、長四十丈，兩眼紅如火炬，蛇信可伸一丈之遠。更奇的是，牠一口氣能吞下一隻大象；而這隻大象在巴蛇的腹中，需經過三年的咀嚼，才會將殘骸碎骨吐出。我是頭一回親眼見到這種水怪的！好嚇人！」珮珩心有餘悸地回答道。

「沒錯！珮珩姑娘！你聽到的跟我聽到得幾乎一模一樣！我長大到現在，也是頭一回親眼見到這種水怪！」董飛也驚恐地說道。

說完，他左手執劍，右手握住韁繩，準備萬一敵不過巴蛇時，可與珮珩乘馬逃逸。然而，巴蛇吞下通天犀之後，並未上岸，只是翻了一個身，又潛入湖中不知去向了。

　　董飛等波平浪靜後，於是走到湖畔想把犀角拾起，誰料，在他眼前並無半枚犀角。他覺得十分納悶，便問珮珩道：「珮珩姑娘！難道犀角也被那巴蛇一塊吞食不了成？」

　　「董大哥！我猜想，犀角確實是被巴蛇連犀身一道吞入腹中！因為，據說巴蛇的吸力十分驚人，只要牠一張口，在一丈之內的東西，都會被牠吸入腹內。犀角距犀身只有一尺之遠，自然被巴蛇吸入腹中了。」珮珩解釋道。

　　「珮珩姑娘！你說的是真的嗎？」董飛瞪大雙眼問道。他內心似乎不太相信有這麼厲害的巨蛇。

　　「董大哥！我怎會騙你呢？聽說楚懷王的愛妃花如月就是因為不聽規勸，在楚懷王打獵時，私自帶著四名宮女溜到湖邊嬉戲。結果，一不小心，五個人全部都被巴蛇吸入腹中。楚懷王知道後，傷心欲絕，整整一個月都沒上朝。他還頒令，誰能把巴蛇刺殺，就賞他黃金千斤！」珮珩說道。

　　「我想，應該沒人能殺得了巴蛇吧？要不然今天我們就見不到巴蛇了！」董飛隨即做了合理的推論。

　　「一點也沒錯！前往刺殺巴蛇的英雄好漢不下一千人，但都有去無回，音訊杳然。從此，再也無人敢來雲夢大湖了！」珮珩點了點頭後，又繼續說道：「董大哥！據我所獲得的最新情報，當楚王派御前第一劍士雲無心埋伏在趙國，準備從你手中奪取和氏璧回宮覆命，而雲無心卻遲遲未歸時，楚王便猜想雲無心可能已遭不測。因此，他有了戒心，他甚至懷疑秦王會派你將潛伏在雲夢大湖的神龍屠殺，然後製作成大顯神威的神龍鼓。於是，他跟眾謀士商議，準備調派千名士兵前往雲夢大湖保護神龍。」

　　「那，楚王有這麼做嗎？」董飛表情訝異地問道。因為，珮珩連雲無心這麼機密的事情都知道得一清二楚，頗令他大感意外。但他卻不能問珮珩是何人將此一機密告訴珮珩的。

「沒有?」珮珩答道。

「為什麼?」董飛追問道。

「因為,他的謀士告訴他,無須這樣興師動眾,等你到了雲夢大湖,自然會遇見巴蛇,到時你就成了巴蛇的腹中點心,根本連屠殺神龍的機會都沒有!再說,神龍又豈是輕而易舉就能屠殺得掉的?楚王深知巴蛇的強大吸力,便採納了眾謀士的建議,放棄了調派重兵圍守雲夢大湖的計畫。等著你葬身在巴蛇腹中,好替雲無心報仇!」

董飛聽了之後,內心頗為震驚,於是說道。「真沒想到珮珩姑娘的情報這麼靈通!其實,我也有這樣的推測,只是不便說出來罷了!」

「董大哥!這都是咸陽方面的特別交代,我只不過是奉命行事罷了!」珮珩笑說道。

「我知道!珮珩姑娘!」董飛也對著珮珩笑了一笑。因為,他心裡頭十分明白,珮珩獲悉的情報是極其機密的,而自己不該知道的事情則是一點也不能去多探聽的。

稍後,他又問珮珩道:「珮珩姑娘!我聽說雲夢水怪不下百來種,真不知這湖中尚有何種水怪?」

「董大哥!這個我也不很清楚!也許,今天我們就會一一見識到這些傳聞中的水怪了!」珮珩也說道。

「嗯!我也是這麼想的!」董飛點了點頭。

3 · 避邪驅蠹

一個時辰過去,湖面毫無動靜。

眼看就要到正午了,董飛已有餓意,於是他從馬背上將行裹取下,拿出麥餅與珮珩共食,並拿烏龍草餵給黑寶馬吃。

黑寶馬或許是口渴了，竟走到湖邊想飲水喝。剎那間，從湖心跳出一隻赤蟾蜍來。這隻赤蟾蜍巨大如象，鳴聲似牛，周身赤紅，眼珠碧綠，而且只有兩隻腿，形態十分醜陋。

赤蟾蜍跳到岸上，張口向黑寶馬吐氣。

相傳蟾蜍與蛇、蠍、蜈蚣、蜘蛛，同為五毒。其中以赤蟾蜍最毒，因為赤蟾蜍腹脹如甕，愛食魚蝦，食物入腹則化為毒氣。只要牠一張口，毒氣白如晨霧，可噴二丈之遠，凡是中了蟾毒的人，輕則昏迷半日，重則七孔流血，無藥可救。

董飛見赤蟾蜍口噴白霧，便大叫一聲道：「水龍吟！當心蟾毒！」

誰知黑寶馬聽了，並未立即跳開，依舊在湖畔怡然飲水。蟾毒瀰漫於黑寶馬的四周，黑寶馬非但未昏倒於地，反而昂首長鳴，神態英武。

赤蟾蜍見黑寶馬龍形虎步，雙目如電，便收氣斂腹，噗通一聲，又跳回湖中。

董飛見了，驚訝不已。

「董大哥！你騎的黑寶馬居然不怕蟾毒，真是不可思議啊！」珮珩見狀，也感到驚奇萬分。

「珮珩姑娘！這黑寶馬平日只吃烏龍草，說不定烏龍草具有避蟾毒的神效呢！」董飛隨口說道。

「可是，董大哥！我們倆離赤蟾蜍只有二丈之遠，也並沒有吃烏龍草，為何也能躲過蟾毒呢？」珮珩一聽，用懷疑的眼神望著董飛說道。

「這……」董飛被珮珩這麼一質問，一時間竟不知如何回答是好。

「董大哥！我聽說和氏璧具有避邪驅毒的功效，說不定這是和氏璧產生的神效呢！」珮珩大膽說出了她自己的看法。

　　董飛聽了之後，恍然大悟，趕緊說道：「還是珮珩姑娘分析得有道理！這和氏璧如今就藏在我懷中，我曾聽說和氏璧周圍五丈之內的邪氣毒瘴都近不了身，果然傳言不假！」

　　「董大哥！幸好有和氏璧護身，不然我們倆都要身中蟾毒，慘死在雲夢湖畔。那，咸陽交給你的任務也完成不了了！」珮珩由驚轉喜地說道。

　　「珮珩姑娘說的是！」董飛也順口答道。他本想再追問珮珩何以知道他已奪得和氏璧的機密，但想想還是不問為好。

　　於是，他上前撫摸黑寶馬的鬃毛，黑寶馬則俯首靜立，安然不動。陽光照射在黑寶馬的鬃毛上，烏黑瑩亮，極為秀麗。

　　董飛見陽光熾熱，湖面生煙，便建議珮珩牽馬與他到林蔭處休息一下。珮珩馬上笑著答應了。

　　夢湖四周雖是竹林，但離湖畔百步之外，卻是碧枝白葉，蓊鬱成林，加上岸邊蘭草郁郁，的確是一個風景勝地。可惜湖中藏有水怪，否則早已遊人如織，絡繹不絕了。

　　「珮珩姑娘！聽說蛟龍要晚間才會上岸！看情形，我們只有在此守候一夜了。」董飛望著珮珩說道。

　　「沒問題！董大哥！我會陪你一直到蛟龍上岸的！」珮珩一臉笑容地說道。

4・精怪爭食

　　又過了兩個時辰，天色逐漸暗了下來。月色昏黃，湖水朦朧。竹林深處傳來悉悉喇索的蟲吟聲，倍添韻籟。

　　董飛將明月珠取出，放在掌中。須臾之間，珠泛亮光，直射湖面，景象清晰得就像白天一般。

　　「董大哥！你手上拿的是不是有『夜明珠』之稱的明月珠？」珮珩見珠光閃閃，便驚奇地問道。

「沒錯！這就是能在夜間發光的天下第一奇珠！沒有它，我們就很難在晚上發現到蛟龍的蹤影！更別說刺殺牠了！」董飛也如實地回答道。

珮珩一聽，沒有答腔，只對著董飛微微一笑。彷彿他心中有什麼盤算似的。

此時，夜風習習，竹枝搖曳。臥於董飛身旁的黑寶馬突然立起，像是發現了什麼怪物似的。董飛也立即起身，手握明月珠，向湖邊走去。珮珩見狀，也趕忙起身，跟在董飛身後。

湖波盪漾，潑刺作響。片刻之後，一條狀如錦鯉，六腳鳥尾的仙人魚，悠然爬上岸來。

魚本是水棲動物，在陸地上是無法生存的。但仙人魚卻因身上有腳，所以能上岸行走。牠們不食水藻，卻偏愛岸邊蘭草，經常在月圓之夜上岸尋找食物。

董飛見仙人魚身長三尺，鱗呈五色，尾如雀羽，腳似鴨蹼，覺得十分有趣，便躲在一座岩石後面觀看牠的行動。

仙人魚以為周遭無人，便仰頭鳴叫了一聲，叫聲如羊，音韻柔細。突然間，從湖中爬出了將近百條的仙人魚，牠們看上去只有一尺之長，體型不及原先上岸的那條仙人魚。

大仙人魚見小仙人魚都已到齊，便率領眾魚沿著湖畔爭食蘭草。

仙人魚正忙著爭食郁郁蘭草時，突然間，從樹林中竄出一隻蝟鼠來。此鼠長約丈餘，腹大嘴尖，背上密生硬刺，行動快若花豹。

蝟鼠不擅於游水，牠只能在陸地上覓食。仙人魚游上岸來，正給蝟鼠一個獵食的機會。

相傳蝟鼠張刺時，即便是有百獸之王美稱的老虎都得畏懼三分，不敢接近。牠的刺銳利如鋼針，凡被牠刺中者，無不血流如注，痛苦異常。

　　董飛從未見過如此巨大的蝟鼠，深恐牠發覺岩石後頭的人影和馬影，於是一面握珠，一面按劍，準備應付突起的狀況。

　　事實上，蝟鼠並沒注意到岩石後頭的人影和黑寶馬，牠一心一意只想吞食仙人魚。大仙人魚正在嚼食蘭草，突然見到林中鑽出一隻八尺高的大蝟鼠，隨即仰頭長鳴，向小仙人魚發出警告。

　　小仙人魚見到有敵人出現，而且身長丈餘，形態猙獰，便放下蘭草，急速游回湖中。大仙人魚則面向大蝟鼠，目泛青光。

　　大蝟鼠見小仙人魚都已逃向湖中，只剩一隻大仙人魚魚在岸上與牠對峙，憤怒異常，於是張刺露牙，向大仙人魚衝去。大仙人魚不甘示弱，也張嘴迎戰大蝟鼠。然而，大仙人魚身長不及大蝟鼠一半，而且背無鋼刺，因此苦戰片刻，終於被大蝟鼠刺斃。大蝟鼠見大仙人魚已死，立即尖叫一聲，想吞食魚肉。

　　這時，從大仙人魚身下，忽又鑽出一隻身長有如鱷魚的藍色穿山甲來。牠的背上佈滿鱗甲，堅硬如石，遇到敵人則全身捲曲如球，使敵人不敢觸碰。牠的背殼色藍如海，一天要吃掉十萬隻螞蟻。

　　大蝟鼠想吃大仙人魚，但因藍色穿山甲守護在大仙人魚身旁，使牠無從下嘴，心中甚覺惱火，便發出吱吱吱的尖叫聲。叫聲剛停，從森林中又閃出了四隻山精。牠們是：碧眼赤狼、白鼻黑猿、紫紋青虎、三角巨獅。

　　碧眼赤狼是一種殘暴成性的野狼，牠眼泛青光，毛色似血，體型比一般野狼大上三倍，一天要吃一百隻野兔才能安然入睡；白鼻黑猿身高二丈，臂力驚人，雙手可以將一頭隻大山羊撕成兩半；紫紋青虎身高七尺，身長二丈，長嘯一聲，周遭狐狸立即麻痺而死；三角巨獅頭長三根金色觸角，身體巨大如象，牠跑起來快如羚羊，一丈寬的大樹若是被牠撞上，必然斷裂成兩半。

這四隻山精齊向仙人魚屍體逼進。大蝟鼠見狀，馬上將背刺豎直起來；藍色穿山甲一看，則立即把身體彎曲得像個圓球似的。

董飛與珮珩躲在岩石後頭，黑寶馬也匍匐在他身邊，不動聲色。六隻山精繼續爭食，互不相讓。

忽然間，水面又掀起波浪，方才吞食通天犀的那條巴蛇，再度伸頭上岸，張口猛吸六隻山精。

頃刻之間，碧眼赤狼、白鼻黑猿、紫紋青虎、三角巨牛、大蝟鼠、藍色穿山甲，連同大仙人魚的碎塊，全被巴蛇吸入腹中。

巴蛇吸畢，仰天狂叫六聲，聲如虎嘯，隨即潛入湖心。岸邊頓時又恢復了寂靜。

董飛目睹此狀，便對珮珩道：「珮珩姑娘！巴蛇一口氣能吞下這麼多怪獸，真教人難以置信啊！」

「是的！董大哥！若非我親眼瞧見此一駭人場面，我是怎麼也不會相信的！」珮珩全身發抖地說道。

5・夢澤巨蜥

一夜過去，旭日重昇，雲湖的晨光的確明媚動人。濃霧初散，湖面清泓，曉風入林，頗有涼意。

董飛因為擔心蛟龍上岸，因此雙眼一夜未閉。當他望見朝陽時，便打了個呵欠，起身調息，黑寶馬也仰頭長鳴，珮珩則伸了個懶腰。

遠山蒼黛，近水蔚藍；荊棘榛榛，竹葉蕭蕭。雲湖水秀木明，景緻宜人，董飛置身其間，頗有依戀不捨之意。然而，蛟龍一直不現身，讓他寢食難安，自然毫無閒情瀏覽此地風光。

　　於是他問珮珩道：「珮珩姑娘！蛟龍不在雲湖，或許仍在夢澤水底。我們何不躍馬南下，直奔夢澤一探究竟？」

　　「嗯！董大哥說得有道理！我們馬上出發便是！」珮珩懶洋洋地回答道。

　　於是，吃完早餐後，董飛與珮珩各自跨上馬背，向夢澤飛馳而去。

　　江水蜿蜒似龍，兩岸時聞猿啼。居住在江水兩岸的居民，若想北上郢城，南下衡山，都得乘坐船舟，否則只有望水興嘆，寸步難行了。

　　由於兩匹快馬涉水如飛，所以躍江水如跨小溪，不一會兒便抵達了夢澤。

　　夢澤方圓五百里，比雲湖更深更廣，水蟲也多。夢澤自古便有蛟龍的傳說。

　　夢澤除有黃螭、蒼蛟、青虯等龍族外，更有一種號稱水蝛的三足鼈。水蝛雖然沒有眼睛，但耳朵卻很靈。牠口中會噴毒氣，人獸聞了之後，都會立即斃命。牠經常潛伏在湖澤中，如果有人站在岸旁，倒影水中，牠就會含砂射影，使人毒發而死。

　　董飛與珮珩雙雙來到夢澤，見湖廣林深，砂色褐黃，景緻比雲澤湖更為清幽，便覺心曠神怡，百慮皆除。

　　「希望今晚蛟龍能游上岸來，否則我們又要白等一夜了。」想起在雲湖未能遇見神龍，董飛便對珮珩說道。

　　「我也希望如此！」珮珩笑著說道。

　　正當董飛與珮珩聊天時，夢澤岸邊的蘆草中，鑽出了一隻狀似蛟龍的爬蟲。

　　董飛乍見之下，以為爬蟲即是蛟龍，立即從背上將太阿寶劍拔出，站穩腳跟，準備刺龍。

但仔細再定睛一看，眼前這隻爬蟲並非蛟龍，而是俗稱四腳蛇的蜥蝪。其實，渭水與驪山也常見蜥蝪，只不過沒有夢澤這般巨大罷了。

夢澤的蜥蝪，通常皆在一丈至二丈之間，楚人稱牠為石龍子。牠體若圓筒，皮有細鱗，口吻短而厚，兩眼分離頗闊；頭頂尚有小眼，叫做「顱頂眼」。雄的是青綠色，背面有黑色直紋數條；雌的是淡褐色，體側各有直紋一條。牠的尾巴細長，易斷，也容易再生，愛穿梭於草叢間，捕蜈蚣、小蟲為食。

董飛所見到的這隻巨蜥周身青綠，應當是雄蜥。

巨蜥本想追捕岸上的小蜈蚣，忽見有人橫劍於前，便立即止步，口吐赤舌，發出「嘶嘶」的叫聲。更奇異的是，牠身上的顏色開始由青轉黃，由黃轉赤，又由赤轉藍……直看得董飛眼花撩亂，驚奇萬分。

原來，出現在董飛眼前的巨蜥是一隻能變換七種彩色的蜥蝪，牠身有劇毒，凡被牠咬中的人，五步之內必死無疑，而且骨頭也將糜爛成漿。

董飛深知變色巨蜥的厲害，因此不敢大意，仍然持劍立於一丈之外。巨蜥只顧向前瞻看，無法望後，就算牠背後有何動靜，也不知道。

正在此時，一條丈八長的金色蜈蚣忽從背後向巨蜥襲擊，巨蜥冷不防被金蜈蚣咬去一節尾巴，於是怒而轉身，想跟金蜈蚣決一生死。

蜈蚣為百足之蟲，全身由二十餘環節聯綴而成，每節有足一對，鉤爪十分銳利，端有小孔，內通毒腺，能注射毒液。其全身金黃而頭是紅色的，為金蜈蚣，毒性最烈。

相傳姑射山上的金蜈蚣，大的可以吸食兔子，一丈以上的，更能飛入蒼天，與龍爭霸，因此常為天雷擊斃。

巨蜥尾巴雖然被金蜈蚣咬斷一節，但全身依舊靈活自如，不受影響，而且被咬斷的那節尾巴也在地上打滾不已，彷彿跟活的蜥蜴一樣。

兩隻怪蟲正要拼個你死我活之際，忽然湖心傳來「蓬蓬」的鳴聲，響若軍鼓，音律震人，於是牠們不再交戰，分頭向林中逃竄而去。

「蛟龍！」董飛見了，於是脫口說出蛟龍二字。珮珩聽到之後，也趕緊向湖心望去。但，湖心平靜，杳無龍影。而且，鼓聲只響了一下子，便馬上消去。

董飛感到十分詫異，便對珮珩說道：「珮珩姑娘！蛟龍雖然鳴聲如鼓，聲震山陵，但是根據咸陽的情報，蛟龍白天藏潛於水中，到夜晚才會上岸鳴叫，剛才聽到的鼓聲，不應當是蛟龍才對！」

「我同意董大哥的看法！」珮珩點頭道。

「可是！」董飛又說道：「如果不是蛟龍，那又該是何種水怪呢？金蜈蚣與巨蜥為何一聽到聲音就倉惶逃去？」由於湖中一直未有動靜，董飛百思莫得其解，於是又問身邊的珮珩。

「董大哥！我們再觀察一陣子好了！」珮珩則安慰董飛道。

轉眼又到正午時分。湖心平靜，波光粼粼，岸邊傳來郁郁花香，卻聽不到半聲鳥語。

湖光山色，引人入勝，楚地風景畢竟較咸陽幽美。只是，在如許幽美的地方，卻潛伏著無數駭人的精怪，這豈是造物者的本意？

董飛凝望夢澤，只見雲水蒼茫，周岸遼闊，在這方圓五百里大的地方，誰知蛟龍會從何處上岸呢？如果他們人在東岸，而蛟龍卻潛藏在西岸，或他們人在南岸而蛟龍卻躲在北岸，那該如何是好？

6 · 珠引蛟龍

時間慢慢過去，轉眼已到黃昏時候。

一想到這個頭疼問題，董飛便問珮珩：「怎麼辦？珮珩姑娘！要如何才能把蛟龍引到岸上來？」

「董大哥！別著急！我可以口含明月珠潛入水底，幫你把蛟龍引誘到岸上來，你再拔劍刺殺牠也不遲！」珮珩回答道。

「那多危險啊！萬一妳被蛟龍咬到或……」董飛搖搖頭說道。

「董大哥！這個你儘管放心好了！我的潛水技術無人能及，就算是蛟龍，也沒我游得快！只是……」珮珩用充滿自信的口吻回答道。

「只是什麼？妳快說！」董飛隨即問道。

「只是，董大哥！為了萬一起見，我想再借用一下你奪來的一對昆山白玉琥，不知道可不可以？」珮珩婉轉地問道。

「珮珩姑娘！你要把白玉琥也帶到湖底去？」董飛一聽，頓時緊張了起來。這也難怪，因為，他千辛萬苦奪來的兩件天下至寶，如果都被珮珩拿去引誘蛟龍，萬一也都被蛟龍吞進肚裡，那該如何是好！

「董大哥！你誤會了！蛟龍只對明月珠感興趣，對白玉琥則毫無興趣，我是不會把它帶到湖底去的！」珮珩趕緊說道。

「那，妳要它做何用途？」董飛順口問道。

「我只是想用雙手握它半個時辰罷了！萬一遇到緊急狀況時，我至少能跟蛟龍搏鬥一陣子！」珮珩解釋道。

「原來是這樣啊！好！我立刻拿給妳！」董飛說完，便從馬背上的包袱中取出白玉琥交給珮珩。

　　珮珩一拿到白玉琥，說聲：「謝謝！」之後，就用雙手緊緊握住它。

　　半個時辰之後，珮珩將白玉琥歸還給董飛，然後特別提醒董飛說：「董大哥！等我一游上岸時，你就要立刻刺殺蛟龍！千萬別讓牠有吞食明月珠的機會！知道嗎？」

　　「為什麼？」董飛不明白珮珩的意思。

　　「因為，相傳水中青龍一旦吞下明月珠之後，馬上就會乘雲而飛，直上九霄，變成一條會噴吐火珠的金色巨龍！到時候你就拿牠莫可奈何了！」珮珩解釋道。

　　「原來如此！幸虧妳提醒我！要不然真會誤了大事啊！」董飛帶著謝意說道。

　　「董大哥！那，你快把明月珠遞給我！它一方面可以當照明之用，一方面可以引誘蛟龍上岸！」珮珩伸出手示意道。

　　「好！珮珩姑娘！妳儘管拿去就是了！」董飛立刻把手中的明月珠交給了珮珩。

　　「董大哥！難道你不怕我帶著明月珠從水裡潛逃了嗎？」珮珩握著明月珠，忽然半開玩笑似地說道。

　　「珮珩姑娘真會開玩笑！」董飛也笑著說道。

　　「那！董大哥！那我就要下水尋龍去囉！」珮珩對著董飛莞爾一笑道。

　　「我知道！我馬上轉身！保證不會偷看妳換衣裳的！」董飛神情嚴肅地說道。

　　「誰說我要換衣服？」珮珩噗哧一笑道。

　　「不換衣裳？妳穿這身衣裳，游起來多不方便啊！」董飛趕忙回答道。

　　「我有避水神丹一粒，根本就不會弄濕衣裳！」珮珩揚眉一笑。

「避水神丹？」董飛則吃了一驚。

「嗯！就是一種防水聖藥！服下之後，身體四周三尺之內都不會沾水！因此，一點也不會妨礙我游水！」珮珩解釋道。

「珮珩姑娘！妳怎麼會有這種神藥？」董飛聽了之後又好奇地問道。

「這是祖傳秘方！聽家父說，這避水神丹是我祖父利用一萬片鮫魚魚鱗熬製百日而練成的避水藥丸，一共只有三粒。家父與祖父已經用掉兩粒，他們都見證了神奇的防水效果，而我手中的這最後一粒，如今也要派上用場了！」

珮珩微微一笑之後，立刻吞下避水神丹，嘴巴含著明月珠，噗通跳入水中。

董飛望著汪洋的湖水，心中暗想：「這夢澤方圓五百里，水深五十丈，水怪四伏，珮珩姑娘將如何脫險？如何找到蛟龍的藏身之處呢？就算找到了，會不會被蛟龍一口吞食了呢？」想到這裡，他不免替珮珩擔憂了起來。

7・飛劍刺龍

子夜時，星光忽黯，雲層漸黑。湖面開始響起潑刺的水聲，董飛聽到水聲，立即起身拔劍，向岸邊望去。

這時珮珩嘴巴含著明月珠游到岸上，岸邊水花四濺，白如冬雪。她身後一隻身長三丈的青色蛟龍也從水中游上岸來。一上岸就朝天空鳴叫了兩聲，聲若雷霆，震耳欲聾。董飛聽了，也不寒而慄。

「董大哥！快舉劍刺殺蛟龍！萬一讓牠吞下明月珠就來不及了！」珮珩將明月珠從嘴裡拿到手中，邊跑邊向董飛邊大叫道。

董飛一聽，於是執劍騰空，向前躍去。

當他與蛟龍只有一丈的距離時，突然發現眼前這隻蛟龍，咽喉底下並有李斯所說的的五寸大氣囊，於是他立刻問珮珩道：「珮珩姑娘！這隻蛟龍咽喉底下沒有大氣囊，找不到牠的要害，就刺不死牠的！」

珮珩一聽，趕緊大聲說道：「董大哥！蛟龍的氣囊在牠的肚臍眼底下！你只要刺牠的肚臍眼，便可以戳破牠的黑色氣囊，讓牠一命嗚呼！」

「珮珩姑娘！妳不會看錯了吧？肚臍眼底下怎會有氣囊呢？」董飛詫異地問道。

「董大哥！待會兒我再向你解釋！你現在馬上刺牠肚臍眼的地方！遲了就來不及了！」珮珩急出一身冷汗說道。

董飛一聽，立刻舉劍直朝蛟龍的肚臍眼刺去。誰知蛟龍機警得很，牠似乎洞察出董飛的用意，因此一個大轉身，讓董飛撲了個空。

董飛見蛟龍躲過他的凌厲攻勢，立刻騰空躍起，不斷從蛟龍頭部掠過，讓蛟龍將注意點集中在頭部。這樣來回飛掠了十次，蛟龍終於耐不住性子，張嘴欲吞食董飛。

「董大哥！小心！」距離蛟龍只有二十步之近的珮珩，手握明月珠對著董飛高喊道。

董飛見珮珩手握明月珠對她喊叫，擔心蛟龍會上前將珮珩連同明月珠一塊吞下腹中，於是馬上舉劍假裝欲刺蛟龍的眼睛。

蛟龍見狀，隨即將頭仰直，以避開董飛的攻擊；董飛則一個燕子翻身，趁機往蛟龍的腹部用力刺去！蛟龍則立即用尾巴橫掃董飛左臂，但為時已晚，太阿劍尖已刺中牠的肚臍眼。

蛟龍腹部中劍之後，果然血流如注，嗚聲淒厲，砰的一聲就倒地不起了。但蛟龍畢竟不是凡物，牠在地上呻吟了半個時辰，才閉上雙眼，口吐紅沫，死了過去。

　　董飛見了之後，鬆了一口氣，於是問珮珩道：「珮珩姑娘！妳現在可以告訴我，妳是如何知道在蛟龍肚臍下有一個黑色氣囊的原因了吧？」

　　「董大哥！我用扁鵲透視術得知的！」珮珩笑答道。

　　「扁鵲透視術？」董飛一聽，整個人都愣住了。

　　「沒錯！這是一門能洞察五臟六腑的神技！扁鵲這位醫生得到蓬萊仙人長桑君送給他的奇藥，連服三十天之後，竟然能把人的五臟六腑看得一清二楚，這對他診斷病情的準確度大有助益，也因此有了『神醫』的封號。」珮珩解釋道。

　　「那，珮珩姑娘！我問你！妳是神醫扁鵲的後代嗎？要不然你怎麼懂得此種透視術？」董飛問道。

　　「我哪是什麼神醫扁鵲的後代！說起來令人難以置信！董大哥！我滿十五歲的當天晚上，曾經夢見蓬萊仙人長桑君問我想不想擁有透視術，我回答他『當然想！』，於是他將最新祕方傳授給我之後，便飄然而去。」珮珩回答道。

　　「最新祕方？難道透視術有兩種祕方不成？」董飛大惑不解。

　　「沒錯！舊的祕方需連續服藥三十天，而且必須用天池的雪水服下才管用！

　　新秘方則簡單，只要服藥一天，用普通雨水服下便能見效！」珮珩說道。

　　「果然簡便多了！」董飛也說道。

　　「但是……」珮珩輕輕嘆了一聲。

　　「但是什麼？」董飛追問道。

　　「但是，這藥的藥效只能透視五尺之內的鳥獸蟲魚，不像舊的祕方可以透視五丈之內的任何東西！而且長桑君還提了個附帶條件！」珮珩回答道。

「什麼附帶條件？」董飛又問道。

「就是要我終身不得將此秘方告訴家人或傳授給他人，否則我會七孔流血而死！」珮珩無奈地說道。

「那，珮珩姑娘！妳答應了長桑君嗎？」董飛追問道。

「當然答應了！你想，透視術是我夢寐以求的獨門神技，我怎能失去這個大好機會呢？」珮珩說道。

「所以，連你家人都不知道這件事！對嗎？」董飛推論道。

「董大哥說得一點也沒錯！夢醒之後，我半信半疑，照著夢裡的祕方偷偷去抓藥、煎藥，然後服了下去。結果，不到半晌工夫，我真的能透視五尺之內的鳥獸蟲魚！當時我內心著實高興萬分，但又不能把這個祕密告訴家人！」珮珩委屈地說道。

「珮珩姑娘！幸好妳有透視術，要不然我就殺不死這隻蛟龍了！」董飛滿懷謝意地說道。

「也幸好我在水裡已經偷看到蛟龍氣囊的正確位置，要不然等牠游上岸後，我再走近牠身旁觀察，那我早就被牠一口吞下去啦！哪還能站在這裡跟董大哥說話呢？」珮珩笑容洋溢地說道。

8・奇異水怪

「真難為妳了！珮珩姑娘！對了！妳方才潛入水深五十丈的湖底，有沒有遇到可怕的水怪？我真替你擔憂呢！」董飛用關心的語氣問道。

「謝謝董大哥的關心！我方才潛入湖底時，的確遇到一些前所未見的奇異水怪！」珮珩欣慰地回答道。

「都是些什麼水怪？」董飛睜大雙眼問道。

「十丈深時遇到一條三彩巨魚，二十丈深時遇到一隻紫螃蟹，三十丈深時遇到一隻赤色巨蝦，四十丈深時遇到一隻藍色水蜻蜓。」珮珩答道。

「牠們有什麼奇異之處？」董飛好奇地追問道。

「可奇了呢！那條三彩巨魚長了三頭六眼，身長大約三丈；頭是橙色，眼是紅色，身體是綠色。牠一張嘴，嘴裡就會吐出百多條金色小魚來。那隻紫螃蟹巨大如象，身上有十八隻腳，兩眼會射出紫色光芒，兩只鉗子則如同兩把斧頭似的銳利！那隻身長一丈的赤色巨蝦更嚇人：無殼無尾不說，全身還流著紅通通的血液。至於那隻藍色水蜻蜓，身體比普通蜻蜓起碼大上一千多倍！牠的翅膀是深藍色，身體是淺藍色，兩隻眼睛大得像是兩個人頭！最奇特的是，牠翅膀稍一震動，你就感覺四周彷彿在地震似的！」珮珩也娓娓回答道。

「這的確是奇異的水怪！不曉得牠們會不會吃人？」董飛急著問道。

「當然會啊！」珮珩答道。

「那，妳是如何脫險的？」董飛瞪大雙眼繼續追問下去。

「當然是靠明月珠了！」珮珩笑答道。

「靠明月珠？據我所知，明月珠只有照明的作用，它如何能幫妳脫險呢？」董飛不解地問道。

「董大哥有所不知！這明月珠是水中巨蟒的產物，相傳它可以抵擋水怪的攻擊。幸虧我嘴裡含著明月珠，它發射的光芒可以嚇退水怪！要不然我早就成了三彩巨魚的腹中點心了！只不過……」珮珩停頓了一下。

「只不過什麼？」董飛急著問道。

「只不過它雖能抵擋水怪的攻擊，但遇到蛟龍就失去神效，而且還會被蛟龍吞進肚裡呢！」珮珩回答道。

　　「原來如此啊！」董飛恍然大悟之後，心中不免暗想：「軍師確實曾經告訴過我，明月珠是水中巨蟒的產物；但明月珠的光芒具有阻止水怪攻擊的神奇力量，蛟龍會吞食明月珠，這兩種傳說，他似乎未曾告訴過我啊！為何珮珩姑娘知道此一秘密，而我卻不知道呢？」

　　「董大哥！你在想什麼事情想得這麼出神？」珮珩望著董飛問道。

　　「喔！沒想什麼！我只是在想：妳口含明月珠去湖底引蛟龍上岸，實在是太冒險、太玩命了！我真替妳捏一把冷汗！」董飛順口答道。

　　「我知道董大哥擔心我的性命！可是，若不這麼冒險的話，就刺殺不了蛟龍。刺殺不了蛟龍，就得不到龍皮啊！得不到龍皮的話，你如何完成咸陽交代你的重大任務呢？」珮珩也解釋道。

9 · 苦剝龍皮

　　董飛聽了之後，只好對著珮珩苦笑了一下。然後走進蛟龍身旁，用太阿寶劍把牠的肚子剖開，準備進行剝皮的工作。

　　這時，湖面翻滾，水花噴天，從湖裡突然間冒出一條比原先還大上十倍的黑龍，看上去約有三十丈之長。

　　「董大哥！小心背後！」珮珩見到此一情景，驚訝萬分，於是馬上向董飛大聲警告。

　　董飛聽了，猛回頭一看，果然是一條巨大無比的蛟龍，他心中即想：「根據軍師給我的情報，楚國雲夢大湖只有一條三丈長的青龍，怎麼忽然間又冒出一條三十丈長的黑龍來呢？」

　　大黑龍登岸，見到小青龍的屍體之後，一時兇性大發，眼露殺機，張口就想吞噬董飛。董飛雖然手持太阿寶劍，但面對此一龐然大物，他竟然呆住不動了。

　　珮珩目睹此一緊急狀況，心中其實早有對策。

　　等大黑龍一張開巨嘴，珮珩便手握天牛弓，騰空躍起，朝牠咽喉射出一箭，只聽一聲慘叫，一團烈火，巨大的龍頭早已被燒成灰燼。失去龍頭之後，龍身站立不穩，終於搖晃倒地，奄奄一息。

　　「珮珩姑娘！想不到妳的箭法這麼厲害，不知道你用的是什麼神弓利箭，一支箭就能讓巨龍龍頭燒焦斃命！」董飛見狀，一臉驚訝地問道。

　　「我用的是金烏箭與董大哥射殺翠鳳的天牛弓！」珮珩不慌不忙地答道。

　　董飛一聽此話，趕緊瞄一瞄馬背上的弓袋。原來，弓袋早已被人打開了。他心想：「珮珩姑娘竟然知道自己攜帶射鳳的天牛弓，而且還拉得開天牛弓，真是個不簡單的人物啊！我得留意她一點才行！」想完，便故意問道：「珮珩姑娘！妳怎麼會有此種神箭呢？難道妳出生於神箭世家嗎？」

　　「沒錯！家母是姑射山神箭手列御寇的後代，箭法高超，無人能及，素有『女后羿』之封號。我從三歲時跟她學箭，整整學了十三年之久。」珮珩解釋道。

　　「原來如此啊！那，珮珩姑娘！妳也稱得上是『小女后羿』囉？」董飛由衷讚嘆道。

　　「不敢當！不敢當！」珮珩不好意思地說道。

　　「可是……」董飛又問道。

　　「可是什麼？董大哥直說便是！」珮珩笑了一笑。

「可是，據我所知，后羿用僅有的九支金烏箭，射落九個太陽之後，世上再也沒有金烏箭了！再說，缺了天牛弓，金烏箭不也成了廢物嗎？」董飛解釋道。

「這是誤傳！」珮珩語氣堅定地說道。

「誤傳？」董飛一聽，隨即露出詫異的表情。

「沒錯！事情其實是這樣的：后羿本有十支金烏神箭，射落九個太陽之後，還剩一支，於是他將此支神箭與天牛弓分別藏匿在終南山的七仙窟與九華洞裡。」珮珩解釋道。

「他為何不將弓箭藏在同一個地方呢？」董飛又是一臉疑惑。

「因為，他擔心弓箭一旦落入惡人手中，會產生意想不到的嚴重後果！」珮珩回答道。

「是什麼樣的嚴重後果？」董飛急著問道。

「怕萬一有人把天上僅剩下的一個太陽也胡亂射下來，那百姓就暗無天日啦！」珮珩肅然答道。

「既然是這樣，那，他何必多此一舉？直接把天牛弓與金烏箭銷毀不就成了嗎？」董飛仍然不解其中的道理。

「不行！天牛弓與金烏箭是不能任意銷毀的！」珮珩語氣沉重地說道。

「為什麼？」董飛用詫異的眼神問道。

「因為，傳說任意銷毀天牛弓與金烏箭是要遭受天譴的！」珮珩回答道。

「是什麼樣的天譴？」董飛神情緊張地問道。因為，他心想，他射擊翠鳳用的天牛弓弓柄，已經被李斯派箭工鑿了一個比明月珠稍微大一點的圓孔。這種舉動算不算是銷毀？會不會遭到天譴呢？萬一會的話，是李斯，箭工，或者連他這個射鳳的人都要一起受罰呢？一想到這，內心自然恐懼起來。

「不確定是什麼樣的天譴，好像是遭受天打雷劈或是五馬分屍之類的極刑吧！」珮珩笑著回答道。

「原來是這樣的！可是，珮珩姑娘！天牛弓一直藏匿在咸陽，金烏箭卻留在楚地。沒有了天牛弓，光有金烏箭又有何用呢？」董飛又追問道。

「誰說金烏箭留在楚地？它也一直藏在咸陽啊！」珮珩笑著說道。

「不會吧？如果藏在咸陽，為何軍師只給我天牛弓，不給我金烏箭呢？」

董飛半信半疑地問道。

「董大哥！那是因為射擊翠鳳必須使用明月珠，這麼一來，金烏箭也就成了廢物的緣故啊！」珮珩趕緊解釋道。

「原來如此！可是……」董飛心中還是有團疑惑。

「可是什麼？董大哥不妨直說便是！」珮珩笑說道。

「可是，珮珩姑娘！金烏箭與天牛弓都在咸陽的話，妳要如何練習射擊呢？再說，要拉開這天牛弓必須要有九牛二虎之力才行，妳……」董飛問道。

「咦？董大哥！你忘了嗎？我跳入湖底前，不是向你借用了白玉琥半個時辰嗎？」珮珩噗哧一笑道。

「喔！我想起來了！」董飛恍然大悟道。

「董大哥！關於我是如何拿到金烏箭的過程，等你回到咸陽詢問李軍師就知道了，請恕我不能多說了！」珮珩也神祕地笑說道。

董飛聽了之後，只好對著珮珩點了點頭，繼續進行剝龍皮的工作。

蛟龍皮上的鱗甲十分堅韌，董飛費了半天的力氣也剝不動它。於是他靈機一動，將一對白玉琥取出來，用雙手緊握片刻，

等到全身充滿力氣時，再去剝動龍皮，這回剝龍皮就像是剝芭蕉皮一樣輕鬆自如了。

他先將頭尾斬去，只留中間背脊部份。蛟龍腹部無甲，因此全身最珍貴之處就在於背部的皮甲。想要擊神龍大鼓，就必須採用牠背脊上的皮甲，如此方能展現聲震百里的赫赫神威。

由於兩條神龍，一條身長三丈，另一條則身長三十丈，截頭去尾之後，仍有十丈之長。因此，剝甲工作進行得十分緩慢。董飛大概費了兩個時辰的工夫，才將母龍與小龍的龍皮全部順利剝下。

「珮珩姑娘！有了母龍與小龍這兩張龍皮，回到咸陽之後，大王就有十座神龍鼓可以大顯神威了！當然，這一切都得謝謝妳的從中協助！」董飛看著大小龍皮，禁不住興奮地說道。

「董大哥！別客氣！這是我應該做的事情！」珮珩則淺淺一笑說道。

10 · 萬年葵花

天已破曉，朝陽又冉冉上升。

董飛見天色已亮，趕緊將血淋淋的龍皮拿到湖邊洗滌，順便也將沾染血腥的雙手一併洗淨。血入湖中，湖水由白染紅，再漸漸溶去。

洗完龍皮和雙手，董飛於是回到珮珩身邊。

「對不起！董大哥！我剛才沒能幫你清洗龍皮！」珮珩尷尬地說道。

「沒關係！我一個人就足夠應付得了！倒是妳，珮珩姑娘，妳一夜都沒睡好，本來就該在樹下好好休息的！」董飛毫不介意地回答道。

「董大哥！你誤會了！我不是這個意思！」珮珩趕忙澄清道。

「那，珮珩姑娘，妳的意思是……」董飛抬頭問道。

「我的意思是，這龍血含有劇毒，據說雙手沾到龍血之後，如果不在半天之內觸摸鐵樹雄花，雙手就會逐漸枯萎掉！」珮珩帶著愁容解釋道。

「真的！」董飛一聽，嚇了一大跳。趕緊看看自己的雙手有無異樣。

「我也是聽家父告訴我的！」珮珩緊接著說道。

「那，要上哪裡去找鐵樹雄花呢？」董飛又急著問道。

「很好找！咸陽宮內就有！」珮珩回答道。

「哦？那我得儘快趕回咸陽才是！」停了一會兒，董飛又問道：「對了！剛才珮珩姑娘提到鐵樹雄花，難道鐵樹還有雌花不成？」

「那當然！鐵樹分為雌雄兩種樹木，雄樹開雄花，形狀像圓錐；雌樹開雌花，形狀像圓球。你是男兒身，中了龍血劇毒，就必須靠雄花來醫治！而我是女兒身，若是中了龍血劇毒，當然要靠雌花來醫治！問題是，咸陽宮裡並沒有種植雌的鐵樹，那我的雙手豈不要殘廢了？這也就是我不能幫董大哥清洗龍皮的真正原因！」珮珩娓娓解釋道。

「原來如此！我差點誤會珮珩姑娘了！」董飛滿臉歉容說道。

「沒關係！只要董大哥了解我的為難之處就行了！」珮珩笑著說道。

這時，陽光燦爛，頗有暖意，董飛見了，趕忙將龍皮攤開在岩石之上。

「董大哥是要把龍皮曬乾嗎？」珮珩隨即問道。

「是的！珮珩姑娘！要不然溼答答的龍皮怎麼好攜回咸陽呢？」董飛答道。

「董大哥！聽說龍皮要曬四個時辰才會完全乾掉呢！」珮珩提醒董飛道。

「四個時辰就四個時辰吧！」董飛說道。

「可是！董大哥！這麼一來，就會貽誤你治療雙手的時機啦！」珮珩憂心忡忡地說道。

「那該怎麼辦？」董飛一臉無可奈何的樣子。

「別擔心！董大哥！我身上早就準備好了向陽神粉一包，可以馬上讓龍皮去腥變乾！」珮珩望著董飛，臉上露出一絲神祕的笑容。

「向陽神粉？我怎麼從未聽說過這種東西？」董飛又是一驚。

「那當然啦！向陽神粉是用巫山獨有的萬年葵花曬乾後磨成的細粉！只要用少許一點粉撒在潮濕的物品上，物品轉瞬間就乾得像曬過大太陽似的！別的地方怎會有此種神奇的藥粉呢？」珮珩揚著雙眉說道。

「這萬年葵花長得什麼樣子？為何會有乾燥的奇效？」董飛忍不住追問道。

「萬年葵花長得像菊花一般金黃，但是卻比普通菊花要大上五十倍！它的花蕊是紫色的，花瓣多達五百片。它朝著太陽開花，然後吸收太陽的精華，如此吸收萬年之久，終於蘊藏了像陽光一樣的晒乾能力。」珮珩耐心地解釋道。

「可是……」董飛又有了疑惑。

「可是什麼！董大哥儘管說便是！」珮珩笑著說道。

「可是，遇到下雨天，萬年葵花不就無法吸收陽光了嗎？」董飛說出他心中的憂慮來。

「這個請董大哥放心好了！萬年葵花吸收足夠的陽光之後，即使遇到下雨天，也會將雨水蒸發，絲毫不影響它神奇的晒乾能力！」珮玎又加以解釋道。

「原來如此！那，萬年葵花開遍整個巫山嗎？」董飛隨即問道。

「不！巫山雖然漫山遍野都開滿了金黃色的葵花，然而萬年葵花卻只有一朵！」珮玎也回答道。

「沒想到巫山竟有這樣的奇花！」董飛嘖嘖稱奇道。

「其實，我聽家伯說，橫跨秦楚邊界的回春山，也長了一些奇花異果，而且是個隱居的好地方呢！只不過有無萬年葵花就不得而知了！」珮玎也隨口說道。

「回春山？嗯！聽起來確實是座好山！」董飛停頓一下之後又問道：「對了，珮玎姑娘，如何才知道哪一朵是萬年葵花呢？」

「很簡單！其中最大的那朵便是！」珮玎又笑著說道。

「原來如此！那，珮玎姑娘，妳怎麼會有向陽神粉這種奇藥？」董飛心中又起了好奇心。

「這乃是家伯傳下來的秘方！聽家伯說，有一天他在巫山神女峰採擷果子時，無意間發現一朵大葵花對著太陽閃閃發光，那葵花足足有五個人的臉龐那麼大。他一看之下，吃驚不已，心想這一定是傳說中的萬年葵花，於是趕緊將大葵花摘下帶回家，然後磨成細粉，測試它的曬乾能力。結果證明那朵大葵花的確是傳說中的萬年葵花。家伯欣喜若狂，便將磨成的細粉命名為『向陽神粉』。只不過……」珮玎將實情一五一十地說了出來之後，又停頓了一下。

「只不過什麼？」董飛追問道。

「只不過這兩張龍皮佔的面積太大！灑完之後就沒有剩餘的神粉了！要的話還得再等一萬年！」珮玎搖搖頭說道。

「那不是太可惜了嗎？」董飛也輕輕地搖了搖頭。

「再可惜也不如董大哥的任務重要、雙手重要啊！」珮珩又笑著說道。

「謝謝珮珩姑娘！」董飛眼神流露著感激之情。

11・神粉奇效

珮珩望了望董飛一眼之後，於是從懷中拿出一個小包，然後打開它，把金黃色的細粉分別撒兩張龍皮上。說也奇怪，轉瞬間龍皮就變乾了。董飛在一旁看了，也覺得不可思議。

「董大哥！你用手摸摸看！用鼻子聞聞看！」珮珩指著岩石上的龍皮說道。

董飛一聽，趕緊用手去觸摸，果然乾得像曬過大太陽似的。摸完，他又聞了聞龍皮，原先的腥味全沒有了，而且還多了一股清香。於是，他張大眼睛對珮珩說道：「珮珩姑娘！這向陽神粉簡直太神奇了！」

「它還有更神奇的地方呢！」珮珩笑著說道。

「哦？更神奇的地方？妳快說說看！」董飛急著問道。

「相傳龍皮接觸向陽神粉之後，皮質會更柔韌，製成大鼓所發出的鼓聲，會更加雄壯、更加讓人聞聲喪膽！」珮珩說道。

「真的？」董飛睜大了眼睛問道。

「董大哥！若是你不信的話，等你回咸陽後一試便知！」珮珩朝董飛笑著說道。

「珮珩姑娘！我當然相信妳說的話了！」董飛也笑著回答道。

說完話，董飛連忙將龍皮疊好，與翠鳳羽毛放在同個行囊之後，立即與珮珩雙雙跨上馬背，準備離開夢澤。

　　「珮珩姑娘！我先送妳回碧柳溪！如何？」董飛由衷地問道。

　　「不！謝謝董大哥！你還是直接回宮覆命，醫治雙手要緊！我就在此與你分道揚鑣了！我們後會有期！」話一說完，珮珩頭也不回地策馬朝碧柳溪方向奔馳而去。

　　董飛依依不捨地目送珮珩遠去之後，壓在心中的那塊大石頭也頓時放了下來。說真的，他好幾次都懷疑珮珩會不會像是用易容術冒充琉璃的雲無心一樣，前來騙取他奪到的七件天下至寶。因為，珮珩知道的機密實在太多了，珮珩深藏不露的神技不知還有多少。萬一珮珩將他暗中殺害，然後把所有寶物奪走，那他不是白忙一場了嗎？想到這裡，他還心有餘悸呢。不過，事實證明，珮珩是咸陽派來助他奪寶的得力助手。沒有珮珩的出手相助，他是完成不了這個奪寶任務的。

　　憂慮一解除，董飛眉開眼笑，隨即掉頭向黑狐道方向疾馳而去。

　　這時，夢澤的水面開始有了動靜，湖心波濤洶湧，水花噴天，遠處更傳來江水嗚咽的聲音……

第十章
冠劍典禮動山河

1・冷霜逼人

　　黑狐道是楚國都城至秦國都城之間的一條捷徑。這條道路寬達三十步，兩旁青松矗立，高可遮天。由於少年秦始皇即位後，傳說道路兩旁經常有黑狐出現，襲擊路客，楚人便稱這條道路為「黑狐道」。由黑狐道至咸陽，可以不經函谷關，因此，往返時間也縮短了兩個時辰。

　　董飛馬不停蹄地在黑狐道上奔馳，騎到一半路程時，突然間從松林間竄出一個身穿黑狐皮的壯漢出來，站在他前方約二十步地方。由於壯漢並未蒙面，因此董飛可以清晰地看到他的面容。雖然此人體型魁梧，身高八尺，但卻長得眉清目秀，頗有玉樹臨風之姿。令人不解的是，他身上既無長劍，手上也無大刀，像是一個手無寸鐵之人。

　　「你是何人？竟敢攔住我的去路？還不快快讓開？」董飛見狀，立即勒馬大聲喝道。

　　「董騎衛！切莫慌張！我是李軍師派來接應你的人！我叫天若霜！」壯漢語氣溫和地說道。

　　「軍師派來接應我的人？不對吧？軍師是要我完成任務後回咸陽鳳韜室覆命的，怎麼會在咸陽城外的黑狐道來接應我？」董飛帶著懷疑的口吻問道。

　　「董騎衛有所不知，鳳韜室在三天前的一場無名大火中早已化成灰燼，目前還在調查失火原因。據說，大王為此事大發雷霆了三天。因此，軍師特派我前來通知你，要你改往別處覆命！」天若霜隨即回答道。

　　「改往何處覆命？」董飛又半信半疑地問道。

　　「改往咸陽城外的虎尾墟覆命！」天若霜答道。

「虎尾墟？我好像從未聽說過這個地名！」董飛皺了一下眉頭。

「那當然！虎尾墟是一座隱藏在蘆花叢裡的廢墟！它有密道可直通咸陽城內李軍師的另一間地下辦公室！」天若霜解釋道。

「軍師還有另一間地下辦公室？」董飛詫異地問道。

「沒錯！要不然大王會那麼倚重他嗎？」天若霜笑答道。

「原來如此！」董飛點點頭之後，便隨天若霜而去。

到了目的地之後，董飛才一下馬，忽然間一位滿臉傷疤的紅衣男子從蘆花叢裡走出來對他大叫道：「董飛，還認得我嗎？」

董飛仔細一看，那不是白梅仙子的師弟花如劍嗎？他為何會出現在此地？正百思不解的時候，天若霜卻對他狂笑道：「董飛！老實告訴你吧！我與花如劍都是白梅仙子的師弟！你害死我師姊；又害我師兄變得面目全非，無臉見人！今天就是我為師姊與師兄報此血海深仇的時候了！」

董飛聽了之後，才知道中了天若霜設下的圈套。於是對著天若霜大罵道：「卑鄙小人！竟敢冒充軍師的部屬來欺騙我？」

「這怪誰？誰要你輕易就相信別人的謊話？」天若霜冷笑一聲道。

「騙你又如何？還不快把奪來的七件寶物一一交出來？」花如劍也怒斥道。

「哼！諒你沒這個本事！你的花劍神功我早已領教過了！你心裡應該十分明白吧？」董飛也狠狠瞄了花如劍一眼。

「董飛！少說大話！你還沒嚐嚐我『冷霜壓劍』的厲害呢！」天若霜說完話，便從懷中取出一雙紫色匕首向董飛揮舞過來，董飛則手持太阿劍迎戰。

　　天若霜的匕首只有太阿劍的三分之一長，是一種近身攻擊的短劍。若單就長度而言，匕首自然不是長劍的對手。然而，他每揮舞一次，就有一層厚達七吋的紫色冷霜從劍身射出，急速飛向太阿劍，使得董飛的太阿劍上結滿了冷霜，而且越結越多，劍身沉重得讓董飛幾乎握不住，眼看就快要掉到地上。

　　「哈！哈！董飛！現在你該知道我『冷霜壓劍』的厲害吧？告訴你！我這紫冷霜可不是一般稀薄的秋霜，它是一種神奇的厚霜，重量可以達到一萬斤！我知道你雙手曾握過崑山白玉琥，全身增加了兩頭猛虎的力氣。但是，你最多也只能舉起五千斤的重物。所以我暗地裡也將冷霜的重量跟著提高了兩倍！你做夢也想不到吧！當冷霜重達一萬斤時，你就拿不動太阿劍，而且冷霜發出的寒氣會使你全身顫抖，武功盡失！更重要的是，世上只有我天若霜才有化霜消寒的秘方！」天若霜一面揮舞匕首，一面大笑道。

　　董飛一聽，心想：「糟糕！萬一太阿劍被天若霜奪去，我又武功盡失，那天下至寶不都歸他所有了嗎？」想著想著，他心急如焚，不知該怎麼辦才好。

　　正在此時，忽然有人從遠處大喊道：「鳳剋霜！」

　　董飛聽見此語，恍然大悟，立即從馬背上的行囊裡取出一根鳳毛，朝天若霜用力揮舞。說也奇怪，董飛這麼一舞，從鳳毛的碧眼中發出一道紅色的熱光，太阿劍上的冷霜忽然急速融化，又恢復了原先的重量，。

　　天若霜與花如劍一看，雙雙大吃一驚。他們二人自知難逃太阿劍的攻勢，於是互望一眼之後，兩人同時用雙掌猛劈自己的天靈蓋，倒於地上。

　　董飛見狀，驚訝莫名。心中暗想：「花如劍與天若霜究竟是何人派遣來的死士？」就在他暗想的時候，一匹白馬從他身旁飛馳而過。他還來不及看清楚是何人時，白馬騎士已經消失無蹤。

董飛心想：「這人又是誰？為何不突襲我就揚長而去？難道就是剛才大喊：『鳳剋霜！』，救我一命之人？」想罷，趕緊跳上馬背，朝咸陽方向急馳而去。

事實上，董飛哪裡曉得，白梅仙子、天若霜與花如劍三人，都是呂不韋秘密豢養的死士。當呂不韋得知少年秦始皇與李斯派遣董飛出關奪寶之消息後，也暗中派遣三人陸續去攔截董飛奪得之寶物。因為，他知道，誰擁有了七件天下至寶，誰就能獨霸天下。他雖然已位居相國之職，但一來少年秦始皇逐漸長大，很想獨攬大權，擺脫他的控制；二來李斯漸受少年秦始皇的重視，還向少年秦始皇獻出奪寶大計。萬一李斯計畫成功，那他的丞相職位也就岌岌可危了。因此，他決定暗中奪取六國至寶，不讓少年秦始皇與李斯得逞。

這三位死士既然都是呂不韋暗中派出去攔截董飛的高手，呂不韋當然把他所知道的寶物神奇力量也都一五一十地告訴了他們三人，因此他們才能對董飛透露出自身所知悉的一些寶物秘密。

同樣地，這三位死士也都親自向呂不韋發過重誓：如果任務失敗，絕對會自行了斷，不會牽連到他。其中，白梅仙子與天若霜兩人急於建功，所以還未等董飛奪得至寶，就已出手攔截；花如劍則因為常在宮中行走，與董飛有數面之緣，不得不自毀面容，以免讓人順藤摸瓜，查到丞相的身上來。

至於李斯，他對奪寶之事更是不敢掉以輕心。當他得知董飛已經完成任務，正在返回咸陽的途中時，為了怕節外生枝，他在黑狐道中間埋伏了一隊人馬，暗中保護董飛。而當他從密探得知壓劍高手天若霜也埋伏在黑狐道上時，便立即調派玲瓏易容前往黑狐道，暗中傳遞破解「冷霜壓劍」的秘訣。

呂不韋與李斯二人固然各有盤算，但少年秦始皇也有他自己的算計。因為，打從李斯推薦董飛擔任出關奪寶的重任之後，他就對董飛與李斯二人起了戒心。

他不但擔心董飛會將天下至寶據為已有，更擔心李斯也有獨吞寶物的野心。因此他偷偷目送董飛出關之後，立即派遣了他身邊兩位武藝高強的侍衛，一路從函谷關跟蹤到雲夢大湖，伺機而動。

除了登不了高達萬丈的百鳥山，進不了火龍機關與猴煙陣之外；其餘董飛要聯絡的地方，都少不了他們兩人的足跡。他們一方面在暗中保護董飛，一方面也在監控董飛的行徑。一旦董飛顯出將奪到的天下至寶據為己有的意圖的話，他們可以「先斬後奏」，將寶物安全護送到咸陽。因此他們身上還攜帶了數十根烏龍草，目的就在制服黑寶馬這唯一能「活動」的寶物。

更令人匪夷所思的是，少年秦始皇為了想親眼目睹董飛盜取太阿寶劍的驚險過程，以彌補他不能親自出關奪寶的遺憾，他竟然忘卻李斯的提醒，私自串通太醫夏無且，佯稱頭疾無法上朝，委由呂不韋代理國政兩天，他則易容與兩位武藝超強的貼身侍衛混入離秦國最近的韓國境內。

當董飛被韓王八天將用赤蟒紅繩圍困時，他本想下令兩位侍衛前往營救，卻因璇璣及時趕到而取消了營救的行動。

當他躲在城外草叢裡，目睹董飛在祭劍樓上空奪走韓王太阿寶劍的驚險場面時，內心著實興奮不已。當然，董飛騎馬凌空而去之後，他也隨即悄悄返回咸陽，再令兩位侍衛火速前往燕國監控董飛的奪寶行動。

而在董飛與珮珩雙雙進入荊州江水北岸之前，其中一名侍衛早已化裝成白髮蒼蒼的老樵夫，準備測試董飛的智謀；另一位侍衛則躲藏在竹林深處，隨機應變。

這些布局，自然是不會讓李斯與董飛二人知道的！

2‧仙鶴神喙

　　當董飛離咸陽城還剩一里路時，突然間由高大的青松樹上跳下來三位身穿白衣，手握白羽的少女，擋在他的前面。

　　董飛冷不防被此一舉動嚇了一跳。他心想：「難道她們又是白梅仙子的師妹不成？」想罷，便勒馬高聲問道：「妳們到底是誰？為何要攔住我的去路？」

　　「告訴你也無妨！我們是燕王寵妾柳絮飛的貼身侍衛『柳三鶴』！」三人異口同聲地回答道。

　　「燕王寵妾柳絮飛的貼身侍衛『柳三鶴』？妳們阻攔我回咸陽，究竟想幹什麼？」董飛滿臉狐疑地問道。

　　「那就要問你董飛，曾經在我們燕宮明月池究竟幹了些什麼勾當？」三人又異口同聲地回答道。

　　董飛聞言，心裡著實一驚。於是問道：「妳們怎知道我叫『董飛』？」

　　「我們不但知道你叫『董飛』，還知道你出關所負的任務！」為首的少女淺淺一笑道。

　　董飛一聽，心裡頭更是一驚。於是假裝鎮靜地說道：「我哪有什麼任務要負的？你們恐怕認錯人了吧？」

　　「董飛！你就少裝了吧！我問你：白鷹莊，你知道吧？」為首的少女突然表情嚴肅地問道。

　　「什麼白鷹莊、黑鷹莊的？我不懂妳在說什麼？」董飛一聽之下，心裡頭更驚訝，但他仍然鎮定自如地回答道。

　　「哼！死不承認是不是？我馬上就叫你啞口無言！」為首的少女一說完話，便從手中拿出四片竹簡出來，大聲說道：「看！這是什麼？」

董飛乍看一眼，隨即說道：「這不過是普通的竹簡嘛！有什麼好稀奇的？」

「沒錯！它們確實是普通的竹簡！可是，這竹簡上書寫的文字可就不普通了！不信的話，我念給你聽聽：赴白鷹莊，借鷹盜珠！」少女高聲說道。

董飛聽了之後，震驚不已。他心想：「玲瓏表姊瑾瑛為何沒將這些竹簡銷毀，還讓它們留在白鷹山莊呢？」

正當董飛臉上露出不解的表情之時，為首的少女突然對他呵呵大笑道：「想知道原因是吧？好！那我就告訴你好了！當我們燕王飼養的白鶴被你們黑鷹啄死，黑鷹中了劇毒，羽毛由黑轉白時，我們燕王就知道這是白鷹莊幹的勾當。於是立即下達搜捕令，密派我們三人前往白鷹莊一探究竟。我們到達白鷹莊時，莊內空無一人，顯然你的同謀早已聞風逃走了。我們在屋裡搜查了半天，終於在床底下找到了這四片竹簡，這才知道是你們秦人幹的勾當！」

「單憑這四片竹簡，如何就能斷定是我們秦國人幹的？」董飛不以為然地駁斥道。

「那還不簡單！這些文字一看就知道是你們秦國人慣用的文字！」少女回答道。

「也有可能是別國人栽贓給我們秦國人的呢！」董飛依舊反駁道。

「確實是有這種可能！只不過，除了竹簡之外，我們還有其他的線索可以證明是你董飛幹的勾當！」。

「什麼線索？」董飛急著問道。

「就是：我們燕國潛伏在你們咸陽宮的密探已經打探出來，嬴政與李斯密派你出關奪取六國至寶，而你本人已經前往齊國百鳥山去了。我們燕王也想趁機擁有天下至寶，於是命令

我們守株待兔，在你奪寶返回咸陽宮前將你攔下。不但可以拿回我們燕國的國寶明月珠，還可以輕鬆奪得其他五國的稀世珍寶。這樣一來，我們燕王也可以如願地稱霸天下了！」為首的少女娓娓解釋道。

董飛一聽，隨即大嘆道：「沒想到你們燕王是個野心十足的君王啊！」

「你錯了！這不叫『野心』，這叫『雄心』！哼！當今七國，又有哪個國君不想獨霸天下的？」為首的少女又呵呵大笑道。

董飛聽後，一時語塞，隨即高聲說道：「妳們燕國人沒有資格前來拿回明月珠！」

「沒有資格？為什麼？」三人一聽此言，臉上都露出了疑惑的神態。

「因為，這明月珠本是齊國的國寶，是妳們燕王用武力強行從齊國宮殿奪取而來的！我說的沒錯吧！」董飛笑著解釋道。

三人聽了之後，不禁勃然大怒道：「你胡說些什麼？明月珠本來就是我們燕國的國寶！哪是從齊國搶奪而來的？你要再敢胡說，馬上叫你命喪黃泉！」

「我沒有胡說！是齊國武士孟流螢親口告訴我的！」董飛急忙解釋道。

「孟流螢他人在哪？我要將他的舌頭割下，看他還敢不敢造謠生事？」為首的少女火冒三丈地問道。

「他已經在我面前用刀鋒割頸自盡了！」董飛回答道。

「哈！哈！哈！好一個會撒謊的董飛！我怎會相信你的謊話呢？」為首的少女張嘴大笑道。

「好了！別跟他廢話！快叫他將寶物交給我們！」另一位少女則說道。

「要寶物可以！先得問問我手裡這把寶劍它肯不肯答應！」董飛說完，立即下馬昂然而立。

三女見董飛並無拱手讓出寶物之意，個個氣急敗壞，於是互看一眼，高聲叫道「仙鶴神喙！」之後，紛紛拿起手中羽毛朝董飛擲去。

董飛見狀，立即舉劍朝空中翻騰不已。由於他的劍術精湛，劍光已將全身護住，因此，只聽得「噹！噹！噹！」此起彼落的清脆響聲，他人卻未受半點傷。

原來，燕王寵妾柳絮飛的三名貼身侍衛，她們手上的武器乃是柳絮飛所飼養的白鶴身上的羽毛。這羽毛摸起來十分柔軟，一旦從手中射出去時，就會馬上蛻變成堅硬銳利的鶴嘴。對方若是被鶴嘴射中眼睛，會立即失明；射中刀劍，刀劍會立即折斷。這套神功就是她們所謂的「仙鶴神喙」。

更神奇的是，她們每人手上雖然只有一根羽毛，但這根羽毛卻與白鶴一樣具有靈性，射出去之後會自動返回她們手中，讓她們再繼續發射，直到對手投降或死亡為止。

這樣激戰了約半個時辰，三人見董飛絲毫未傷，心中便知「仙鶴神喙」不是太阿神劍的對手，為了保命起見，於是相互使了個眼色之後，便縱身一躍，不見了蹤影。

2‧安抵密室

董飛見狀，本想上馬去追殺她們，但她們四人卻分別朝東、西、南、北四個方向逃逸，使得他不得不放棄追殺的念頭，然後收劍上馬，繼續往咸陽城方向奔馳而去。

片刻之後，董飛終於抵達咸陽城。此時咸陽城內百花齊放，百鳥齊鳴，氣候暖如初春；大約有一百隻七彩蝴蝶圍繞在董飛的四周飛舞著。

　　董飛見狀，大吃一驚，心中暗想道：「往年咸陽到了嚴冬都會下雪，今年怎麼變得如此暖和？而且還有彩蝶飛舞？待會兒見到軍師，問問他便知道了！」

　　董飛將銅牌密符交給守門警衛查驗之後，立即由密道進入鳳韜室。鳳韜室依舊燭火通明，黑寶馬、翠鳳和神龍的模型也仍在室內。

　　李斯則坐在放置白玉琥、明月珠、和氏璧以及太阿劍等仿造品的桌前，撫摸著自己的鬍鬚沉思。其實，他從這個月咸陽宮內最後一株千年鐵樹的開花異象，早已預知奪寶計畫已成功達成，董飛即將安然返回咸陽。

　　「軍師，小卒已達成任務回來了！」董飛見李斯在室內，喜而大呼。

　　李斯見董飛牽馬入室，於是起身笑迎道：「董飛，我就知道你一定能順利達成大王所交下的使命。這回你立了一個大功，大王會有重賞的！」

　　「大王呢？他知不知道小卒已返回咸陽？」董飛立功回來，自然希望獲得少年秦始皇的當面嘉許。

　　「我已派人上殿密呈大王，或許他馬上就要召見你，為你舉行慶功宴了。」李斯高興地答道。

　　「真的？那太好了！」董飛臉上掩不住內心的喜悅。稍後，他又問道：「對了！軍師！小卒剛才一進入咸陽城。城內百花齊放，百鳥齊鳴，簡直就像春天一樣，而且還有百隻蝴蝶在小卒身邊飛舞。這到底是怎麼一回事？」

　　李斯一聽，呵呵大笑道：「這些異象都是七寶齊聚的神奇效果！古書《寶經》裡早有這樣的傳說，現在證實它是千真萬確的！只不過……」

　　「不過什麼？請軍師明示！」董飛問道。

「只不過這種氣候異常的春暖花開現象，只能持續七天罷了！過了七天之後，又會恢復原先的寒冬氣候！」李斯答道。

「為什麼？」董飛露出了不解的表情。

「我也不知道是何原因！古書《寶經》就是這麼記載的！我猜想，可能是奪得一件天下至寶，只能改變一天氣候的緣故吧！」李斯解釋道。

「那，大王的冠劍典禮，也應該趁著春暖花開時舉行才吉祥啊！」董飛興奮地說道。

李斯點了點頭之後，又望著董飛說道：「董飛！還有一個異象，你大概還沒有注意到吧？」。

「什麼異象？」董飛又充滿了好奇心。

「那就是，千年才開一次花的鐵樹，也會因為寶物一一取得而一一開花。因此咸陽宮內的鐵樹每開完一次花，我就知道你已成功完成一次任務。如今，七株鐵樹一一開花，我就知道你已將七件寶物完全奪回了！」李斯歡欣解釋道。

「這真是太神奇！太不可思議了！」董飛一臉驚訝的樣子。隨後，他突然想到一個問題，於是急問李斯道：「對了！軍師！小卒在雲夢大湖與珮珩姑娘聯手刺殺蛟龍時，珮珩姑娘卻持有金烏箭，這究竟是怎麼一回事？您不是告訴過小卒，自從后羿將九支金烏箭射落九個太陽之後，世上就不再有金烏箭了嗎？」

李斯一聽，趕忙解釋道：「這都怪我情報蒐集得不夠完整！在你出關之後，大王曾私下告訴我，金烏箭一直藏在咸陽宮某個隱密之處。他會將此一神箭在適當時機交給適當之人使用。我了解大王的脾氣，也就不敢多問，隨他去安排了。」

「原來是這樣的緣故！」董飛點點頭說道。

「董飛，我知道你心中還隱藏了許多疑問要問。比方說，為何太阿劍的劍氣能護住你身軀，不讓你被玲瓏的鵝黃珠子擊

中，而它卻抵擋不住孟流螢流螢滿刀所射出的光芒以及天若霜匕首所射出的冷霜。對吧？」李斯望了董飛一眼，又笑著問道。

「這……」經李斯這麼一問，董飛反而不知如何回答才好。

「其實，就我所探聽到的《寶經》內容，太阿劍確實有劍氣護身的神力，我之所以未告訴你，乃是因為擔心你知道太阿劍的神力之後，會輕敵的緣故。至於太阿劍阻擋不了流螢滿刀的招式，須要靠明月珠才能破解的這件事，我之所以未告訴你，是想測試你靈機應變的能力；而太阿劍抵擋不住天若霜匕首所射出的冷霜，這件事我真的未曾聽說過。那是後來才從別處探聽到的。希望你別介意才好！」李斯趕忙解釋道。

「不會的！小卒明白軍師的一片苦心！」董飛也趕緊回答道。

「對了！董飛！還有件重要的事情，我必須當面告訴你！」李斯抿嘴一笑後又說道。

「什麼重要的事情？」董飛則問道。

「就是：玲瓏表姊瑾璜託我向你致歉！」李斯回答道。

「她為何要託您向小卒致歉？」董飛一臉訝異地問道。

「因為：她離開白鷹莊時忘了將書有密令的竹簡銷毀！」李斯也回答道。

「原來是為了這件事情啊！」董飛說完，便將先前在咸陽成外遭遇燕王寵妾柳絮飛四名貼身侍衛攔阻的經過，原原本本地告訴了李斯。

誰知李斯聽了之後，卻哈哈大笑道：「其實，瑾璜姑娘這麼做，並非她的本意！」

「不是她的本意，那是何人的本意？」董飛追問下去。

「是大王的本意！」李斯仍然笑答道。

「大王的本意？」董飛心頭又是一驚。

「沒錯！大王很想知道燕王是否也有獨佔天下至寶的野心。因此他建議我面令瑾璜姑娘刻意在白鷹莊留下書有密令的竹簡，好讓燕王循跡派人來攔截你，然後暴露燕王的奪寶野心！你看！燕王果然暴露了隱藏已久的奪寶野心吧？」

董飛一聽，臉色遂沉了下來。

李斯見狀，趕忙解釋道：「董飛！你別誤會！你心裡頭也許會覺得大王與我太過殘忍，竟然拿你當作犧牲品去跟柳絮飛四名貼身侍衛搏鬥。是吧？其實，你多慮了！大王與我都知道太阿寶劍的神威，你是不會敗給柳絮飛四名貼身侍衛的。她們的「仙鶴神喉」根本就無法傷你半根汗毛！你不追殺她們，一點也不用擔心她們會再來咸陽動寶物的念頭。因為，經過這麼一交手之後，她們就會知難而退，而燕王也該死了這條心了！」

董飛聽完李斯的解釋之後，臉上終於露出了一絲笑容。

3・鐵樹雄花

「對了！董飛！我差點忘了！你快把雙手伸出來給我看看！」李斯忽然想起一件事，趕忙問道。

董飛一聽，趕緊伸出雙手，這一看，嚇得他臉色發青！原來，他的雙手手掌已經黑得發紫，他卻一點也沒察覺。

「董飛！你的雙手剝過龍皮，沾過龍血，劇毒已經侵入你的手掌經脈，你趕快隨我到鐵樹前去觸摸花朵，否則你的一雙手臂很快就會枯萎掉！」李斯趕緊提醒道。

「可是！剛才守門警衛查驗我的銅牌密符時，我的雙手還好好的啊！怎麼一下子就黑得發紫了？」董飛百思不得其解。

「噢！那是因為蛟龍劇毒的發毒症狀很特別，它的劇毒是由手臂向下延伸到手掌，所以你剛才還未察覺到！」李斯把其中的道理說給董飛聽。

「原來如此！那，請問軍師！我們咸陽宮內種的鐵樹真的是雄的嗎？」董飛額頭冒著冷汗問道。因為，他立刻想起了珮珩在雲夢大湖告訴他的話。

「當然是雄的！要不然我怎敢讓你去刺殺蛟龍？難道我會害你雙手殘廢不成？」李斯笑著回答道。

聽了此話，董飛臉上又露出了一絲笑容。

離開鳳韜室，才走了十幾步路，便到了第一株鐵樹之前，董飛看見翠綠的樹葉之中有一朵圓錐形的黃花，於是問李斯說：「軍師，這就是鐵樹雄花？」

「沒錯！你快點觸摸它！別耽誤了痊癒的時間！」李斯急著回答道。

董飛聽後，趕緊用雙手握住雄花。說也奇怪，原先發紫的雙掌，顏色立刻淡了許多，而原本黃色的雄花卻頓時變成紫色，緊接著枯萎掉。

李斯見狀，立刻對董飛說道：「董飛！看樣子！只摸一朵雄花還無法痊癒，你得趕緊把另外六朵雄花一一摸遍！」

董飛一聽，馬上照著李斯的吩咐，摸遍另六株鐵樹上的雄花。六朵雄花一一變紫枯萎之後，董飛的雙手也恢復了原先的色澤。

「軍師！我的雙手痊癒了！」董飛伸出雙手，高興地對李斯說道。

「這鐵樹雄花果然能治蛟龍劇毒！」李斯也欣然說道。

正當他們二人談得開心時，少年秦始皇與兩名貼身侍衛也來到了鐵樹前。

李斯與董飛見少年秦始皇親臨，急忙跪地低頭說：「恭迎陛下！」

　　「兩位愛卿請起！」少年秦始皇用雙手扶起他們後，接著追問道：「不知你們二人在鐵樹前做什麼？」

　　李斯一聽，趕緊把董飛手染龍毒，利用宮廷鐵樹雄花醫好的經過，一五一十地秉告了少年秦始皇，

　　少年秦始皇聽了之後，再看看七朵枯萎的雄花，內心的確震驚不已。這也使他想起九月在咸陽城外上林獵場打獵，李斯推薦董飛出關奪寶，他擔心董飛會將寶物據為己有、遠走高飛時，李斯向他做出一定可以讓董飛如期返國的擔保。原來李斯早就胸有成竹了。於是，他朝著李斯笑了一笑，然後說道：「想不到這鐵樹雄花有這等神奇的藥效！真是不可思議啊！幸好董飛及時趕上，否則後果不堪設想呢！」

　　「謝謝陛下的關心！」董飛再度敬禮道。

　　「好啦！你們二人現在可以隨我回鳳韜室了嗎？」少年秦始皇笑問李斯道。

　　「那當然！七件寶物就放在鳳韜室內！」李斯恭敬回答道。

4‧檢試寶物

　　進入鳳韜室之後，少年秦始皇對李斯與董飛說道：「沒有軍師的智謀，沒有董騎衛的武功與勇氣，寡人一輩子也得不到這七件天下寶物！現在，寡人急著想親眼目睹這七件寶物的真面貌！」

　　於是，李斯與董飛便將奪來的七件寶物一一在少年秦始皇面前展示。

　　正當少年秦始皇要撫摸黑寶馬的馬背時，黑寶馬卻騷動不安，伸長脖子長叫了幾聲。

　　董飛見狀，便對少年秦始皇說：「陛下！黑寶馬還有點怕生，才會如此急躁不安。對了，陛下可餵牠幾根烏龍草吃，好

讓牠把陛下當成主人！」說完，董飛便從袋子中取出三根烏龍草，遞給少年秦始皇。

黑寶馬嚼食完三根烏龍草後，便溫馴如羊，任由少年秦始皇撫摸牠的背毛。

原來，黑寶馬心中並無固定不變的主人，只要有人以烏龍草餵牠，便可將牠制伏，任憑驅馳。以少年秦始皇的御馬術再加上烏龍草，自然不怕黑寶馬的龍威虎姿了。

董飛見少年秦始皇如此喜愛黑寶馬，便對他說：「陛下！這匹神馬可以日行三萬里，而且還具有凌空高飛的本事。改天往上林獵場一試便知牠的威力！」

看完黑寶馬，少年秦始皇對太阿劍也興趣昂然。他一看到太阿劍，便拔劍出鞘，只見劍光如玉龍飛騰，劍身發出低沉的吟聲，一時精芒四射，滿室生輝。

「劍身的確是華美的兵器，但不知鋒利如何？」少年秦始皇握劍沉思後，忽的蹤身躍起，朝離桌案十步之外的銅鼎劈砍過去……。

徑長三尺，高達八尺的雷紋銅鼎，剎那間分為兩半，傾倒於地，並發出轟然的巨響聲。

「此劍已可斷銅，若能削鐵如泥，那才是天下第一神劍！」少年秦始皇自言自語後，又朝左側插置鐵戈的戈架輕揮過去，十二個戈頭於是一齊墜落於地，而太阿劍的劍刃卻纖毫未損。

「好劍！的確是名不虛傳的好劍！」少年秦始皇撫摸寶劍大笑後，突然間舉劍向鐵壁刺去。

鳳韜室的鐵壁是磁鐵所造，一般鐵器離壁三尺之內，就會被壁吸走，而且屢試不爽。為了試探太阿寶劍的神力，少年秦始皇於是以劍刺壁。結果，太阿寶劍不但未被磁鐵吸住，反而將鐵壁刺穿二尺之深。少年秦始皇將太阿寶劍從壁中拔出後，更驚為天劍。

　　試完太阿寶劍的威力，少年秦始皇把寶劍插入劍鞘，再逐一試驗其餘五件天寶的神威。李斯與董飛兩人則隨侍在旁。

　　首先，他將白玉琥放在手掌中，不停地翻轉觀看。

　　董飛見了，便對少年秦始皇說：「陛下只要雙手緊握白玉琥片刻，全身就會增加兩隻猛虎的氣力，陛下不妨試試看！」

　　雖然少年秦始皇早已從李斯那得知白玉琥的神奇力量，但一聽此話，他仍然一臉驚訝地用雙手緊緊握白玉琥，剎那間，他覺得雙掌上有一股熱流向全身散去，於是他用雙手舉起地上重達五百斤的銅鼎，那感覺就像舉起一張弓一樣的輕鬆。

　　試完白玉琥，少年秦始皇又將和氏璧取出仔細觀察。

　　和氏璧外潤內明，玲瓏可愛；色澤均勻，清涼如泉。

　　少年秦始皇將黑寶馬的韁繩解下，用天蠶絲擦拭和氏璧，不一會兒工夫，璧冒青煙，璧身更加透明。再用嘴對璧孔吹了口氣，室內立即傳來一陣悠揚悅耳的音樂。

　　「果然是天下第一璧！」少年秦始皇臉上又浮起了笑意。

　　試完和氏璧，接下去要試的乃是明月珠。

　　少年秦始皇見明月珠瑩白剔透，便將明月珠拿到一個黑暗的角落去試光。明月珠遇暗則亮如月光，看得他目瞪口呆，驚訝不已。

　　少年秦始皇曾聽李斯說：珠璧相合會產生異象。但究竟是何種異象，他卻從未親眼見過。於是，在好奇心的趨使下，他把明月珠嵌入和氏璧的圓孔中，以觀變化。巧的是，明珠入孔，與璧相合，彷彿黏在璧上，不會掉落下來。

　　不久，璧面開始發生變化。瑩白無瑕的璧面出現了無數紋彩，有紅、有紫、有青、有黑、有黃。璧面呈現五種不同的顏色，十分奇特。

當少年秦始皇正在凝視璧面的神奇變化時，紋彩忽然在圓璧中不停地游動，看上去就像是細龍一般。不久，細龍消失，出現在他眼中的紋彩又像是一隻華麗無比的彩鳳。

為了看清楚珠璧相合後的光芒有何變化，少年秦始皇又將和氏璧與明月珠一快拿到黑暗的角落裡。珠璧相合之後，光芒也由雪白色變成五彩色，直看得他嘖嘖稱奇。

從黑暗的角落走出來，少年秦始皇將珠與璧分開，於是和氏璧與明月珠便恢復了原先晶瑩雪白的色澤。

「為何珠璧相合之後，璧面會產生龍姿鳳影？」少年秦始皇為此苦思不得其解。當他無意中望見碧翠如玉的鳳毛之後，才恍然大悟說道：「原來，明月珠是龍珠，龍珠射入鳳的肚子，吸盡鳳血，已得龍鳳兩種神靈的精髓，所以與和氏璧相合後，會產生神力，使璧面映出龍姿鳳影。現在，就讓我來試試這些鳳毛的神力！」

相傳鳳為火鳥，所以鳳毛不怕火焚，而且羽毛中的碧眼一遇烈火，便會由綠轉紅，等離開烈火片刻之後，又會恢復成翠綠色。

少年秦始皇自行囊中取出二根鳳毛，將它投入李斯預先準備好的火銅鼎中。毛入鼎內，火光熊熊，若是一般雞毛，早已化成灰燼。然而鳳毛畢竟是鳳毛，它就像火浴衣一樣，纖毫未損。

火浴衣遇火無聲，但鳳毛遇火則會發出如鳳凰般的鳴聲，真是神奇。

少年秦始皇把鳳毛從鼎中取出，放在手中。手觸羽毛，並無火燙的感覺，乍看之下，鳳毛似乎未被烈火燒過。然而，再看它的羽眼，已經紅得像鶴頂，艷麗異常。片刻之後，羽眼終於由紅轉碧，翠綠如玉。

七件天寶已試完六件，最後一件便是神龍皮。

少年秦始皇問李斯：「軍師，龍皮要製成鼓之後，才能顯出神力。可是，未將龍皮製成鼓前，如何試出它的威力呢？」

李斯回答道：「陛下！有兩種方法，可以測出龍皮的威力。第一，用普通鐵劍揮砍龍皮，龍皮是不會斷裂的。若是馬革與牛皮，用劍揮砍一下，必斷無疑。第二，臣特製的百草霜能融化馬革與牛皮。若是浸泡龍皮，則不但不會融化，反而皮質更堅韌，光澤更明亮！」說完，他就在少年秦始皇與董飛面前測試蛟龍皮的威力。

少年秦始皇看完六國天寶的神力之後，嘖嘖稱奇，不忍釋手。於是他問李斯：「還有五天，寡人便要舉行冠劍大典，依愛卿之見，這六國天寶應該如何善加運用呢？」

「回稟陛下，臣以為陛下的冠劍大典，應該將明月珠穿一細孔與其他綴玉懸垂於皇冠之下，將太阿寶劍佩於腰間，並以白玉琥做為鎮國之寶，以和氏璧做為王妃的護身佩玉，以翠鳳羽毛鑲為儀仗旌旗，以神龍皮製成大型戰鼓，以黑寶馬為天子坐騎。如此一來，必可威震列國，風雲蓋世！」

少年秦始皇聽完此話，臉上頓時露出了得意的笑容。

「不過，在陛下尚未舉行冠劍大典之前，臣以為一切準備事宜最好集中在鳳韜室處理，以防意外。未知陛下以為如何？」李斯又提出了他個人的意見。

「愛卿果然機警過人，寡人就依你的意思交由你去辦好了。」少年秦始皇見李斯處處為他著想，也就答應了李斯的請求。

「謝陛下聖裁！」李斯低頭致謝。

只不過少年秦始皇內心對李斯仍不放心，他打算暗地裡派人監視李斯，看李斯是否有藉機將寶物據為己有的叛逆企圖。

5‧磁壁擒敵

當天夜晚，鳳韜室四周有重兵巡邏，室內則有李斯一人守護著聚寶台內的七件寶物。本來，董飛曾經答應少年秦始皇，他會與李斯一塊在鳳韜室內鎮守寶物。但到了黃昏，他身體突感不適，全身發冷，左臂疼痛不已，於是少年秦始皇便帶他去找太醫夏無且醫治。

正當李斯望著七件寶物發呆時，忽然一群身穿秦軍鐵甲的衛士闖了進來。

「你們是誰？竟敢隨便闖入鳳韜室！」李斯見狀，大聲喝斥道。

「我們是大王派來接替軍師執行夜間警戒任務的虎衛隊！」為首的衛士隨即高聲回答道。

「虎衛隊？我在宮廷擔任侍衛多年，從未聽說大王有虎衛隊這樣的編制！」李斯帶著懷疑的口吻說道。

「你不知道的事情可多著呢！大王不但有虎衛隊的編制，還設立了一支鳳衛營，專門保護後宮的嬪妃們！除此之外……」

「除此之外甚麼？快說！」李斯焦急地追下去。

「除此之外，大王還秘密飼養了十隻兇猛高大的驪山雪豹，鎮守在他的皇寢，保護他個人性命的安全！」為首的衛士肅然回答道。

李斯正半信半疑之際，一位守門衛士滿面鮮血爬了進來，上氣不接下氣地說道：「軍師！別……上他們……的當！他們是……敵人……冒充……的……」說完即斷氣倒地。

李斯聞言，猛然覺醒；於是大聲呵斥道：「大膽奸細！竟敢冒充我秦國侍衛前來戲弄本軍師！快說！你們是哪一國派來的奸細？」

「我們是韓王派來的高手，要奪回國寶太阿劍！」一名九尺高的武士說道。

「不！我們是魏王派來的高手，要奪回國寶白玉琥！」一名八尺高的武士說道。

「不！我們是燕王派來的高手，要奪回國寶明月珠！」一名七尺高的武士則說道。

李斯一聽，勃然大怒道：「簡直一派胡言！韓、魏、燕三國怎麼可能聯手起來奪回寶物？」

為首的武士知道瞞不過李斯，便下令道：「別跟他廢話！快搶奪寶物！阻攔者，殺無赦！」

眾武士聞言，立即拔劍，準備衝向聚寶台。

李斯見武士有八人之多，立即從台上取出太阿劍，拔劍瞪目道：「神劍太阿在此，還不快快退下！」

眾武士一聽到「太阿」兩字之後，急忙往後撤退。

李斯則執劍步步逼近。忽然間，一陣陣聲響，八位武士均被強大吸力吸往壁上，動彈不得。

李斯見狀，於是捻鬚呵呵大笑道：「怎麼樣？上當了吧？誰叫你們身穿鐵甲闖進不該闖的地方！要知道，這間密室的牆壁是用磁石打造的，你們現在已被磁壁吸住，想要掙脫可沒那麼容易！快說！你們是不是韓王派來的奸細？」李斯之所以這麼說，是因為只有韓國的劍士才知道太阿寶劍的威力，才會步步後退的緣故。

事實上，李斯的判斷是正確的。因為，韓王在祭劍樓前的祭劍典禮上被騎黑寶馬的董飛凌空奪走太阿劍之後，就立即派遣密探分別向秦、趙兩國探聽實情。當他得知趙王的坐騎黑寶馬也被人劫走時，他就料定這是秦王的陰謀，是企圖逐步併吞韓、趙兩國的致命行動。於是，他在貼身軍師上官謀的建議之

下，派遣宮廷秘密侍衛「八地將」，混入咸陽，伺機而動。臨行前還面授機宜，叮嚀他們如何應對。

當「八地將」與韓國潛伏在秦宮的密探偷偷接觸之後，才知道鳳韜室內必有文章，否則不會派重兵巡守。於是，他們獲得進入鳳韜室門紐的方法之後，便立即假扮秦軍將門口衛士一一勒斃，再闖入鳳韜室內。

正當李斯準備套出他們的口供之際，突然間少年秦始皇帶著兩名貼身侍衛進入室內。

李斯見狀，不免大吃一驚，隨即行禮說道：「微臣參見陛下！」

「愛卿免禮！寡人方才見鳳韜室前有我侍衛屍體，如今牆上這群人又是何人？」少年秦始皇問道。

於是李斯就將他自己的推測秉告了少年秦始皇。

少年秦始皇聽後，覺得李斯的推測頗有道理。隨即對牆上八位武士憤然說道：「大膽奸細！你們竟敢明目張膽闖入我秦宮行竊，殺害我秦國侍衛！幸好寡人早有防備，佈下這磁石機關，等待你們上鉤。好！明日午時在咸陽廣場，寡人必將你們五馬分屍！看誰還敢覬覦我大秦寶物！」

5・箭劍飛賊

為了防範盜寶之徒，少年秦始皇又加派了百位武藝高強的衛士將鳳韜室四周防守得密不透風，鳳韜室內也加派了十位侍衛協助李斯鎮守天下至寶。

誰知，到了第二天晚上，一道白光忽然不聲不響地閃進了鳳韜室，守門的警衛則毫未察覺。

白光閃入鳳韜室之後，開始尋找目標。當他拿到和氏璧，正要逃離時，冷不防卻身中亂箭而慘死於地。

　　侍衛走近一看，此人竟然是一位鬚眉盡白，臉上佈滿皺紋的老翁，看上去至少也有六十歲的年齡。

　　「此人是誰？他是怎麼混進來的？」李斯見狀，悚然問道。

　　「我們也不知道！」侍衛眼神茫然地回答道。

　　「快搜他身子！」李斯下達命令。

　　「回稟軍師，這老人身上帶有一塊紅蝶玉珮！」侍衛說完，便將玉珮交到李斯手上。

　　「紅蝶玉珮？」李斯接過玉珮一看，讓他想起了在楚國聽過的「彤小蝶」盜璧故事。當時他年紀還小，隱隱約約聽長輩說道有個飛賊闖入楚宮盜走楚國國寶和氏璧，而且還在現場留下了一塊紅蝶玉珮。此人究竟是誰派來的飛賊，此人的真實身分為何，楚國上下一時還弄不清楚，因此，楚國民間便給此人取了個外號，叫做「彤小蝶」。由於此事發生在他小時候，記憶有點模糊，因此他未將此事告訴董飛。

　　原來，「彤小蝶」十七歲時不僅是已是趙國的第一飛簷高手，而且還是一位來無影去無蹤的隱身高手。他的隱身術是偷偷跟齊宣王時期的隱身家無鹽女的再傳弟子無痕俠拜師學來的。這一點連趙惠文王都不知道。趙惠文王只知道他飛簷走壁的功夫是無人能及的。趙惠文王為了覬覦楚國國寶和氏璧，特別密派他潛入楚宮將和氏璧盜走。楚王雖然在藏璧軒四周設下了滴水不漏的千矛陣，但卻被懂得飛簷與隱身術的他輕易躲過了。

　　「彤小蝶」立此大功，趙惠文王為了嘉獎他，特別將他調為自己的貼身侍衛。趙惠文王死後，他又繼續為繼任的孝成王效命。如今的他，早已解甲歸田，過著含飴弄孫，對世事不聞不問的悠閒生活。

　　然而，有一天，新上任的悼襄王從宮中派遣密使前來家中探望他與他密談，並且帶來悼襄王的口信，他這才知道趙國的

國寶和氏璧與黑寶馬已被秦王派人竊走，目前暫時藏匿在咸陽宮鳳韜室內。而趙王殷切希望他能秉持以往的忠君愛國之心，將趙國國寶奪回。如果無法將黑寶馬奪回，至少也得將和氏璧奪回。因為，趙王深知，放眼趙國，只有他才有潛入咸陽宮鳳韜室的本事。

當他得知自己在四十三年前冒著性命危險盜來的和氏璧卻被秦王派人盜走時，內心甚感憤恨。為了雪恥，他瞞著家人，偷偷答應趙王密使，獨自進入咸陽，溜進鳳韜室，準備將和氏璧盜回，再呈獻給趙王。

「彤小蝶」雖然年事已高，但身手依然矯健，他心想憑他高超的的飛簷與隱身術，連楚王的千矛陣都闖得過，秦王的機關又奈何得了他。然而，他的盤算錯了！因為，鳳韜室畢竟不是藏璧軒，它的機關比藏璧軒更致命十倍。更重要的是，他並不知道當七寶齊聚一起時，十步之內的隱身術便失去效用，他立刻會現出身影，無所遁形。因此，當他取走和氏璧，轉動虎紐時，百支毒箭突然紛紛向他射來，他閃躲不及，終於中箭從空中摔倒於地。

李斯將此事面稟少年秦始皇之後，少年秦始皇勃然大怒，立即下令將彤小蝶的頭顱懸掛於城門示眾，藉以遏止敵人對寶物的覬覦。

6·冠劍試劍

三天之後，春陽依舊暖和，百花依舊盛開。咸陽城處處旌旗飄揚，警戒也十分森嚴。冠劍典禮將在上午舉行，至中午才結束。

當少年秦始皇戴妥懸垂明月珠的黑色皇冠，腰間佩好瑩亮如雪的太阿寶劍後，司儀官於是高喊道：「軍師獻禮！」

說完，只見李斯走上東邊階梯，向少年秦始皇磕頭說：「微臣謹於陛下舉行冠劍大典之日，代表百官人民獻上崑山玉、和氏璧、黑寶馬、翠鳳旗與神龍鼓數件寶物，祝我國運昌隆！」

「愛卿請起！」少年秦始皇也含笑答禮。

李斯退下東邊階梯後，司儀官隨即高呼道：

呈崑山玉！

獻和氏璧！

帶黑寶馬！

建翠鳳旗！

立神龍鼓！

於是，掌玉官、掌馬官、司旗官和司鼓官便依次將董飛從六國奪取到的天下至寶，一一獻給少年秦始皇。

少年秦始皇身穿彩繡龍袍，接納獻禮。

獻禮完畢，司儀又高喊道：

舞翠鳳大旗！

擊神龍巨鼓！

不一會兒工夫，四位身穿虎皮的高大武士，立即上階舞旗擊鼓。只見鳳旗飄揚，美冠羣旌；鼓聲鼕鼕，威震咸陽。片刻之後，天空突然現出了七條彩虹，每條彩虹都亮麗刺眼；緊接著又響起了七道雷聲，每道雷聲都震耳欲聾；在場的文武百官都被旗影鼓聲以及奇異的天象震驚得雙目發呆。

看完聽完了旗影鼓聲，少年秦始皇於是當眾宣告說：「如今天下至寶盡在咸陽，寡人擁有了天下至寶，就等於擁有了天下！當然，寡人更希望這些天下至寶永遠都不會離開咸陽，永遠都是我們大秦帝國的國寶！從今日起，寡人會以最嚴密的措施來保護它們，絕不允許它們再被別人奪走！若是有誰人敢覬覦這

些天下至寶，寡人就要他們付出極其慘痛的代價！昨天與前天的盜匪就是活生生的例子！好！為慶祝寡人的成人冠劍大典，今晚特以大宴犒賞各位愛卿，各位愛卿將可在盛宴中親眼見到夜明珠與太阿劍的無比神力；明晨前往上林獵場，又可親見黑寶馬的至尊神威了！」說完話之後，他還用銳利的眼神偷瞄了呂不韋一下。

這時，坐在前席的丞相呂不韋，突然感到全身上下都不自在。這是因為：一方面他擔心自己暗遣白梅仙子、花如劍與天若霜三人奪寶的計謀被少年秦始皇知悉，另一方面則對李斯的奪寶功勞大為忌恨。而更令他感到沮喪挫折的是，雖然天下至寶都已近在咫尺，可是，聽聽少年秦始皇方才嚴厲的口吻，他哪還敢再去派人盜取這些夢寐以求的寶物呢？一想到這兒，他的眉頭皺得更緊了，嘴角也顫抖得更厲害了！

當天夜晚，咸陽宮張燈結彩，熱鬧非凡。一會兒傳來文武百官的祝賀聲，一會兒又傳出悠揚動人的音樂聲。

晚宴一開始，便由七位少女陸續進場合跳〈七寶舞〉，七位少女的穿著美若天仙，舉手投足之間，著實令人驚艷不已。

第一位少女身穿白色舞衣，臉上戴著像是白虎模樣的面具；她輕輕一轉身，四周立刻響起百虎狂嘯的聲音，直聽得人心驚膽寒。

第二位少女身穿黑色舞衣，臉上戴著像是黑馬模樣的面具；她跳了一跳，四周立刻響起萬馬奔騰的聲音，直聽得人心振奮。

第三位少女身穿紅色舞衣，臉上戴著紅色面具，面具上凸出一柄三尺長的假寶劍；她甩了甩衣袖，四周立刻出現無數的刀光劍影，看得人眼花撩亂。

第四位少女身穿鵝黃色舞衣，臉上戴著像是鸚鵡模樣的面具；她跳了一跳，四周立刻響起鸚鵡學人說話的聲音：「天下至

寶，盡在咸陽！」」，在場的文武百官聽了，都露出了笑容，少年秦始皇更是樂得開懷大笑。

第五位少女身穿橘黃色舞衣，臉上戴著像是老鷹模樣的面具；她跳了一跳，四周立刻響起老鷹的叫聲，直聽得人心頭一驚。

第六位少女身穿青色舞衣，臉上戴著像是鳳凰模樣的面具；她跳了一跳，四周立刻響起鳳凰的叫聲，直聽得人心曠神怡。

第七位少女身穿紫色舞衣，臉上戴著像是蛟龍模樣的面具；她跳了一跳，四周立刻響起蛟龍的吟叫聲，直聽得人心雄氣壯。

當七位少女紛紛摘下面具，從董飛座前含笑走過時，董飛仔細一看，那合跳〈七寶舞〉的七位少女，不正是他在六國遇見過的琨瑤、琉璃、璇璣、玲瓏、瑾璜、琬瑜、珮珩七位姑娘嗎？她們怎麼會出現在咸陽宮呢？於是，他望望身旁的李斯，李斯則端坐微笑不語。

董飛見狀，終於恍然大悟：這些身懷絕技的少女，應該都是李斯特別調派出去協助她奪寶的「高手」，當然也是監視他奪寶行動的「功臣」吧！沒有她們的出手協助，憑他一個人的力量，是難以達成任務的；而沒有她們的就近監視，李斯也不會放心讓他一個人出關奪寶的。怪不得她們每個人在臨行前都對他說：「後會有期！」這句話呢，原來她們早已知道不久之後會在咸陽與他重逢。如果她們真是從咸陽派往關東六國潛伏的「高手」，那麼，她們所講的奇特身世與神奇傳說到底是真是假，他也無從分辨了。

晚宴進行到一半，少年秦始皇下令內侍官將宮庭燈火吹熄，然後把懸有夜明珠的皇冠放在桌上，剎那間明珠閃閃，亮如日星，百官見了，莫不齊聲讚嘆。

收起皇冠，點燃燭光之後，少年秦始皇又取出和氏璧道說：「這是天下第一璧，寡人現在就將此璧送給愛妃瑛瑛當作護身佩玉！」

瑛瑛夫人自少年秦始皇手中接過和氏璧之後，就用朱唇對孔吹氣，剎那間仙樂飄飄，聞者莫不心曠神怡，陶醉不已。宮廷樂隊聽了，也齊聲說道：「這種仙樂是我們一輩子也演奏不出來的！」

等瑛瑛夫人試完和氏璧的神威之後，李斯又起身道：「臣聞神龍鼓震耳欲聾，但若以和氏璧的仙樂剋制它，鼓聲馬上就會消失，好像夜半一樣寂靜無聲！陛下可以命令司鼓官試試便知！」

少年秦始皇聽了十分高興，於是下令傳喚司鼓官率兩名擊鼓師進宮擊鼓。

兩名擊鼓師以玉槌奮力擊鼓，鼓聲殺氣騰騰，讓人魂飛魄散。瑛瑛夫人見了，立刻手拿和氏璧，吹氣發聲，神龍鼓的殺伐聲便逐漸消失。

「神璧！真是神璧！」百官見了，異口同聲地讚美和氏璧的神威。

飲了一個時辰，天上星光閃爍，少年秦始皇在興奮之餘，便下令武士在席前表演摔角之術，以娛百官。

兩名身材壯碩的武士接令，立即從石柱旁走出，以身相搏。百官之喝彩聲則此起彼落，喧鬧異常。

觀完摔角之術，少年秦始皇意猶未盡，又將太阿寶劍取出，握於手中說：「此劍為古代劍師干將、歐冶子二人用神鐵鍛煉而成的寶劍，本是韓王身上的佩劍，如今卻成為寡人腰間的寶劍。寡人現在就讓各位愛卿開開眼界，看一看太阿寶劍的神威！」

說完，少年秦始皇立即傳喚兩名斧兵入席。

　　兩名斧兵入席後，少年秦始皇乃趨前說道：「你們兩人舉斧朝寡人身上砍來！」

　　兩名斧兵一聽，額頭直冒冷汗。

　　「這是命令！違令者斬！」少年秦始皇神情肅然地說道。

　　兩名斧兵聽了，只好硬著頭皮，手握重達百斤的巨斧向少年秦始皇砍去。

　　少年秦始皇輕身一躍，舉劍連擋兩下，只聽得「鏘！鏘！」兩聲，兩把斧頭各被削去了一半。

　　斧兵見狀，嚇得目瞪口呆；文武百官則不斷擊掌，少年秦始皇回座賜酒，飲至深夜，終於席散。

7・上林賽馬

　　第二天早晨，太陽初昇，春風浩蕩，方圓百里的上林獵場出現了一隊人馬。

　　少年秦始皇騎在黑寶馬背上，向百官說道：「各位愛卿，寡人之坐騎黑寶馬乃天下第一神馬，快若流星，萬馬莫及。牠是穆王八駿之一盜驪的後代，又稱水龍吟！」

　　「水龍吟？」百官聽了，在驚訝之餘仔細觀察黑寶馬的英姿。

　　黑寶馬身高八尺，卓越不羣，毛色亮麗，雙目如電。即使少年秦始皇現有的追風、神鷹也不及牠的萬分之一。在掌馬官細心的裝飾之下，黑寶馬佩上了白色的韁繩、金色的鈴鐺、紅色的騎墊，因而看起來比先前更為神武動人。當牠仰頭長鳴時，其餘駿馬都伏地不起，現出敬畏的神情。

　　少年秦始皇見了，心中大感歡悅，於是又說道：「上林獵場有百里之大，寡人想騎黑寶馬與各位愛卿競賽，如果有比寡人先到終點的人，寡人將賞他黃金萬斤！」

百官聽到黃金萬斤的特賞，莫不歡欣鼓舞，躍躍欲試，在一旁的李斯則偷偷笑而不語。

少年秦始皇「喝！」的一聲，黑寶馬就像箭一般地飛馳而去，其餘百官也隨即騎馬直追。

起點為青龍亭，終點為白鹿亭，兩亭之間相距百里。獵場四周則加派了千名侍衛在場警戒，以護衛少年秦始皇的安全。

競賽場地設有五丈高的柵欄百座，凡無法越過柵欄的人，即失去競賽資格。

黑寶馬連萬丈之高的百鳥山頭都可飛登而上，越過五丈高之柵欄，自然輕而易舉。因此，少年秦始皇一馬當先抵達白鹿亭時，百官仍落後五十里之遠。

一個時辰之後，李斯騎神鷹抵達終點，接著是騎飛箭、馳電、迅豹、銅雀的幾位將領。

原來，他們五位騎的都是少年秦始皇所賜的御馬，每匹皆可日行千里，所以與黑寶馬競賽起來，相差只達一個時辰之多；其餘騎普通戰馬的百官，則更是落後異常，在日正當中時才一個個喘息而至。

少年秦始皇見百官都已到齊，便坐在白鹿亭中對百官說道：「各位愛卿，這次賽馬，寡人坐騎水龍吟勇冠羣駒，最先抵達白鹿亭，寡人真是高興極了！現在為了慶賀寡人之坐騎天下無雙，特別在亭外營帳中大設午宴，與各位愛卿同樂，午宴完畢，再獵遊上林，一展雄風！」

百官聽了，立即同聲說道：「臣等叩謝陛下！」

少年秦始皇與百官獵遊上林，直到夕陽西沉，才盡興而歸。當晚，彗星劃過咸陽上空，像巨龍一樣長，像白晝一樣亮。

8・虎堂嬌娃

次日上午，少年秦始皇獨自一人帶著兩名貼身侍衛悄悄來到驪山山腳下的陵墓中。這座陵墓從他十三歲登基起就開始興建了，到他舉行冠劍大典時，整整蓋了七年，雖未完工，但部分區域也小具規模了。

這座陵墓有條密道直通到一間神祕的屋宇，其中機關重重，而知道此一機關的人只有少年秦始皇一人，就連呂不韋與李斯都被蒙在鼓裡。

少年秦始皇何以會在陵墓建造一間密室呢？原來，高齡一百二十歲而面貌仍如中年的的兵法家、仙術家鬼谷子從神祕的鬼谷山來到咸陽，他在李斯擔任少年秦始皇貼身軍師後，曾經秘密謁見少年秦始皇，在少年秦始皇跟前暢談用兵、治國與成仙之道，並將李斯同學韓非的著作呈獻給少年秦始皇閱覽，少年秦始皇對他的博學一如對李斯一樣的欽佩，而對他久居於秦國鬼谷山忠於王室的行徑更表示萬分欽佩；同時對呂不韋這種「臣侵君權」的作為則大感不滿。為了防範於未然，不讓李斯也像呂不韋一樣的專權，於是他接受鬼谷子的建議，偷偷在鳳韜室隔壁成立虎謀堂監控李斯與董飛的言行，因而得知許多有關寶物方面的秘密。

除此之外，鬼谷子還在李斯推薦董飛之後，也暗中向少年秦始皇推薦他的七位女弟子琨瑤、琉璃、璇璣、玲瓏、瑾璜、琬瑜與珮珩協助董飛奪寶，並將他在終南山七仙窟裡所拾獲的金烏箭交給珮珩，叮嚀珮珩務必依計行事。這七位女弟子則是他繼蘇秦、張儀、孫臏、龐涓之後，為了練成長生不死的「陰符七術」而破例收取的關門弟子。李斯一方面礙於君命不能違抗，另一方面在了解七位少女的專長之後，也確實認為單靠董飛一人是無法完成任任務的，於是便欣然接受少年秦始皇的舉

薦人選。少年秦始皇在李斯面前，隱瞞了她們是鬼谷子女弟子的真實身分。這自然是遵照鬼谷子與他之間的約定。

少年秦始皇一進入虎謀堂，七位少女立即行禮說道：「民女參見陛下！」

「大家免禮！」少年秦始皇微笑說道。

「陛下！你曾經答應過民女，只要民女能協助董騎衛將天下至寶奪回，無論我們提出什麼條件，你都會立即照辦的！是吧？」七位少女起身後，便嬌生嬌氣地討賞。

「寡人是這麼說過！說吧！妳們想要什麼獎賞？」少年秦始皇笑問道。

「我要嫁給董大哥！」沒想到七位少女竟然異口同聲地回答道。

「這……」少年秦始皇一聽之下，忽然愣住了。他萬萬沒想到七位少女會提出同樣的要求來。

「我乘隱形神鳶在高空偵察敵情，把董騎衛，不！把董大哥從猴煙陣裏救出來，我的功勞最大。所以我最有資格嫁給董大哥！」琨瑤第一個發言。

「我假扮黑松瘦姥，提供烏龍草，還把董大哥從雲無心的無心劍法下救出來，我的功勞才最大。所以我最有資格嫁給董大哥！」琉璃也不甘示弱道。

「才不是呢！我提供祭劍樓的情報給董大哥，還用追風鏢把董大哥從八天將的赤蟒紅繩下救出來，我的功勞才最大。所以我最有資格嫁給董大哥！」璇璣噘著嘴說道。

「這算什麼功勞？我派神禽蜂鸚鵡去打探燕王如何讓明月珠重新發光的情報，還派我的通靈神鷹靈兒幫董大哥擊鶴奪珠！沒有明月珠，就殺不了翠鳳，陛下也就不會有翠鳳旗了！」瑾璜解釋道。

「妳的又算什麼功勞？沒有我琬瑜拚了性命用月娥笛吹奏『鳳舞九天』，董大哥就射殺不了百鳥山的翠鳳！光有明月珠又有何用？」琬瑜隨即澆了瑾璜一盆冷水。

「妳們都差遠了！只有我珮珩才有資格嫁給董大哥！」珮珩搖搖頭說道。

「妳憑什麼這麼說？」六人不以為然地高聲問道。

「就憑我潛入雲夢湖底引誘蛟龍上岸，用金烏箭射殺母龍，救了董大哥一命，並且用向陽神粉吹乾龍皮，大王才能樹立聲震列國的神龍鼓啊！」珮珩娓娓解釋道。

六人說完後，望著玲瓏問道：「玲瓏！妳有什麼功勞？」

「我提供明月池的情報給董大哥，也算是功勞一件！所以我也有資格嫁給董大哥吧？」玲瓏苦笑道。

六人聽了之後，於是呵呵大笑說：「這算什麼功勞？」

少年秦始皇見狀，趕緊提醒道：「玲瓏姑娘，妳忘了妳還有一件天大的功勞啊！」

「什麼天大的功勞？」玲瓏一臉困惑的表情。

「怎麼？連妳自己都忘得一乾二淨啦！就是妳高喊『鳳剋霜』，讓董飛及時破解了天若霜的『冷霜壓劍』，順利返回咸陽覆命啊！」少年秦始皇高聲說道。

「對！對！對！陛下不提，民女差點給忘了！說真的！若不是民女及時趕到的話，不但董大哥有性命之危，就連他奪回來的天下至寶也會被人搶走！所以，這麼看來，民女還真有資格嫁給董大哥呢！」玲瓏眉飛色舞地說道。

大家聽了之後，七嘴八舌地爭執不休。

這時，琨瑤忽然提議說：「要不然，我們來比賽才藝，誰贏了誰才有資格嫁給董大哥！」

「好！我贊成！只不過要比什麼才藝呢？」琉璃隨口問道。

「當然是比高空乘鳶啦!」琨瑤笑說道。

「比易容術、縮骨功還有長臂功!」琉璃則說道。

「比射鏢!」璇璣說道。

「比指揮鸚鵡!」

「比笛子獨奏!」

「比潛水、射箭!」

「比射珠子!」

七人爭得面紅耳赤,各不相讓。

少年秦始皇見狀,於是搖搖頭笑說道:「難得妳們七人這麼鍾情於董騎衛,都想嫁給他,甚至為他比賽才藝。可是,寡人告訴你們一件事情之後,看你們還願不願意搶著要嫁給他!」

「什麼事情?陛下!」七位少女又異口同聲問道。

「寡人說出來你們可別嚇一跳!那就是:你們口中的那位董大哥已經斷了一條手臂!」少年秦始皇神情嚴肅地說道。

「什麼?斷了一條手臂?陛下可別嚇唬我們!」七位少女同時大吃一驚說道。

「寡人怎會拿這種事來開大家玩笑呢?這是千真萬確的事情!」少年秦始皇趕緊說道。

「可是,陛下!昨晚在宴會上,董大哥不是還好好的嗎?」琨瑤半信半疑地問道。

「那是因為他左臂被長袖遮住,而且舉杯敬酒用的都是右手的緣故!可是,昨天上午在上林獵場的賽馬活動,他就無法參加了!」少年秦始皇回答道,

「陛下,董大哥斷臂這件事有多少人知道呢?」琨瑤又問道。

「只有寡人、軍師與夏太醫三人知道此事！」少年秦始皇答道。

「陛下！董大哥的左手臂為什麼會斷了呢？是不是因為他剝龍皮時沾了龍血劇毒，毒性侵蝕雙臂的緣故？然而，據民女所知，宮中的鐵樹雄花可以化解龍毒啊！」珮珩心急如焚地問道，「沒錯！宮中的鐵樹雄花的確可以化解龍毒，寡人也親眼見到董騎衛的雙臂接觸過鐵樹雄花之後就完好如初的情景。但是董騎衛在雲夢大湖與蛟龍搏鬥時，不小心被龍尾刺中左臂。而據夏太醫的說法，手臂一旦遭到龍尾尾端劇毒的侵襲，即使鐵樹雄花能護住手臂三五個時辰，但過了時辰之後，手臂就會產生劇痛，接著枯萎斷落。再想把手臂接回去，已是萬萬不可能的事了！」少年秦始皇趕緊解釋道。

「原來是這樣啊！」珮珩愁容滿面地說道。

「好！現在妳們還有誰願意嫁給董騎衛？」少年秦始皇問道。

聽了少年秦始皇的一番話之後，大家妳看著我，我望著妳，都低頭不語。

只有珮珩對少年秦始皇說道：「陛下！珮珩願意嫁給董大哥！即使他斷了雙臂，盲了雙眼，珮珩也願意與他白首偕老！」

「好！寡人就成全妳們二人！」少年秦始皇微微一笑道。

9・策馬歸隱

當天下午，少年秦始皇特地在驪山虎謀堂召見董飛。

「董飛！你還記得協助妳奪取天下至寶的七位姑娘嗎？」少年秦始皇開口問道。

「小卒當然記得啊！昨晚才在王宮看她們合跳七寶舞呢！」董飛敬答道。

　　「那你喜歡其中的哪一位姑娘？寡人可以賜婚於你！」少年秦始皇笑問道。

　　「啟稟陛下，小卒已經斷了一條手臂，成了沒有左臂的廢人，哪還敢有此奢望？再說。她們個個長得嬌美，又有絕技在身，小卒怎配得上她們？」董飛帶著沉重的語氣回答道。

　　「董飛！你也別洩氣！說不定有人不在乎你少了一隻手臂呢！假設有人願意嫁給你，那，你最希望娶誰當妻子呢？寡人是說假設！」少年秦始皇隨即問道。

　　「這個……」董飛支支吾吾地說道。

　　「反正是假設！說出來也沒關係！」少年秦始皇微笑道。

　　「陛下！不瞞你說，如果小卒沒有失去一條手臂的話，小卒最想娶的是珮珩姑娘！」董飛終於把心中的祕密說了出來。

　　「哦？是珮珩姑娘？那，她到底有哪點讓你這麼傾心？」少年秦始皇再度笑問道。

　　「回稟陛下，那是因為：一來小卒與珮珩姑娘相處的時間比較久，二來小卒覺得她心地善良的緣故。」董飛解釋道。

　　「董飛！你真沒有看錯人！」少年秦始皇說完，便把上午在虎謀堂與七位少女談話的事情一五一十地告訴了董飛。

　　董飛一聽之下，大聲嘆息道：「想不到珮珩姑娘還不嫌棄我這個廢人！真是難為她了！」

　　「董飛！既然珮珩姑娘不嫌棄你，你又喜歡她，何不早日完婚呢？」少年秦始皇笑說道。

　　「謝謝陛下的玉成！只不過小卒還有一個小小的請求！」董飛說道。

　　「什麼請求？你儘管提出來就是！寡人一定照准！」少年秦始皇好奇地問道。

「小卒請求陛下在小卒完婚後，准許小卒卸下職務，與珮珩姑娘一同前往橫跨秦楚邊界的回春山隱居！」董飛說道。

「為何要前往回春山隱居呢？寡人聽說那是座虛無飄渺的高山，不適合人居住。你還年輕，還可以為朝廷做事啊？」少年秦始皇問道。

「啟稟陛下，山越高，越能遠離喧囂的塵世。小卒如今已是廢人，恐怕再也無法為朝廷效命了！」董飛感傷地說道。

「要不要再考慮考慮？」少年秦始皇又問道。

「小卒去意已堅，還望陛下成全！」董飛說完便跪地不起。

少年秦始皇見狀，趕緊扶起董飛說：「董飛！快快起來！寡人答應你就是了！」

「謝陛下鴻恩！」董飛起身答禮。

事實上，董飛之所以堅決要歸隱山林，一是因為他奪寶成功，本來應該從一個小小的騎衛擢升為宮廷侍衛長才對。可是，少年秦始皇舉行冠劍典禮之後並未將他升職，他心裡頭自然明白：當他斷了一條手臂之後，就無法再勝任這個攸關朝廷顏面的要職了。就算勉強留在騎衛營裡，可是，少了一條胳膊之後，日後騎馬也是一大問題。就算他輕功再好，也沒原先騎起來那麼得心應手了。

而少年秦始皇也確實考慮到這方面的問題。除此之外，他內心還認為此次能將天下至寶奪回，並非董飛一個人的功勞。鬼谷子七位身懷絕技的女弟子從中協助董飛奪寶，功勞也不比董飛要小。還有就是，他一直不希望跟他同齡的人在武藝方面表現得比他還要出色。董飛一走，他也就卸下了心中那塊大石頭。

至於李斯，他雖然曾向少年秦始皇舉薦董飛為宮廷侍衛長，但他也深知，董飛斷了一條手臂之後，希望就十分渺茫了。

當他知道董飛有歸隱山林的念頭時，卻毫無慰留之意，因為，他的丞相之夢也未馬上實現，少年秦始皇似乎對他這個曾經效忠呂不韋的外國說客仍有一絲戒心。

當然，他還不知道鳳韜室隔壁就是少年秦始皇監控他言行的虎謀堂，少年秦始皇在他獻上奪寶計謀之後已偷偷派人從呂不韋那裏竊取了《寶經》一書，知道了更多的寶物相剋秘密，少年秦始皇明明已知道天牛弓可以制伏紫飛虎，卻在李斯面前裝作毫無知悉的樣子；就連破解「冷霜壓劍」的秘訣也是少年秦始皇從書中得知，再佯裝是夢見仙人指點，伺機暗示他的，這自然都是鬼谷子暗地裡提供的情報；而受他派遣去協助董飛奪寶的七位少女，也都是鬼谷子於幕後刻意安排的棋子。要是他知道這些真相的話，恐怕也要跟董飛一樣歸隱深山去了。

餘音嫋嫋

　　董飛與珮珩歸隱回春山的次日，鬼谷子與他的六位女弟子突然都不見了蹤影。少年秦始皇深知他們都是「世外高人」，也就任他們不告而遠去。反正天下至寶已經被他奪來，他再也不需要甚麼「高人」來指點了。就算鬼谷子叮嚀他「唯有善心仁政，寶物方能永在。」的一番話，他也早已拋諸九霄雲外！

　　八天之後，韓國傳來消息：韓國最近怪事連連，不但宮中兵器容易折斷，而且民間的斧頭也都鈍得無法劈柴。更詭異的是，每到半夜，祭劍樓上常聽到鬼哭神號的淒慘聲。

　　十天之後，趙國傳來消息：趙國最近馬瘟流行，馬屍堆積如山；玉器一碰就會斷裂。更詭異的是，趙王的石牛陣，每逢下雨天便會傳出巨牛的吼叫聲。

　　十三天之後，魏國傳來消息：魏國最近接連出現連體嬰、公雞生蛋、兔子長角的怪事，而且常有猛虎成群入城吃人的慘案。更詭異的是，魏王設置的火龍機關，竟然不翼而飛。

　　十五天之後，楚國傳來消息：楚國最近水患頻傳，而且氣候反常，夜夜下冰雹。更詭異的是，楚宮經常有人見到血淋淋的蛟龍出現在宮牆上，等人一走近，馬上又消失得無影無蹤。

　　十六天之後，燕國傳來消息：燕國最近氣候炎熱如盛夏，螢火蟲再也不會發光，最近家家更有燈火易滅的怪現象。更詭異的是，燕國各地的黑鷹在一夜之間全部變成雪亮的白鷹。

　　十七天之後，齊國傳來消息：齊國最近地震頻傳，而且地裂往往寬達三丈；更詭異的是，齊國家家養的雞都會飛到梧桐樹上發出鳳凰般的叫聲。

　　當天深夜，董飛與少年秦始皇同時做了一個怪夢。董飛夢見珮珩摘了百顆回春果給自己吃了之後，左手臂突然又重新長了出來；少年秦始皇則夢見自己身體不但長大了百倍，而且身上還多出了兩頭四臂。於是，他狂嘯一聲之後，慢慢將六隻手臂伸展出去……

〔**全文完**〕

【後記】：從初版到最新修訂版的心路歷程

這是筆者撰寫的第一部歷史小說，因此列入「三部曲」之一。

五十五年前（1968年），當筆者還在中文系就讀時，曾修過『史記』這門課程。當時的任課老師規定同學要熟讀《列傳》的文字，甚至要我們在期末考時背誦〈刺客列傳〉給他聽，由他來打分數。由於這樣的「因緣」，讓我對《史記》一書產生了特別的「好感」，即使畢業後也一直把它留在身邊，一有空就拿出來翻閱一下。

而十年之後，也就是四十五年前（1978年），有一天當筆者無意中翻閱〈李斯列傳〉時，裏面有一段話卻牢牢的吸住了筆者的雙眼。那就是：

> 今陛下致昆山之玉，有隨和之寶，垂明月之珠，服太阿之劍，乘纖離之馬，建翠鳳之旗，樹靈鼉之鼓；此數寶者，秦不生一焉……

看完這四十七個字，筆者腦中突然有了一個奇想：這幾件寶物既然不是秦國的，當然就是六國的。而《史記》裏並沒有記載六國的寶物是如何落在秦始皇手上的，這是一個大空檔，筆者應該可以從這短短的四十七個字裏頭，創造出一篇歷史小說來。

於是，筆者再仔細查看一下〈李斯列傳〉。原來這是李斯被秦始皇下逐客令時，上書秦始皇裏的一段話。李斯這篇上書，《昭

明文選》稱之為〈上書秦始皇〉，而《古文觀止》則稱之為〈諫逐客書〉。按《史記正義》的說法，李斯上書的時間是在始皇十年（亦即秦王政十年），離秦始皇兼併天下的時間（始皇帝二十六年），還有十六年之久。《史記・秦始皇本紀》也記載道：「十年……大索，逐客。李斯上書説，乃止逐客令……」

有了：一、此數寶者，秦不生一焉，二、在始皇十年這兩個大前提，筆者腦海中便浮現出一篇故事大綱：

天寶者，天下至寶、天子之寶也。得天寶則得天下，失天寶則失天下。李斯以此古訓建議秦始皇先奪取六國天寶，打擊六國士氣，然後再發兵攻打六國，如此方能兼併天下。秦始皇採用李斯之計，派騎衛董飛出關奪寶，終於達成任務，奠定一統六合的基礎。

那麼，筆者為何要以李斯來現天寶之計呢？筆者的「假設」是：

第一、只有〈李斯列傳〉裏才談到秦始皇曾得到這許多寶物，因此李斯很可能參與其事。

第二、李斯曾從荀子學習「帝王學」，是一位足智多謀的策士。

第三、李斯曾在相國呂不韋家中當過食客，他對寶物一定很熟悉。

第四、根據〈李斯列傳〉的記載：「……秦王乃拜斯為長史，聽其計，因遣謀士齎持金玉以游説諸侯，諸侯名士可下以財者，厚遺結之；不肯者，利劍刺之。離其君臣之計，秦王乃使其良將隨其後。秦王拜斯為客卿。……」

第五、再根據〈李斯列傳〉的記載:「……趙高將李斯逮捕下獄,李斯上書秦二世,書中有云:『臣為丞相治民,三十餘年矣。逮秦地之狹隘。先王之時秦地不過千里,兵數十萬。臣盡薄材,謹奉法令,陰行謀臣,資之金玉,使游說諸侯,陰脩甲兵,飾政教,官鬥士,尊功臣,盛其爵祿,故終以脅韓弱魏,破燕、趙,夷齊、楚,卒兼六國,虜其王,立秦為天子。……」

這五個推論站住腳後,接著就是寶物的來龍去脈以及「分配」問題——換言之,哪一寶物在哪一國。

經筆者考證結果,「有隨和之寶」中的隨和,一是指隨侯珠,一是指和氏璧。然而根據晉朝干寶的《搜神記》計載:隋縣搓水側,有斷蛇丘。隨侯出行,見大蛇被傷中斷,疑其靈異,使人以藥封之,蛇乃能走。因號其處「斷蛇丘」。歲餘,蛇銜明珠以報之。珠盈徑寸,純白,而夜有光明,如月之照,可以燭室。故謂之「隨侯珠」,一曰「靈蛇珠」,又曰「明月珠」。

如此看來,隨侯珠就是明月珠,原先以為是八個寶物,如今便成為七個寶物了。再就修辭學的原理來看,「今陛下致昆山之玉,有隨和之寶,垂明月之珠,服太阿之劍,乘纖驪之馬,建翠鳳之旗,樹靈鼉之鼓;此數寶者,秦不生一焉……」這短短的四十七個字中,竟然出現了兩個「寶」字,的確不妥。以李斯的文采而言,實不應該犯此錯誤才對。筆者猜想,「有隨和之寶」很可能是「有和氏之璧」的傳抄之誤。

七樣寶物見於先秦兩漢典籍的有:

昆山玉——《呂氏春秋·重己篇》:「人不愛昆山之玉,江漢之珠,而愛一己之蒼璧小璣……」;《史記·趙世家》:「代馬胡犬不東下,昆山之玉不出,此三寶者,亦非王有已……」

和氏璧——《墨子》：「和氏之璧，隨侯之珠，三棘六翼，此諸侯之所謂良寶也。」；《戰國策》卷上：「臣聞周有砥厄，宋有結綠，梁有懸黎，楚有和璞；此四寶者，工之所失也，而為天下名器。」；《史記‧范雎列傳》同上。楚人卞和得玉璞之事則見《韓非子》卷上。

明月珠——《史記‧鄒陽列傳》：「臣聞明月之珠，夜光之璧，以闇投人於道路，人無不按劍相眄者……」；《史記‧龜策列傳》：「……王獨不聞玉櫝隻雉出於昆山，明月之珠出於四海……」

太阿劍——《越絕書》：「……歐冶子干將鑿茨山洩其溪，取鐵英作為鐵劍三枚，一曰龍淵，二曰泰阿，三曰工布……」

纖驪馬——筆者「假設」纖驪是盜驪的後代。《史記‧趙世家》：「趙父取驥之乘匹，與桃林盜驪、驊騮、綠耳，獻之穆王。」

翠鳳旗與靈鼉鼓——《史記‧司馬相如列傳》：「……撞千石之鐘，立萬石之鉅，建翠華（鳳）之旗，樹靈鼉之鼓，奏陶唐氏之舞，聽葛天氏之歌……」

為了增加「戲劇」效果，筆者把七樣寶物都說得「匪夷所思」，這當然是不符合史實的。但是，不這樣下筆，「天寶」——天子之寶，也就無「奇」可言，而歷史小說的創造力，也就是「虛構」部分，也就「平淡無奇」了。

據《史記‧信陵君列傳》記載：「秦兵圍攻邯鄲時，平原君曾向信陵君求援，但魏安釐王卻不發兵。後因信陵君的食客侯贏想出「竊符救趙」之計，才解除了邯鄲危機。

筆者「假設」魏國的兵符原是西池王母賜給周穆王的一對白玉琥，而西池王母即住在崑崙山。所以昆山玉日後遂成了魏國的國寶，魏人無此兵符則不能進入趙宮。

　　據《史記‧廉頗藺相如列傳》的記載：「趙惠文王時得楚和氏璧，秦昭王聞之，使人遺趙王書，願以十五城請易璧……」結果，藺相如以「完璧歸趙」有功，而升為上大夫，「秦亦不以城與趙，趙亦終不予奉璧。」足見在秦始皇即位前，和氏璧仍然在趙國。

　　再據《史記‧趙世家》記載，趙武靈王曾經「胡服騎射，略中山地至寧葭，西略胡地至榆中，林胡王獻馬……」況且，趙國與匈奴臨界，最易獲得胡馬。所以筆者將和氏璧與纖驪馬分配給趙國。換言之，趙國有兩樣國寶。

　　《史記‧蘇秦列傳》有云：「韓卒之劍皆出於冥山、棠谿、合賻、鄧師、宛馮、龍淵、太阿，皆陸斷牛馬，水截鴻鴈，當敵則斬……」所以，筆者將太阿劍分配給韓國。

　　靈鼉是一種水棲怪獸，據《史記‧司馬相如列傳》記載，楚有雲夢大澤「方九百里……其中則有神龜蛟鼉，毒瑁鱉黿……」所以，筆者將靈鼉分配給楚國。

　　至於翠鳳旗，因為「旗」與「齊」同音，所以，筆者將翠鳳旗分配給齊國。

　　齊地鄰近渤海與黃海，在戰國時代流行海外神仙之說，因此筆者又虛構了一座高達萬仞的百鳥山，以示「百鳥朝鳳」之意。

　　七樣寶物已有六樣有了歸屬，剩下的明月珠，當然就「硬性」分配給燕國了。

　　那麼，甚麼是奪寶最恰當的時間呢？據《史記‧秦始皇本紀》記載：「九年……己酉，王冠，帶劍。」因此，筆者幾經考慮，把它安排在秦始皇行冠劍之禮——也就是秦王政九年正月

一日之前的一個月時間。一來，它接近李斯上書秦始皇的時間——始皇十年。此時，秦始皇已獲得七件寶物。二來，冠劍之禮是個呈獻寶物的最佳時機。

寶物是社稷的象徵，也可說是國魂、士氣、人才或權力的象徵。七樣寶物可象徵戰國七雄的微妙關係。其中，「劍馬旗鼓」又可代表軍事力量，「珍珠璧玉」又可代表經濟力量。秦始皇得到六國的天寶，往後自然而然能一統天下了。

我們都曉得，秦始皇是個極富爭議性的歷史人物，他的功過見仁見智，一直難有定論。但是，不管我們欣不欣賞秦始皇這個人的行事作風，「秦（始皇）併六國在先，秦（二世）亡於漢在後。」則是不容爭辯、也無須迴避的史實。

以建築做比喻，寫長篇小說好比是在蓋高樓大廈，如果地基打得不牢，便容易倒塌。本書的第一章與第二章進行的就是「打地基」的工作，因此下起筆來十分艱苦，耗費的心血也最多，從初稿到定稿，期間不知改了多少遍。套用「骨牌理論」的說法，只要第一、二張牌倒下，其餘八張牌便會相繼倒下。

如前所述，筆者寫《秦始皇奪寶秘史》這部小說，根據的是《史記‧李斯列傳》裏的那短短幾句話而已。而那短短幾句話只是個奪寶的「結果」，奪寶的「過程」則隻字未提。

從邏輯的觀點來看，有「結論」，前面必然會有一個「推論」的過程。筆者寫《秦始皇奪寶秘史》就是在做類似「推論」的工作。而這個工作也就等於是在「模擬」奪寶的整個過程或細節。而「模擬」又可分為「巨觀模擬」與「微觀模擬」兩大部分。「巨觀模擬」是在描繪當時的「時代氛圍」或「國際現勢」，「微觀模擬」則是在描繪個別人物的形貌、性格與思想。套句

學術用語，就是將那個「奪寶故事」運用文字符號「再現」，也就是再度呈現（represent）於讀者之前。

從文學理論上來講，奪寶故事的「再現」，是一個「開放體系」（open system）。有時候，筆者在想，假定歷史老師或國文老師來個作文比賽，要全班同學根據《史記‧李斯列傳》裡的那幾句話，創造出一篇小說來，相信一百個人就會有一百種不同的寫法或產生一百種不同的「文本」（text）。而究竟哪一種寫法最「引人入勝」又最「合情合理」呢？這當然就見仁見智了。然而，不管怎麼去寫，怎麼去「天馬行空」，都不能與「結論」或「史實」牴觸。換言之，寶物應該要奪到手，創作者不能、也不應該敘述一個奪不到寶物或奪寶失敗的故事。

從本質上來說，「歷史」與「新聞」同樣是在「敘述事件」或在「說故事」。構成「新聞」有所謂的 5W1H 要素，「歷史」何嘗不然？因此，這個奪寶故事必須包含以下六個要素：

Who〔何人〕：誰是奪寶的計畫者與執行者。

When〔何時〕：奪寶的時間。

What〔何事〕：發生了什麼事？或奪到了什麼寶物。

Where〔何地〕：要去何處奪寶？

Why〔為何〕：為何要奪寶或奪寶的動機。

How〔如何〕：具備何種武藝？攜帶何種工具？破解何種難關等等，才將寶物奪到手的。

在上述 5W1H 要素中，What〔何事〕在《史記‧李斯列傳》裡已經稍微提到了。因此筆者要做的主要工作就是把其餘 4W1H 這五個要素給「虛擬」出來。

　　就筆者個人的瞭解，戰國時代不太可能出現所謂的「俠侶」，因此書中男主角董飛身邊並無一位武藝高強的「女俠」與他一快出關盜寶，攜手完成任務。

　　本書原名《天寶劫》，從 1980 年 10 月 18 日起在一家報紙副刊上披露，至 1981 年 10 月 12 日才全部連載完畢，連載時間長達一年之久。三十萬言的單行本隨後由一家出版社在 1982 年 8 月發行。發行沒多久，這家出版社就因故結束營業。《天寶劫》當然就成了「絕版書」，坊間再也看不到它的蹤影了。次年筆者進入政大新聞所博士班就讀，一心一意走學術研究的路子，《天寶劫》的故事也隨著我的研究生涯，逐漸湮沒在我的記憶裏。

　　二十年後，在另一家出版社的鼓勵之下，本書再度以新的面貌——精簡篇幅、更換書名為《秦皇七寶》的新面貌與讀者見面。

　　然而，「好事多磨」，2003 年，當《秦皇七寶》出版時，正逢 SARS 病毒大流行，整個人潮都被「凍結」了起來，書的銷路大受影響，因此，知道該書的人並不多。

　　筆者由於教學與研究的關係，全心致力於學術著作的撰寫，也就沒有「閒情」去管小說創作方面的事情。

　　等到筆者快退休的前一年，忽然有個構想，那就是：自己可以利用退休後的充裕時間，來從事久已未接觸的小說創作工作（最早是在就讀中文系時寫的《東遊記》短篇小說），包括修訂《秦皇七寶》這個「大工程」在內。因此，筆者徵得原出版社的同意，收回了即將到期（2003-2010）的版權。

　　從輔仁大學退休後，筆者好好把《秦皇七寶》一書仔細再看了個幾遍，發現該書內容的確是有修訂的必要。於是，筆者擬定了修訂的幾個大原則：

　　第一、文字更口語化。不容諱言,《秦皇七寶》一書中的文字,有的地方實在太「文言」;有的文字十分冷僻,需要查字典才能懂;更有極小部分文字需動用到「鑄造新字」這樣的功能。說得誇張一點,某些文字,似乎只有讀中文系的人才能看得懂。當然,如今看起來,這些文字都可能是閱讀的層層障礙。修訂後的文字,在不影響「文采」的原則下,希望只要喜歡「文史」的讀書人或愛書人就能看得懂。例如「纖離馬」改成了「黑寶馬」,「靈鼉〔唸作駝〕鼓」改成了「神龍鼓」便是。即使書中要引用《詩經》,也都是引用最常見、最容易懂的幾首名詩。

　　第二、增加「戰略」或「謀略」色彩。筆者雖出版過《戰略西遊記:吳承恩的兵法世界》一書,但該書不是「歷史小說」而是屬於「文學批評」的通俗學術著作。

　　由於筆者將本書定位為「戰略史小說」,全書以戰國七雄之間的「戰略」或君臣之間的「謀略」為主軸,因此在修訂過程中特別加重了「戰略」或「謀略」色彩。而書中出現的奇幻或神奇情節,只不過是用來烘托「謀略」這個紅花的綠葉罷了。

　　第三、增加奪寶的難度。有師友看完《秦皇七寶》一書後,告訴筆者說:奪寶任務似乎太容易了點,男主角好像沒有什麼對手似的,看起來不太過癮。筆者再細讀之後,也有同感。因此,修訂後的奪寶情節要比原先「峰迴路轉」得多。換言之,多增加了一些致命機關、驚險鏡頭、衝突場面與「旗鼓相當」的高手。

　　第四、增加七位「女主角」。有師友反映:《秦皇七寶》一書的內容有點「陽盛陰衰」的現象。誠如戴晉新教授在推薦《秦皇七寶》一書的四個特色時,前三個特色講的都是該書的「優

點」，而第四個特色則坦承指出該書的「致命傷」在於「本書不
談愛情，沒有女人，喜歡俠侶故事的讀者可能要大失所望。」

雖然「談情說愛」並非本書的「重點」，但是為了「性別平
衡」起見，因此，修訂後的內容特別增加了七位身懷絕技的妙
齡少女，但她們不是一同出關奪寶的「俠侶」，只是隱藏在各地
協助奪寶的臨時「助手」罷了。這樣的佈局，應該並未違反筆
者主張「書中時代背景不可能有俠侶的」的初衷吧。

第五、將書名改為《秦始皇奪寶秘史》。《秦皇七寶》一書
的書名很可能會造成讀者的一個「誤會」就是：乍聽之下，誤
以為「七寶」的「寶」字，指的是「人」這樣的寶。例如 1985
年發行的西片《七寶奇謀》（The Goonies）片名中的「寶」，指
的乃是七個小孩〈寶貝蛋、小鬼頭〉，而非物質屬性的「寶藏」
或「寶物」〔雖然片中也有奪寶鏡頭〕。而古籍《國語》中的
〈王孫圉論國之寶〉，也曾提到朝廷大臣這些「國寶」。因此，
改為「奪寶」後，自然就不會再引起往「人」方面的錯誤聯想
了。

再說，「奪寶」的「奪」字是個動詞，它含有「計策」、「行
動」與「過程」的意思在內，比起「寶物」這個名詞，更能吸
引人。而加上「秘史」兩字之後，或許更能引發人的「奇思異
想」也說不定。當然，用「秘史」兩字，還有另外一層的考量，
那就是：「秘史」與「外傳」、「傳奇」並列，可以交織成凸顯歷
史小說特質的「三部曲」！

有些學者誤以為秦始皇的奪寶時間是在秦始皇併吞六國，
統一天下之後，也就是秦始皇的「中年時期」。事實上，根據筆
者前面所做的考證，奪寶時間乃是在秦始皇二十歲之前的所謂

「少年時代」。那時，他叫做「秦王政」，離他自稱「始皇帝」的時間，至少還有個十六年之久。所以，嚴格說起來，書名應該叫做《秦王政奪寶秘史》才對。不過，由於「秦始皇」的名氣實在太大，而知道「秦王政」的人則寥寥無幾。因此本書仍然使用「秦始皇」一詞作為書名，書中則稱他為「少年秦始皇」，藉以突顯他這位「年輕人」的帝王角色。

由於這個原因，在《秦始皇奪寶秘史》這部小説中，讀者將看不到國與國之間的大型戰爭畫面，看不到荊軻行刺秦皇的悲壯畫面，看不到焚書坑儒的殘暴鏡頭，看不到仙術家徐福奉命前往海中求取不死仙藥的鏡頭，看不到詭譎壯觀的兵馬俑鏡頭，更看不到不今不古的「穿越」鏡頭，看到的只是一個以七件天下至寶為故事核心的離奇故事罷了。雖然奉命去奪寶的主要人物是董飛，而不是秦始皇；出主意奪寶的主要人物是李斯，也不是秦始皇。但秦始皇以及鬼谷子諸人仍在幕後扮演了重要的角色。換言之，筆者希望這部小説能擺脫大家對秦始皇的「刻板印象」，不再重複一些「窠臼」，能給人一種「耳目一新」的感覺。

此次的「翻修工程」，從書名、章名〔包括開場與結尾在內〕到內容，都做了若干幅度的更動。其中，更動最多的是第四章至十章這七個章回。也就是增加奪寶難度，增加七位「女主角」的部分。而筆者此次在修訂舊作時，希望儘量能做到：少一點「正史」，多一點「奇譚」；少一點「政治」，多一點「柔情」；少一點「平鋪」，多一點「曲折」；少一點「洩漏」，多一點「懸疑」；少一點「枯燥」，多一點「逸趣」這樣有別於往昔的「新風格」。

趁著新書書名改為《秦始皇奪寶秘史》之際，筆者也順便將原來的筆名「關關」改成了「關慕中」，主要原因當然是在「仰

慕羅貫中」這位著名的歷史小說家，而且也為後續撰寫歷史小說時使用筆名的一個「定位」。

一個人應該不斷「超越」自己，而《秦始皇奪寶秘史》，正是筆者試圖「超越」自己的一項寫作任務。此次的修訂工作，從構思到定稿，前前後後、斷斷續續花了十年的時間才完成。筆者之所以兩度修訂舊作，乃是因為這個有歷史根據的奇謀奪寶故事，真的是「可遇而不可求」。當然，由於年齡的關係，本書列入筆者歷史小說「三部曲」同步出版之後，也就不會再次修訂了。

寫歷史小說不能完全憑空虛構，必然有所本，而這個「本」，就是本書所附錄的「參考資料」。筆者把參考資料列於全書之後，至少表示筆者是以認真的態度來撰寫本書的，雖然它只是一部小說。

最後，筆者要特別感謝已故的劉會梁老師，因為，無論在章節名稱與內容方面，他都對新書提供了寶貴的建議。而羅龍治與戴晉新兩位歷史學者先前對筆者的鼓勵與指正，前輩高陽先生（已故）在歷史小說寫作上對筆者的啟發，也一併致謝！

——2023 年於慕中齋

【附錄】：參考資料

一、古籍部分

《史記》、《戰國策》、《左傳》、《周禮》、《禮記》、《詩經》、《呂氏春秋》、《荀子》、《墨子》、《韓非子》、《鬼谷子》、《管子》、《莊子》、《列子》、《淮南子》、《吳越春秋》、《越絕書》、《穆天子傳》、《山海經》、《博物志》、《搜神記》、《說郛續》、《昭明文選》、《古文觀止》、《拾遺記》、《博物志》、《武經七書》、《太平廣記》、《鏡花緣》、《東周列國志》

二、今籍部分

《先秦史》台灣開明書店
黎東方著《先秦史》商務印書館
蕭璠著《先秦史》商務印書館
瀧川龜太郎著《史記會注考證》
《秦併六國平話》河洛圖書出版社
田鳳台著《呂氏春秋探微》
白壽彝著《中國交通史》商務印書館
尚秉和著《歷代社會風俗事物考》
張啟雄撰《秦一統天下的政略》政大政治所碩士論文
方鵬程撰《先秦合縱連橫說服傳播之研究》商務印書館
陶希聖著《辯士與遊俠》商務印書館
朱契著《匡廬紀游》商務印書館

周紹賢著《道家與神仙》台灣中華書局

胡原宣譯《中國青銅器時代考》商務印書館

王宇清著《冕服服章之研究》國立歷史博物館歷史文物叢刊

劉良佑著《中國器物藝術》雄獅圖書股份有限公司

段芝撰《中國神話》地球出版社

《中國神話故事》河洛圖書出版社

張心洽著《珠寶世界》婦女雜誌社

〈馬年話馬〉（特別報導）時報周刊海外版第十期

逸雄撰〈論劍〉中國時報人間副刊（1976.1.11）

夏元瑜撰〈中軍衛隊與與車馬大隊馬〉中國時報人間副刊
　　（1978.6.22）

游文龍撰〈中國古代的寶劍故事〉中國時報人間副刊（1980.7.22）

高陽著《荊軻》皇冠

羅龍治著《露泣蒼茫》時報出版公司

陳新發譯《野獸生活史》華聯出版社

高樹藩編纂《正中形音義綜合大字典》

《中國文化史工具書》木鐸出版社

楊金鼎主編《中國文化史大辭典》（大陸版）遠流出版公司

國家圖書館出版品預行編目（CIP）資料

秦始皇奪寶秘史／關慕中　著－初版－
臺中市：天空數位圖書　2023.10
面：14.8*21 公分
ISBN：978-626-7161-75-3（平裝）
863.57　　　　　　　　　　　112016502

書　　　名：秦始皇奪寶秘史
發 行 人：蔡輝振
出 版 者：天空數位圖書有限公司
作　　者：關慕中
美 工 設 計：設計組
版 面 編 輯：採編組
出 版 日 期：2023 年 10 月（初版）
銀 行 名 稱：合作金庫銀行南台中分行
銀 行 帳 戶：天空數位圖書有限公司
銀 行 帳 號：006－1070717811498
郵 政 帳 戶：天空數位圖書有限公司
劃 撥 帳 號：22670142
定　　價：新台幣 500 元整
電子書發明專利第　Ｉ　306564　號
※如有缺頁、破損等請寄回更換

服務項目：個人著作、學位論文、學報期刊等出版印刷及DVD製作
影片拍攝、網站建置與代管、系統資料庫設計、個人企業形象包裝與行銷
影音教學與技能檢定系統建置、多媒體設計、電子書製作及客製化等
TEL　：(04)22623893　　　　MOB：0900602919
FAX　：(04)22623863
E-mail：familysky@familysky.com.tw
Https ://www.familysky.com.tw/
地　　址：台中市南區忠明南路 787 號 30 樓國王大樓
No.787-30, Zhongming S. Rd., South District, Taichung City 402, Taiwan (R.O.C.)